U0554127

中国现当代
名家散文
典藏

铁凝散文

人民文学出版社

图书在版编目（CIP）数据

铁凝散文/铁凝著. —北京：人民文学出版社，2022（2024.11重印）
（中国现当代名家散文典藏）
ISBN 978-7-02-015254-4

Ⅰ.①铁… Ⅱ.①铁… Ⅲ.①散文集—中国—当代 Ⅳ.①I267

中国版本图书馆 CIP 数据核字（2022）第 049590 号

责任编辑　付如初
装帧设计　陶　雷
责任印制　张　娜

出版发行　人民文学出版社
社　　址　北京市朝内大街 166 号
邮政编码　100705

印　　刷　河北环京美印刷有限公司
经　　销　全国新华书店等

字　　数　227 千字
开　　本　880 毫米×1230 毫米　1/32
印　　张　11.5　插页 4
印　　数　17001-20000
版　　次　2022 年 5 月北京第 1 版
印　　次　2024 年 11 月第 6 次印刷

书　　号　978-7-02-015254-4
定　　价　40.00 元

作者像

出版缘起

  中国现代文学开启自一百多年前的一场文学革命。从此,与社会现实密切相关,普通大众可以接受、可以欣赏、可以从中得到思想启蒙和艺术享受的新文学,就如雨后春笋般生长,涌现出一篇又一篇、一部又一部影响当时、传之久远的经典作品。自"五四"新文学以来的中国现当代文学发展进程中,散文无疑是耀人眼目的明星。

  散文既能直抒胸臆,又能描摹万物,因此被视为自由多样的文体;散文语言贴近日常,最易触动人们的情感,可以直接地陶冶人们的心灵。这也是经典散文被誉为美文、拥有广泛读者、历经岁月更迭仍让人捧读的原因。百余年来的中国现当代散文创作云蒸霞蔚,已莽莽如浩瀚的文学森林,人们若贸然闯入这片森林之中,时有乱花迷眼、茫然难辨之困扰。为了让广大喜爱散文的读者能够更迅捷地读到中国现当代散文的经典性作品,我们精心编选了这套"中国现当代名家散文典藏"丛书。本丛书编选过程中,我们邀请了文学界的专家学者组成编委会,在认真商讨的基础上,汇集、编选了20世纪以来中国现当代散文史上的名家、名作。目的就是方便广大读者感受散文经典的艺术魅力,有利于集中欣赏、比较阅读、收藏,以及进行相关研究。

  在研究、讨论过程中,编委会形成了经典性的编选宗旨。卷帙浩繁的现当代散文作品中,以经典作家、经典作品的筛选为编选原则,是为读者提供阅读便利的需要,也是为百余年散文创作所做的某种回顾和总结。我们深知,任何一部文学经典都并非一蹴而就,也非任由某个权威命名而成,文学经典是经过时间的淘洗,经受了社会和读者等各个方面的考验,自然形成的。这个淘洗和考验的过程就是一部文学作品被经典化的过程。经典,是经典化过程的结晶。中国现代文学是中国当代文学的前身,当代文学是活在我们身边的文学,这是一件非常有趣的事,因为这样一来,我们也许就能亲眼看到一部文学作品是如何诞生的,又是如何引起社会的热议、得到不断深入阐释的,我们对一部当代散文的喜爱,往往也是在这一过程中不断地得以强化。经典便是在这样不断被阅读、被热议、被阐释的过程中得到人们的广泛肯定从而成为大家公认的经典。当我们要编选一套现当代散文经典的丛书时,就应该考虑到当代文学的这一特点,要意识到当代文学的经典并不是凝固不变的,它仍处在不断丰富和不断成熟的经典化过程之中。这就确定了我们的基本编辑思路,即我们自觉地将"中国现当代名家散文典藏"的编选和出版,视为参与到现当代散文的经典化过程的一次积极行动。经典化,为我们的编选打通了一条通往经典性的最佳通道。我们从经典化的角度来审视现当代散文,就要更强调发展和辩证的眼光,更需要发现和辨析那些正在茁壮生长中的新现象和新作品;这也提醒我们,在经典标准的确认上不能墨守成规。我们既要关注作为文学史的经典,同时又要更看重历经岁月变幻始终在广大读者中拥有良好口碑的作品。我们认为,读者是经典化过程中不可忽视的参与者,因此也希望这次"中国现当代名家散文典藏"的编选和出版,能够为广大读者参与到现当代散文经典化进程中来提供一次良好的机会。

经典化的编选思路，自然决定了这套丛书有另一特征：开放性。中国现当代文学作为活在我们身边的文学，这就意味着它是一种具有旺盛生命力的，仍在茁壮生长的文学。回望过去的一百余年，现当代散文已经产生了不少的经典性作品；凝视当下的现实，仍有许多正行走在经典化道路上的优秀作品；放眼未来，我们相信，将会有更多的经典脱颖而出。我们这套散文典藏丛书不光要"回望"，而且还要有"凝视"和"放眼"，也就是说，我们不光要推出已有定论的经典性作品，而且还要把那些正行走在经典化道路上的，以及刚刚萌芽即将脱颖而出的优秀作品也纳入丛书的视野，因此我们必须采取开放性的编选方针。我们不是一次性地编选数十本书就宣布大功告成了，我们还要在此基础上继续延伸下去，把在经典化进程中逐渐成熟了的作家和作品吸纳进来，作为系列丛书、长期工作、"长河"计划而接连不断地出版下去。

本丛书编辑过程中，坚持优中选优原则，同时也充分尊重作家意愿和相关版权要求。在编辑"中国现当代名家散文典藏"过程中，由于版权限制等因素，使得一些名家名作还没有如期纳入丛书当中，我们也将努力创造条件，争取将更多的优秀散文佳作奉献给读者，以呈现中国现当代散文创作的整体成就和总体风貌。

感谢广大作家的支持，感谢广大读者的厚爱。

人民文学出版社

"中国现当代名家散文典藏"编辑委员会

目　录

导　读

　　铁凝是出色的小说家，也是出色的散文家。小说家很容易成为散文家，因为只写小说往往不能满足一个作家对生活的表达。正像铁凝所说："因为我写过了一些小说，才知道散文于我是多么重要。"这时，作家的小说和散文就被打通了，两者很有些不同，但可以同样贯穿有"思想的表情"。

　　"思想的表情"是铁凝对文艺创作理论的一种重要贡献，它将作家心目中的"思想"与批评家笔下的"思想"区别开来，使人明白，出色的理论家为何难以写出同样出色的小说。创作散文或小说，难就难在捕捉生命图景中那些"有意味的形式"，但不同于克莱夫·贝尔，铁凝心目中的这种"形式"也寄寓着日常情感体验。她在随笔《优待的虐待及其他》中说，"小说对读者的进攻能力不在于诸种深奥思想的排列组合，而在于小说家由生命的气息中创造出的思想的表情以及这表情的力度和表情的丰富性"，这也就能够解释，为何她散文中常袭来一种无以名状的冲击力量，朦胧而新奇，使读者忽然感到震撼。

　　散文《共享好时光》中，铁凝以第一人称温馨回忆了小时常给她讲故事、哄她睡觉的保姆奶奶的邻居大荣姨，俩人亲密无间。多年后"我"重新见到的大荣姨，正在帮人编织一种红玻璃丝网兜，"我"很喜欢，要求她先给自己编一只，被她拒绝，但她连夜编好另一只悄悄送到"我"的枕边。在北欧，"我"目睹一对久别重逢的姑嫂，本猜想她们相见一刻会快步冲向对方拥抱问候，可是没有，她们只是"彼此微笑着走近，在相距两米左右时站住了。然后她们都抱起胳膊肘，面对面地望着，宁静、从容地交谈起来，似乎是上午才碰过面的两个熟人"。这两件事看上去普通，一般人未必过意，可是给作者留下隽永的回味。作者初次意识到，一种可以直率对朋友说"那可不行"的友谊是坦白的友谊，更值得珍惜；而朋友重逢时能够拉开距离从容交谈，彼此看清对方的脸，比紧抱在一起的夸张呼喊更为真实。它们都有别于俗常场面里不明就里的示好——读者领悟到这一层时，也会升起同样的感动。《一千张糖纸》里，表姑为了哄孩子们不在院里吵闹，佯称一千张糖纸可兑换一只电动狗。待孩子们千辛万苦收集到时，她先一怔后笑出了眼泪。作者写，在她长大后，每逢触及"欺骗"这个词，都总能马上联想起表姑——孩子是可以批评的，孩子是可以责怪的，但孩子是不可以欺骗的。再提一篇《竹子上学》，文中写晨练时年轻人笑话老人跑不快，老人说若前面便是生命的尽头，跑那么快又做什么呢。于是作者又想到一位老农民关于慢车票为什么不是更贵的发问——这种联想也会使读者体味良久。所有写作的最后都是思想的写作，人们从铁凝这些散文作品里看到了真正的"思想的表情"，这表情大于思想，丰富于思想，生动于思想，它荡漾于全篇，已经不再是生活的表象，而是生活的意象。

我们不能不折服于作者的感受力。作家的感受力与画面、色彩、音响等相联系，从属于艺术的感觉，一半来自天赐。这时，作家是一个善于捉取"形象"的人，她对形象情有独钟，是因为唯有形象才能够完美传达人类情感，这时作家的思想已经溶解在情感之中。艺术，是人类情感的符号。在《想象胡同》里，铁凝描写着旧时胡同里的大妈们，她们碰面时一定打招呼，也传递各种消息，如"春生来雪里蕻啦"，"笔管儿有猫鱼"等。"春生"是指胡同北口的春生副食店，"笔管儿"是指挨着胡同西口的笔管胡同副食店——这两个口语的出现，怎么会使读者马上会意，吊起他们的兴味呢？因为"生活就是这样"，内里不乏生活气息和生活韵味。它们偏就只能被作者抓住，借以勾画出那些老大妈活着时的样态，这就是所谓感受力。《关于头发》中，年轻的"我"忐忑不安地走进国营理发馆烫发，坐下面对镜子和理发师说话，这让"我"很不安，因为"两个人同时出现在一面镜子里总叫人有些难为情"——这种场面十心态的抓取，实在是有意思，表现出作家才具有的才华，学不来的才华。说学不来，又需要学，福楼拜训练莫泊桑，要求他走过一位杂货商或一位守门人身前，能够立刻将他与其他杂货商、守门人区别开来，即为一例。可见铁凝也会是经常训练自己的。读她那些涉及名艺术家的散文，如《农民舞会》《晚钟》《包厢》等篇，可以看出她在美术、音乐方面的造诣，这与她父亲是著名画家、母亲是音乐教师、自己会作画有关，但也能看出她通过鉴赏缓缓提高素养的经历——并不是所有名作家作品中都具有这种源自艺术的高雅气质。《颜色的气味》里，铁凝讲述她向父亲请教关于莫奈与颜色的问题，在法国印象派馆里亲眼看到《麦秸垛》原作时的震惊，以及她后来写出中篇小说《麦秸垛》的过程。那可能包含一种移情，由美术向文学的移情。《麦秸垛》写出了冀中平原上麦秸和人之间那种悲喜交加的关系，令人吃惊；她却依然感叹作家笔下写不出的，却可以在好的画家笔下灿烂浮现。她另一件著名作品《孕妇和牛》中，呈现了辽阔平原上一个孕妇和一头怀孕母牛相依行走的场面，那景象很是醉人心扉，过目再难忘怀。我认为它是绝佳之作，已达短篇精品的最高水平。它是小说，是散文，是诗歌，也是画作。

散文《胡同在左，棉花地在右》出自铁凝在中法文学论坛上的优美讲演，里面谈到属于她的文学土地，那就是北京的胡同与河北的棉花地。的确，她最好的小说和散文，许多与这两块土地息息相关。我也是北京人，曾生活在她生活过的那个时代，由此对她笔端的胡同生涯倍觉亲切。她绘写的四合院、街坊、北京大妈、三轮车工人、姥姥、先生等，都使我情绪瞬间转换向那遥远的老北京城。我当然没有过下乡河北的经历，我去的是云南，不过农场里也都是农民。读到她作品中棉花地里农妇们的嬉笑打闹、看守棉花时节的风波、村人对城市青年的接纳，也都不感到隔膜，倒像是在重温另一次人生。铁凝是主动去插队的，这使她的题材一半在城市、一半在乡村，作为一个中国作家，这已经足够了。散文读者随着她的笔触在城乡之间留驻往返，也会为同一位女主人公的阅历和经验感喟。

但她的作品又是走向世界的，《爱与意志》《山中少年今何在》《时间和我们》等散文本身便是她在对外文化交流工作中的媒介，受到国际文坛的欢迎。当然，交流中她也有过认识过程。一次在国外，有个青年要求她讲一讲《哦，香雪》的故事，她毫不犹豫地拒绝了，她觉得一个外国人无法懂得中国贫穷山沟里一个女孩子的世界。然而在对方再三请求下，她勉为其难用三言两语讲述了小说的梗概，没想到在场人们竟为它兴奋不已地鼓掌，两个不修边幅的大学生走上来拥抱并且吻她。一位主编告诉她："你知道你的小说为什么打动了我们？因为你表现了一种人类心灵能够共同感受到的东西。"这种东西其实贯穿了铁凝创作的大部分内容，尽管她并非自觉追求过。研究她的作品，可以看到，她的创作从来出自良知、正直与真情，深深植根于人类美好的人性，所获得的感染力自然能够跨越国界——中国的文学自信，正需要建立在这种坚实的基础上。随便举两个例子，在《想象胡同》中，小孩子"我"与一些大人不同，站在院里枣树下希望崔太太逃跑成功，以后在胡同里遇到崔先生，没有被他猛然的回身吓住，却觉得他眼神中有刹那的欣喜，想象他是听到了崔太太吩咐的声音。

《告别伊咪》里，家里领养了叫做伊咪的白猫，由于它小便失控又送给熟人，它在熟人家受到了虐待。以后，家人去看望过伊咪两次，便由于内心的纠结无法再去。这些叙事，虽然平易，却引动读者的心颤，击中了人们内心最柔软的部分，也表达了作者的情感立场。它来自纯真人性的自然流露——当然，也许还是会有读者巴望崔太太被抓回来的，人性并不相同。

　　散文与小说很大的区别，是常由作者亲自出面，记述自己的见闻，写照那些与她有过交集的人们，也就不免把自己的态度表露出来，读者读多了，便逐渐于脑海里拼凑出作者的趋于完整的形象。所以，读铁凝的散文，收获之一是读铁凝，读她的性情和人品。《寻找珍妮弗》写作者访问华盛顿时，向负责接待的艾伦主任额外提出一项要求，即参观纳粹屠杀纪念馆，使对方十分激动。艾伦也希望作者参观时能到最下层去看看，那里展览有美国孩子们创作的图画，包括她女儿珍妮弗·布雷拉克的一幅遗作。作者真的来到最下层时，发现满墙色彩斑斓的儿童绘画共有三千零七十二幅，使得作者偕翻译寻找了两个多小时，饭后再继续寻找，才发现孩子的名字。画作表现了一个十二岁犹太女孩对噩梦的想象，她在画展开展后第二天因车祸去世，作者凝神欣赏它后郑重在画前留影纪念。次日，艾伦抱歉解释她实在没想到作者会这样认真，以至没有交代清楚画的位置。她紧紧抱住作者，满噙热泪地代表珍妮弗向客人表示感激。珍妮弗那幅稚嫩作品绘有一颗淡黄色的象征犹太民族的六角大卫之星，它被纳粹的黑色铁丝网紧紧缠住，画作被作者永久珍藏在相册内。作者写这篇散文，是为了感谢未曾谋面的女孩给了她一次寻找的机会，使她与犹太民族的心愿更紧地靠拢在一起，也感谢女孩使她更贴近地接触到战争与和平。不过在这里我还想说，并不是每个来到华盛顿的作家都会在紧张行程里额外提出观摩这座纪念馆，也不是每位有身份的来客都愿意那样不遗余力地去寻找犹太女孩的作品。女孩在天之灵若望见这位久久凝视她遗作的来自中国的女性，会有怎样心情呢？她的母亲此后对中国人的印象又会是如何呢？这位客人，就是中国作家协会主席铁凝。

铁凝的不少散文记录了她与文学前辈及作家们的交往，冰心寄她春节贺卡有时只写"铁凝，想你！"（《您的微笑使我年轻》）。96岁的杨绛见她时笑着说："何不就叫杨绛姐姐？"（《"何不就叫杨绛姐姐？"》）汪曾祺见她时笑着说："铁凝，你的脑门上怎么一点儿头发也不留呀？"（《温暖孤独旅程》）孙犁见到她时笑着说："铁凝，你看我是不是很见老？"（《怀念孙犁先生》）从这些文章里，可以体味到老作家们对铁凝无保留的爱护和指点，也能看出铁凝对他们发自内心的尊敬和挚爱。她不仅定期去看望他们，而且经常重读他们的旧作，从中获得由衷的喜悦和启发。在同辈和晚辈作家中，她交下的朋友甚多，而且，关键是，她能够在对方最需要的时候伸出援手（例子就不举了）。对于有才华的年轻作家，她则可能主动给予重视和扶持。即使她成为文坛的掌门

7

人后，给人印象也永远像过去一样真诚、热情、善意。她望着对方，眼神明净清澈，没有一点闪烁，只来得及说一两句话也已经有心灵的沟通。这使全国绝大多数作家都对她给予发自内心的信任和喜爱，促进了作家群体的团结。作为作家协会的领导，连说她没有官气都显得无趣，十几年来她压根儿还是那个美好纯洁本真的铁凝。站在主席台上讲话，从语言到语调依然如溪水流淌；参加一个不必发言的活动，也尽量坚持坐到终场。她觉得，"作家协会主席在有些人眼里可能算是一个官，但是如果你要真的把它当成官来做，那就是麻烦的开始"，"我的本质还是一个作家。记住了这个根本，其他的事我相信会容易一些。"可是，我又想说，铁凝是一个称职的责任感很强的领导者，在某些重要的、一经决定影响深远的时刻，她会站出来，提出也许旁人不会提出的动议，亲自出面加以贯彻，将一切后果担当起来，这样的作为，无疑是颇有利于中国文学事业的发展（例子就不举了）。当然，她不会在散文中写进这些事，但我们可以从她的散文中处处感受她的人格。她的散文温婉而清新，秀丽而脱俗，舒缓而自然，亲切而正气，执着地追求着人世间的真与善与美，平素她为人的原则和风格也是如此。这样的气质，我不认为在作家中比比皆是，它的形成应该追溯到她的童年、她的家族，以及熏陶她成长的特殊环境。

文如其人。

胡　平

第 一 辑

共享好时光

我记事以来的第一个女朋友,是保姆奶奶的一位邻居,我叫她大荣姨。

那时候我三岁,生活在北京。大荣姨是个中学生,有一张圆脸,两只细长眼睛,鼻梁两侧生些雀斑。我不讨厌她,她也特别喜欢我,经常在中午来到保姆奶奶家,自愿哄我睡午觉,同时还给我讲些啰唆而又漫长的故事,也不顾我是否听得懂。那些故事全被我遗忘了,至今只记得有个故事中的一句话:"他走到了一个十字路口……"什么叫狮子路口呀?三岁的我竭力猜测着:一定是那个路口有狮子。狮子我是见过的,父母抱我去过动物园的狮虎山。但我从未向大荣姨证实过我的猜测,因为每当她讲到"十字路口"时,我就快睡着了。梦中也没有狮子,倒常常出现大荣姨那张快乐的圆脸。

我弄懂"十字路口"这个词的含义是念小学以后的事。在上学、放学的路上,每当我和同学们走到十字路口,便会想起大荣姨故事中的那句话。真是的,三岁时我连十字路口都不明白。我站在十字路口,心中笑话自己。这时我已随父母离开了北京,离开了我的保姆奶奶和大荣姨。但我仍然愿意在假期里去北京看望她们。

小学二年级的暑假里,我去北京看望了保姆奶奶和大荣姨。奶奶添了不少白头发,大荣姨是个地道的大人了,在副食店里卖酱油——这使我略微有点儿失望。我总以为,一个会讲"十字路口"的人不一定非卖酱油不可。但是大荣姨却像从前一样快乐,我和奶奶去她家时，见她正坐在一只马扎上编网兜，用红色透明的玻璃丝。她问我喜欢不喜欢这种网兜，并告诉我，这是专门装语录本用的。北京的女孩子，很多人都在为语录本编织小网兜，然后斜背在身上，或游行，或开会，很帅，正时兴呢。

那时的中国，已经到了人手一册《毛主席语录》的时期，我也拥有巴掌大的一本，觉得若是配以红玻璃丝网兜背在身上，一定非比寻常。现在想来，我那时的心态，正如同今日女孩子们渴盼一条新奇的裙子或一双时髦的运动鞋那般焦灼了。我请大荣姨立刻给我编一个小网兜，大荣姨却说编完手上那个才能给我编，因为手上这个也是旁人求她的，那求她的人就在她的家里坐等。

我环顾四周，这才发现在不远处的一把椅子上，坐着一位和我年纪相仿的女孩子。大荣姨手中的这件半成品，便是她的了。

这使我有点别扭。不知为什么，此刻我很想在这个女孩子面前显示我和大荣姨之间的亲密，用现在的话讲，就是显示我们的"够哥儿们"。我说："先给我编吧。""那可不行。"大荣姨头也不抬。

"为什么不行？"

"因为别人先求了我呀。"

"那你还是我的大荣姨呢。"

"所以不能先给你编。"

"就得先给我编。"我口气强硬起来，心里却忽然有些沉不住气。

大荣姨也有点冒火的样子，又说了一个"不行"，就不再理我的茬儿了。

看来她是真的不打算先给我编，但这已不是最重要的。重要的是这使我在那陌生女孩子跟前出了丑，这还算朋友吗？我嘟嘟囔囔地出了大荣姨的家，很有些悲愤欲绝，并一再想着，其实那小网兜用来装语录本，也不一定好看。

第二天早晨，当我一觉醒来，发现枕边有一只崭新的玻璃丝网兜，那网兜的大小，恰好可装一本 64 开的《毛主席语录》。保姆奶奶告诉我，这是大荣姨连夜给我编的，早晨送过来就上班去了。我噘着嘴不说话，奶奶说我不懂事，说凡事要讲个先来后到，自家人不该和外人"矫情"。

那么，我是大荣姨的"自家人"了，我们是朋友。因为是朋友，她才会断然拒绝我那"走后门"式的请求。

我把那只小网兜保存了很多年，直到它老化得又硬又脆时。虽然因为地理位置，因为局势和其他，我再也未曾和大荣姨见过面，但我们共度的美好时光却使我难以忘怀。什么时候能够再次听到朋友对你说"那可不行"呢？敢于直面你的请求并且说"不行"的朋友，往往更加值得我们珍惜。

打那以后，直至我长大成人，便总是有意躲避那些内容空洞的"亲热"和形态夸张的"友好"。每每觉得，很多人在这亲密的外壳中疲惫不堪地劳累着，你敢于为了说一个真实的"不"而去破坏这状态吗？在人们小心翼翼的疲惫中，远离我们而去的，恰是友谊的真谛。

我想起那年夏季在挪威，随我的丹麦朋友易德波一道去看她丈夫的妹妹。这位妹妹家住在易卜生的故乡斯凯恩附近，经营着一个小农场。正是夕阳普照的时刻，当我们的车子停在农场主的红房子跟前时，易德波的小姑子首先迎了出来。那是一位有着深栗色头发的年轻妇女，身穿宽松的素色衣裙。这时易德波也从车上缓缓下

共享好时光

来，向她的小姑子走去。我以为她们会快步跑到一起拥抱，寒暄地热闹一阵，因为她们不常见面，况且易德波又带来了我这样一个外国人。但是姑嫂二人都没有奔跑，她们只是彼此微笑着走近，在相距两米左右站住了。然后她们都抱起胳膊肘，面对面地望着，宁静、从容地交谈起来，似乎是上午才碰过面的两个熟人。橙红色的太阳笼罩着绿的草地、红的房子和农场的白色围栏，笼罩着两个北欧女人沉实、健壮的身躯，世界显得异常温馨和美。

那是一个令我感动的时刻，使我相信这对姑嫂是一对朋友。拉开距离从容交谈，不是比紧抱在一起夸张地呼喊更真实吗？拉开了距离彼此才会看清对方的脸，彼此才会静心享受世界的美好。

一位诗人告诉我，当你去别人家做客时，给你摆出糖果的若是朋友，那么为你端上一杯白开水的便是至交了。只有白开水的清淡和平凡，才能使友人之间无所旁顾地共享好时光。

每当我结识一个新朋友，总是不由自主地想起卖酱油的大荣姨和那一对北欧的姑嫂，只觉得能够享受到友人直率的拒绝和真切的清淡，实在是人生一种美妙的时光。

1991

关于头发

　　我上幼儿园的时候，梳过一种马尾辫：头发全部拢到脑后高高束起，然后用大红玻璃丝紧紧勒住。幼儿园阿姨为我梳头时，在我的头发上是很舍得用力的，每每勒得我两只眼角吊起来，头皮生疼，眼里闪着泪花。我为此和阿姨闹别扭，阿姨说，你的头发又细又软，勒得越紧头发才会长得越壮。长大些，当我对农事稍有了解，知道种子播入泥土，所以用脚踩紧踩实，或用碌碡轧紧轧实，为的是有助于种子生根发芽继而茁壮成长。这时我会想起幼儿园时我的马尾辫，阿姨似乎把我的头发当作庄稼侍弄了。但她的理论显然是可疑的，因为我的头发并未就此而粗壮起来。

　　读小学以后，我梳过额前一排"刘海儿"的娃娃头。到了中学，差不多一直是两根短辫。那是文化贫瘠的时代，头发的样式也是贫瘠的，辫子的长度有严格限制，过肩者即是封建主义的残余。在校女生没人留过肩的辫子，最大胆者的辫梢儿，充其量也就是扫着肩。我们梳着齐肩的短辫，又总是不甘寂寞地要在辫子上玩些花样，爱美之心鼓动着我们时不时弄出点藏头露尾、扭扭捏捏的把戏。忽然有一阵把辫子编得很高，忽然有一阵把辫子编得很低；忽然有一阵把两根辫子梳得很靠前，忽然有一阵把两根辫子梳得紧紧并在脑后。忽然有一阵市面上兴起一种名曰"小闹钟"的发型，就是将头发盖住耳朵由耳根处编起，两腮旁边各露出一点点辫梢儿，好似闹钟的两只尖脚。正当我们热衷于"小闹钟"这种恶俗的发型时，忽然有传闻说这是一种"流氓头"，因为社会上一些不三不四的女青年都梳着这种头在社会上作乱。我们害怕了，赶紧改掉"小闹钟"，把两只耳朵重新从头发的遮盖下显露出来。

成人之后，在二十世纪八十年代初期，社会对头发的限制消失了，从城市到乡村，中国女人曾经兴起一股烫发热潮。在那时，烫成什么样似乎不是最重要的，重要的是头发需要被烫。呆板了许多年的中国女人的头发是有被烫一烫的权利的。我也曾有过短暂的烫发史，只在这时，我才正式走进理发馆。从前，我和我的同学几乎都没有进理发馆的经验，我们的头发只需家里大人动动剪子即可。我走进理发馆烫发，怀着茫然的热望。老实说我对理发馆印象不好，那时的理发馆都是国营的，一个城市就那么几家，没有竞争对手，理发师对顾客的态度是：爱来不来。即使这样，理发馆也总是人头攒动。我坐在门口排队，听着嘈杂的人声，剪刀忙乱的嚓嚓声，还有掺着头发油泥味儿的热烘烘的水汽，还有烫发剂那么一股子能熏出眼泪的呛人的氨水味儿……这人声，这气味，屠宰场似的，使我内心充满一种莫名其妙的羞愧感。好不容易轮到我，我坐上理发椅，面对大镜子，望着镜子里边理发师漠然的眼神，告诉她我要烫荷叶头。我须看着镜子里的我和镜子里的理发师讲话，这也让我不安。两个人同时出现在一面镜子里总叫人有些难为情，特别当她(或他)如此近切地抓挠着你的头发，又如此冷漠地盯着他们手下你的这颗脑袋。现在想来那真是一种呆板而又无趣的发型，可是理发师并不帮你参谋或者给你建议。我顶着一头孤独的"荷叶"回家，只觉得自己又老又俗。

以后的许多年里，我不再烫发，一把头发用橡皮筋在脑后拢住，扎成一拃长的刷子。我的同事介绍给我一位陈姓理发师，说他人好技术也好，虽然是做"男活儿"出身，但"女活儿"你提要求他也能剪。我找到了陈师傅所在的理发馆，陈师傅热情地接待了我。他五十岁左右，老三届吧，人很敦厚，经常有本地领导同志慕名前来，他理那种程式化了的干部头最拿手。但他的确很聪慧，我提的要求，诸如脑后这把刷子的位置啦，刷子梢儿不要呈香蕉形而要齐齐的好比刷子一样啦，这看似简单的要求并不是每个理发师都能达到，可是陈师傅就行。他开动脑筋，过硬的基本功加经验，他成功了。

我的发型好像就这么固定了下来，亲人、朋友、同事都觉得这样子不错，显得五官突出，也有那么点成熟的干练劲儿。谈不到时尚，也决不能说落伍，而且省事。以至于不知何时我变得必须得留这种发型了。曾有好心同事半是玩笑、半是认真地告诉我："你若改变发型，必会让很多人不相信你。"这话分量可不轻，吓住了我，却也愈加诱我生出逆反心理，我跃跃欲试，气人似的，非要改变一下发型不可。

我萌生了剪短发的念头，半年之间曾几次走进美发厅（如今各种美发厅和发廊已遍布各地），又几次借故逃出。我想我这是对自己的发型太在意了，太在意了反倒是在虐待自己了。剪个短发有什么了不起呢？有什么了不起呢剪个短发？于是在那个夏天，去北京出差时，我痛下决心似的走进了住地附近的一间名叫"雪莱"的美发厅。这里环境幽雅，照应顾客的都是些发型、装束均显时尚的年轻人。一位身材瘦高的发型师迎上来问我剪发还是烫发，我说我要剪短发，他立即将我引至一张理发椅上坐好，递上厚厚两本发型图册请我翻阅，另有一位小姐为我送上一杯纯净水。我来来回回翻着书，见里面多是些夸张的富有戏剧性的发型设计，不免心中忐忑，预感此行恐怕是"凶多吉少"，并在这时想起了陈师傅——陈

9

师傅固然老派，却是稳妥的。而我在这样一个时尚和幽雅兼而有之的场面上，不知为什么显得格外孤立和无助。我有些烦躁，翻书的手势就猛了，猛而潦草，像是挑衅。因为我刚刚享受了小姐一杯纯净水的服务，仿佛没有理由站起来就走，我离开的理由只能是他们的态度不好啊。只要这发型师显出一点儿不耐烦，我便能理直气壮地站起来告辞。但是这位年轻的发型师很耐心，他富有经验地对我说，您留这种发型很长时间了吧，长发换短发一般都得有个心理过程。没关系，您慢慢选择。发型师的话使我的心安定下来，我不由自主把自己的职业告诉他，请他帮我做些参谋。他斟酌片刻，认真指给我几种样子，分析了我的发质，还建议我不要烫头发——尽管烫发比剪发的价钱要高很多。这位年轻人给了我一种信任感，我觉得我的头发不会糟蹋在他手里。

发型师在我的头发上开始了他的创造，我也试着自信地看着镜子里的我。我逐渐看清这新的发型于我真是挺合适，这看上去非常简单的造型，修剪的过程却相当复杂，好比一篇简洁的小说，看着单纯，那写作的过程却往往要运用作者更多的功力。临走时我问了发型师的名字，他叫孟文杰。

以后当我的头发长了需要修剪时，我会很自然地想到孟文杰和他的美发厅。这并不是说，除了孟文杰就没有人可以把我的头发剪好，不是的。孟文杰的确有精良的技术和对头发极好的感觉，他的认真、细腻、流畅和利落的风格，他将我的并不厚密的头发剪出那么一种自然而又丰满的层次，的确让我体会到头发的轻松和人的轻松。但更重要的是，我喜欢这间美发厅里的几个年轻人和他们营造的气氛，那是一种文明得体、不卑不亢的气氛。不饶舌，不压抑，也没有"包打听"。谈话是自然而然的，时事政治，社会趣闻，天上地下，国内海外……他们是那样年轻，大都二十出头，却十分懂得适可而止。他们也少有"看人下菜碟"的陋习，生客熟客他们一样彬彬有礼。某日我碰见一位言语刻薄的女客正冲孟文杰大发脾气，孟文杰和几位小姐不还口也不动怒，耐心对她做着什么解释。我以为这女客走后他们定会在背后嘀咕她几句——在商店、在公共场所，营业员当着顾客和背对顾客经常是两张脸。但是他们没有，即使面对我这样的熟客，他们也没有流露心里的委屈。我想这便是教养吧，我对他们的技艺和教养肃然起敬。

不过你也别以为这里会呈现一派家庭味儿的不分你我，热情礼貌归热情礼貌，算账时一分一厘都很清爽。没有半推半就的寒暄，或者假装大方的"免单"。这就是平等，平等的时候气氛才轻松。

这是一些不怎么读小说的人，因为熟了，有时候他们也读我的小说。一位姓常的小姐尤其喜欢和我讨论我的小说的结尾。这位常小姐告诉我她擅长讲故事，每当遇到伤心的女友对她诉说自己的伤心事时，常小姐便会讲自己一个比女友更伤心的故事给她听。常小姐说其实我一半都是编的呀，我想只有你的故事比她更伤心，才能让她停止伤心你说是不是？常小姐她实在应该去写小说呢。有时我把自己的新书送给他们，孟文杰往往带着职业本能品评新书，他指着封面上我的照片说："您耳边这绺头发翘起来了，是上次我没剪好。"假如我很长时间不去"雪莱"，他们也会说起的，计算着几个月了，我应该去了……我知道这不是对所谓"名人"的想念，地处王府井闹市，他们眼前、手下经常流淌着名人和名人的脑袋。这是一种人与人之间自然的友好心情，我为此而感动。

想一想在这个世界上，除了你自己，除了与你耳鬓厮磨的爱人，还有谁和你头发的关系最亲密呢？正是那些美发师啊。他们用自己诚实、地道的劳动，每天每天，善待着那么多陌生的潮水一般的头发，在那么多头颅上创造出美、整洁、得体和千差万别的风韵，让我想到，在我们的身体上，还有比头发更凡俗、更公开却又更要紧的东西吗？而美发师这职业，是那么凡俗，那么公开，又那么要紧。多少女性想要改变心情时，首先就是从头发上下手啊。"今天我要对自己好一点，去美发厅做它一个'离子烫'！"有一回我去镜框店买镜框，听见女店主正对她的熟人说。

我已经很久没见过陈师傅了，他曾托同事捎话给我，希望我去他那儿让他看看，看我到底剪了个什么样的头，他能不能也学学。

陈师傅的话使我感觉到我对他的一种背叛，还有一点儿凄凉。我的头发"投奔"了一些充满朝气的年轻人，这本身仿佛就是对陈师傅的不够仗义。不过话也可以这么说吧：如果我们的头发不再可能重复几十年前那被限制的时光，面对头发就永远存在丰富而多样的竞争。

这让人激动，也让人觉出生活的正常和美好。

2001

想象胡同

少年时，由于父母去遥远的"五七"干校劳动，我被送至外婆家寄居，做了几年北京胡同里的孩子。

外婆家的胡同地处北京西城，胡同不长，有几个死弯。外婆的四合院是一所坐北朝南的两进院子，院落不算宽敞，院门的构造却规矩齐全，大约属屋宇式院门里的中型如意门。门框上方雕着"福""寿"的门簪，垂吊在门扇上用做敲门之用的黄铜门钹，以及迎门的青砖影壁和大门两侧各占一边的石头"抱鼓"，都有。或者，厚重的黑漆门扇上还镌刻着"总集福荫，备致嘉祥"之类的对联吧。只是当我作为寄居者走进这两扇黑漆大门时，门上的对联已换做了红纸黑字的"四海翻腾云水怒，五洲震荡风雷激"。

这样的对联，为当时的胡同增添着激荡的气氛。而在从前，在我更小的时候来外婆家做客，胡同里是安详的。那时所有的院门都关闭着，人们在自家的院子里，在自家的树下过着自家的生活。外婆的院里就有四棵大树，两棵矮的是丁香，两棵高的是枣树。五月里，丁香会喷出一院子雪白的芬芳；到了秋日，在寂静的中午我常常听见树上沉实的枣子落在青砖地上溅起的"噗噗"声。那时我便箭一般地蹿出屋门，去寻找那些落地的大枣。

偶尔，有院门开了，那多半是哪家的女主人出门买菜或者买菜回来。她们把一小块木纸包着的一小堆肉馅儿托在手中，或者是一小块报纸裹着的一小绺韭菜，于是胡同里就有了谦和热情、啰唆而又不失利落的对话。说她们啰唆，是因为那对话中总有无数个

"您慢走""您有工夫过来""瞧您还惦记着""您哪……"等等等等。外婆隔壁院里有位旗人大妈,说话时礼儿就更多。说她们利落,是因为她们在对话中又很善于把句子简化,比如:

"春生来雪里蕻啦。"

"笔管儿有猫鱼。"

"春生"是指胡同北口的春生副食店,"笔管儿"是指挨着胡同西口的笔管胡同副食店。猫鱼是商店专为养猫人家准备的小杂鱼,一毛钱一堆,够两只猫吃两天。为了春生的雪里蕻和笔管儿的猫鱼,这一阵小小的欢腾不时为胡同增添着难以置信的快乐与祥和。她们心领神会着这简约的词汇再道些"您哪、您哪",或分手,或一起去北口的春生、西口的笔管儿。

当我成为外婆家长住的小客人之后,也曾无数次地去春生买雪里蕻,去笔管儿买猫鱼,剩下零钱还可以买果丹皮和粽子糖。我也学会了说春生和笔管儿,才觉得自己真正被这条胡同所接纳。

后来,胡同更加激荡起来,这样啰唆而利落的对话不见了。不久,又有规定让各家院门必须敞开,说若不敞开院中必有阴谋,晚上只在规定时间门方可关上。外婆的黑漆大门冲着胡同也敞开了,使人觉得这院子终日在众目睽睽之下。

那时,外婆院子的西屋住着一对没有子女的中年夫妇——崔先生和崔太太。崔先生是一个傲慢的孤僻男人,早年曾经留学日本,现任某自动化研究所的高级工程师。夫妇二人过得平和,都直呼着对方的名字,相敬如宾。有一天忽然有人从敞开的院门冲入院子抓走了崔先生,从此十年无消息。而崔太太就在那天夜里疯了,可能属于幻听症。她说她听到的所有声音都是在骂她,于是她开始逃离这个四合院和这条胡同,胳膊上常挎着一只印花小包袱,鬼使神差似的。听人说那包袱里还有黄金。她一次次地逃跑，一次次地被街道的干部大妈抓回。街道干部们传递着情况说：

"您是在哪儿瞧见她的？"

"在春生，她正掏钱买烟呢，让我一把就攥住了她的手腕儿……"

或者："她刚出笔管儿，让我发现了。"

拎着酱油瓶子的我，就在春生见过这样的场面——崔太太被人抓住了手腕儿。

对于崔太太，按辈分我该称她崔姥姥的，这本是一个个子偏高、鼻头有些发红的干净女人。我看着她们扭着她的胳膊把她押回院子锁进西屋，还派专人看守。我曾经站在院里的枣树下希望崔太太逃跑成功，她是多么不该在离胡同那么近的春生买烟啊。不久崔太太因肺病死在了西屋，死时，偏高的身子缩得很短。

这一切，我总觉着和院门的敞开有关。

十几年之后胡同又恢复了平静，那些院门又关闭起来，人们在自己的院子里做着自己的事情。当长大成人的我再次走进外婆的四合院时，我得知崔先生已回到院中。但回家之后砸开西屋的锈锁他也疯了：他常常头戴白色法国盔，穿一身笔挺的黑呢中山装，手持一根楠木拐杖在胡同里游走、演说。并且他在两边的太阳穴上各贴一枚图钉（当然是无尖的），以增强脸上的恐怖。我没有听过他的演说，目击者都说，那是他模拟出的施政演说。除了做演说，他还特别喜欢在貌似悠然的行走中猛地回转身，将走在他身后的人吓那么一跳。之后，又没事人似的转过身去，继续他悠然的行走。

我曾经在夏日里一个安静的中午，穿过胡同向大街走，恰巧走在头戴法国盔的崔先生之后，便想着崔先生是否要猛然回身了。在幽深狭窄、街门紧闭的胡同里，这种猛然回身确能给后面的人以惊吓的。果然，就在我走近笔管儿时，离我仅两米之遥的崔先生来了一个猛然回身，于是我看见了一张黄白的略显浮肿的脸。可他并不看我，眼光绕过我，却使劲儿朝我的身后望去。那时我身后并无他人，只有我们的胡同和我们共同居住的那个院子。崔先生望了片刻便又反回身继续往前走了。

以后我再也没有见过崔先生，只不断听到关于他的一些花絮。比如，由于他的"施政演说"，他再次失踪又再次出现；比如，他曾得过一笔数额不小的补发工资，又被他一个京郊侄子骗去……

出人意料的是，当时我却没有受到崔先生的惊吓，只觉得那时崔先生的眼神是刹那的欣喜和欣喜之后的疑惑。他旁若无人地欣喜着自己只是向后看，然后便又疑惑着自己再转身朝前。

许多年过后，我仍然能清楚地回忆起崔先生那疾走乍停、猛向后看的神态，我也终于猜到了他驻步的缘由，那是他听见了崔太太对他那直呼其名的呼唤了吧？院门开了，崔太太站在门口告诉他，若去笔管儿，就顺便买些猫鱼回来。然而，崔先生很快又否定了自己，带着要演说的抱负朝前走去。

1994

一千张糖纸

小学一年级的暑假里,我去北京外婆家做客。正是"七岁八岁讨人嫌"的年龄,外婆的四合院里到处都有我的笑闹声。加之隔壁院子一个名叫世香的女孩子跑来和我做朋友,我们两人的种种游戏更使外婆家不得安宁了。

我们在院子里跳皮筋,把青砖地踩得砰砰响;我们在枣树下的方桌上玩"抓子儿","羊拐"撒在桌面上一阵又一阵哗啦啦啦、哗啦啦啦;我们高举着竹竿梆枣吃,青青的枣子滚得满地都是;我们比赛着唱歌,你的声音高,我的声音就一定要高过你。外婆家一个被我称作表姑的人对我们说:"你们知道不知道什么叫累呀?"我和世香互相看看,没有名堂地笑起来——虽然这问话没有什么好笑,但我们这一笑便是没完没了,上气不接下气。是啊,什么叫累呀?我们从来没有思考过累的问题。有时候听见大人说一声:"喔,累死我了!"我们会觉得那是因为他们是大人呀,"累"距离我们是多么遥远啊。

当我们终于笑得不笑了,表姑又说:"世香不是有一些糖纸么,为什么你们不花些时间攒糖纸呢?"我想起世香的确让我参观过她攒的一些糖纸,那是几十张美丽的玻璃糖纸,被她夹在一本薄薄的书里。可我既没有对她的糖纸产生过兴趣,也不打算重视表姑的话。表姑也是外婆的客人,她住在外婆家养病。

世香却来了兴致,她问表姑:"您为什么让我们攒糖纸呀?"表姑说糖纸攒多了可以换好东西,比方说一千张糖纸就能换一只电动狗。我和世香被表姑的话惊呆了：我们都在百货大楼见过这种新式的玩具，狗肚子里装上电池，一按开关，那毛茸茸的小狗就汪汪叫着向你走来，电动狗也许不会被今天的孩子所稀奇，但在二十多年以前，在中国玩具单调、匮乏的时代，表姑的允诺足以使我们激动很久。那该是怎样一笔财富，那该是怎样一份快乐？更何况，这财富和快乐将由我们自己的劳动换来呢。

我迫不及待地问表姑糖纸攒够了找谁去换狗，世香则细问表姑关于糖纸的花色都有什么要求。表姑说一定要透明玻璃糖纸，每一张都必须平平展展，不能有褶皱。攒够了交给表姑，然后表姑就能给我们电动狗。

一千张糖纸换一只电动狗，我和世香若要一人一只，就需要两千张糖纸。这不是一个小数目，但我们信心百倍。

从此我和世香再也不跳皮筋了，再也不梆枣吃了，再也不抓子儿了，再也不扯着嗓子比赛唱歌了。外婆的四合院安静如初了，我们已开始寻找糖纸。

当各式各样的奶糖、水果糖已被今日的孩子所厌倦时，从前的我们正对糖寄予着无限的兴趣。你的衣兜里并不是随时有糖的，糖纸——特别是包装高档奶糖的玻璃糖纸也不是到处可见。我和世香先是把零花钱都买了糖——我们的钱也仅够买几十块高级奶糖，然后我们突击吃糖，也不顾糖把嗓子齁得生疼，糖纸总算到手了呀；我们走街串巷，寻找被人遗弃在犄角旮旯的糖纸，我们会追随着一张随风飘舞的糖纸在胡同里一跑半天的；我们守候在食品店的糖果柜台前，耐心等待那些领着孩子前来买糖的大人，等待他们买糖之后剥开一块放进孩子的嘴，那时我们会飞速捡起落在地上的糖纸，或是"上海太妃"，或是"奶油咖啡"；我们还曾经参加世香一个亲戚的婚礼，婚礼上那满地糖纸令我们欣喜若狂。我们多么盼望所有的大人都在那些日子里结婚，而所有的婚礼都会邀请我们！

我们把那些皱皱巴巴的糖纸带回家，泡在脸盆里使它们舒展开来，然后一张一张贴在玻璃窗上，等待着它们干后再轻轻揭下来，糖纸平整如新。

暑假就要结束了，我和世香每人都终于攒够了一千张糖纸。在一个下午，表姑午睡起来坐着喝茶的时候，我们走到她跟前，献上了两千张糖纸。

表姑不解地问我们这是干什么，我们说狗呢，我们的电动狗呢？表姑愣了一下，接着就笑起来，笑得没完没了，上气不接下气。待她笑得不笑了，才擦着笑出的泪花说："表姑逗着你们玩哪，嫌你们老在院子里闹，不得清静。"

世香看了我一眼，眼里满是悲愤和绝望，我觉得还有对我的藐视——毕竟，这个逗着我们玩的大人是我的表姑啊。这时我忽然有一种很累的感觉，我初次体味到大人们常说的累，原本就是胸膛里那颗心的突然加重吧。

我和世香拿回我们的糖纸来到院里，在院子门口，我把我精心"打扮"过的那一千张糖纸扔向天空，任它们像彩蝶一样随风飘去。

我长大了，在读了许多书识了许多字之后，每逢看见"欺骗"这个词，总是马上联想起"表姑"这个词。两个词是如此紧密地在我意识深处挨着，岁月的流逝也不曾将它们彻底分离，让我相信大人轻易之间就能够深深伤害孩子，而那深深的伤害会永远地藏进孩子的记忆。

孩子是可以批评的，孩子是可以责怪的，但孩子是不可以欺骗的，欺骗本是最深重的伤害。

我们已经长大成人，可所有的大人不都是从孩童时代走来的么？

1992

中学时代

麻 果 记

　　大人在孩子面前一遍遍重复着自己的故事，他们每次都能觉出这故事的新鲜，却不顾记忆最好的还是眼前的孩子。由于那些故事被过多地重复，在孩子耳朵里，它们早已变成"从前有座山，山上有座庙"一样的索然无味了。

　　也许所有的孩子都听过大人的重复：哥哥、姐姐、弟弟、妹妹；也许所有的大人都重复过自己：爷爷、奶奶、父亲、母亲。

　　由于爷爷奶奶的早逝，我没有听过爷爷奶奶的重复，却听过父亲重复过去的爷爷奶奶。我想象里的奶奶，总是一位少言寡语、站在灶前做着麻果月饼的农村妇女。因为我小时，一个奶奶和麻果月饼的故事，父亲在我们耳边重复过无数遍，我竟然没有觉出它的乏味，每次听来还能以它展开些新的联想。

　　父亲讲这故事，总是先从麻说起：这麻，是一种草本阔叶植物，分为朽麻和线麻，朽麻打绳，线麻捻线。麻是麻秸的皮，劈时要到河里去沤，沤时很臭，朽麻最臭。下面还要讲到，经过沤的麻秆不再有力，便有了麻秆打狼的典故。父亲讲时像个说书艺人，又像个植物学家，其实他与这两种职业都无关联，他是个画家。或许是他从小生在农村的缘故，讲起麻来才能使你身临其境。故事的开篇没什么听头，我听时也常盼它快过去。父亲讲麻主要是引出麻的果实——麻果，那是朽麻上的果实。朽麻长得齐房高，叶呈桃圆形，碗样大。当一阵火星般的黄色小花撒向天地之后，便是这麻果的出现。麻果像一簇朝天的小酒杯，制服扣子般大小，"杯"口如一朵平面多瓣的花。瓣中嵌着乳白色的麻籽，剥开嚼嚼，有淡苦味儿，但清香。麻籽成熟后，由白变黑，"酒杯"炸开，它们被弹入大地，来年一齐破土而出。

于是中秋时，乡间女人总是采下一朵麻果，找来红色，用它来点缀这天烤烙的月饼。这月饼的外形虽同于真正的月饼，但远不具月饼的价值，它只是那些购不起月饼的人家一种节日的替代，实则发面火烧矣！如果多一点豆馅或枣泥，再以麻果做印，便是更好的替代了。

那时的我家，中秋时真正的月饼也有，但总是不能满足家人的需求，这种供与求失调的解决办法，便是这填入枣泥、豆馅，钤有麻果印记的火烧的补充，这火烧的制作者即是奶奶。

父亲从来没有讲过他对这天月亮的记忆，在他的印象中这天最美的是下午那明丽的天空，和乡村大道上那盛开的"老鸹喝喜酒"——一种藕荷色的小喇叭花。大概那是因为这时奶奶正在灶前劳作吧，又是因了这天下午那明丽的天空，和那路边"老鸹喝喜酒"的盛开，使他执拗地认为，最好吃的不是细馅果子月饼，而是这钤有麻果印记的火烧。我常看到一个虎势的男孩一手举着这火烧，跳过一棵棵"老鸹喝喜酒"在明丽的天空下奔跑，然后钻进一片朽麻地里找他的伙伴去海阔天空。

我插队时，也注意过这天下午的天空，感觉它明丽得就要溢出颜色，就要染蓝天边的大地，才意识到原来我和我们的冀中平原就是被这么好的天空所笼罩，也才忘掉手上因努力开掘这土地刚打下的血泡。也只有这时，我才想起为什么不去找找那朽麻、那"老鸹喝喜酒"？但我没有成功过。我们那里也有麻，长得不到人高，几个尖尖的叶片像放大的枫叶，也不结麻果，果实是黍子模样的小颗粒。我想,这是线麻吧。但我们这里不用它捻线,我们有棉花。

棉线纺出的绳子又白又长,妇女们坐在树荫里纳底子,把胳膊甩个半圆,甩过头顶。我也问过村里的乡亲,关于"老鸹喝喜酒",他们好像听到了什么稀罕,笑得一时喘不过气来。也许是这里没有麻果的缘故,这天人们也不烙火烧,有人只从城里买回由供销社一家垄断生产的、同一种形式的月饼,大人和孩子分吃着。我们也互相着捎些回来,艰难地掰。

历史前进得毕竟太快了,转眼间我们的周围变成了另一个天地。当年我回家时进出市里的那条荒凉的城郊大道,现在已是商店林立,琳琅满目的商品从店内排到店外。人在家用电器里穿行,挂在墙上、树上的服装款式大概是从前的几千倍,"雪人""可乐"使你在那里目不暇接。至于说到中秋时那月饼盛况,你会觉得那简直成了生产厂家和顾客的共同奢侈了。谁也不曾料到,单只这么个圆饼会有这么多名堂。那以馅作为标志的名称不仅是月饼南北的大荟萃,也标志着传统和引进,物质和精神。"自来红""自来白""酥皮""提浆"已是司空见惯;"五仁""火腿"一听便是源于广粤;"黄油""改良"谁都能听出引进的意味;"维生素 E""钙奶"则宣布着过多的是"精神"。

每年我都要在这些月饼的风景里奔波一阵,为月饼而奢侈也像是一种传染吧。回到家来带着节前的风尘,一包包打开,先为自己的选择沾沾自喜一阵,窃喜我购得了最新鲜的"酥皮"和"豆蓉",窃喜今年的"火腿"真是广州运来的……

那么这一年一度的月饼节,由于一年比一年豪华,过节的时间延续也越来越长了——你得吃呀。先是兴高采烈地吃,继而是无所谓地吃,然后是无可奈何地吃,直到最后该分配"消灭"了。然

麻果记

而总有一批不可消灭者要被扔掉的，扔时还要看准时机，轻步掩面，避免落个浪费的罪名。

我家的月饼导致被扔，除了它的过剩之外，另一个原因大约是父亲对它们过分冷淡。他由于厌甜的胃口，对月饼这东西总是给以贬义。在他看来，世上的月饼名称任你千变万化地出新，也不过是糖加面，纵有几丝火腿、几粒果仁也早已埋没在糖面之中。至于黄油，里面果真有吗？昂贵的洋货若像豆油样地加进月饼，那价格肯定远非现在的月饼了。至于那些"精神"货物，又何必呢？就不如吃完月饼再吃个药片。

父亲的理论不无道理，然而我却觉得父亲对各路月饼的淡漠，还是基于他的麻果火烧。那麻果总是随着这天下午的天空在他脑海中出现吧，或者因了这天下午的天空，他脑海中总要出现些麻果的。于是各路月饼变得无奈了。虽然我也感受过这日下午天空的明丽，但我毕竟没有亲自尝过麻果火烧，甚至连杇麻都没有觅见。

后来我无数次地进山，无数次地出省，总不忘记去询问那杇麻，却总未得见。

几年前，我和我们这个城市的许多居民一样搬进了新居，告别了我在我的《没有纽扣的红衬衫》中描写过的那座"古堡幽灵"。那座楼曾被许多来找我的人念念不忘，不忘它的一团漆黑，不忘它的进入我家时需试探着脚步前进的路途。许多人都要撞在别人家的煤池或杂物上，如果你碰巧撞掉别人家几块砖，你还要尴尬着替人垒上，虽然你正是这楼的一位高贵客人。

我家居住条件的改善，使我也有了一个属于自己的空间。我在自己的空间里起居、写作，有时也接待客人。这空间不大，但我喜欢，喜欢它的安静和窗外那一片新鲜空气。写作疲劳时我可以投笔凭窗而望，眼中是一地肥硕的菜和侍弄它们的操着浓重乡音的农民，那声音就像我插队时听到的一样。在近处一矮垣内，是为我们供暖的锅炉房，一个三角形的院子常堆着煤山。煤山常常压倒一些草本、木本的植物，有的被淹没了，有的仍在煤山那山底的边缘顽强地生长。要知道几年前这里还是一片凹凸不平的荒地，如今总要留下些"遗腹子"的。

一次我又凭窗而立时，却发现了意外：一簇阔叶植物正从煤山的边缘蹿出来，几片碗大的桃形圆叶在逆光下显出格外的活泼，几朵火星般的小花就在黑颜色里闪烁。我凭着过人的视力还发现，它的枝干上分明有几个朝天的"酒杯"——呀，朽麻！我迅速跑下楼去，跑进这三角形院子，来到这麻的跟前。一点儿不错，房样高的枝干，桃样的阔叶，火星般的花序，酒杯样的麻果。

我采下一个麻果，回家请父亲验证。父亲惊异地问我是哪儿来的，我指给他说就在窗外，就在眼前。他说，这麻果刚长出，还柔软，里面连籽都不曾有。成熟变硬要到中秋节，现在还不到阴历七月。我说，今年中秋节咱们也烙麻果月饼吧，哪知父亲却显得冷漠了。他说，想想罢了，真做出来你们倒不一定吃了，那不就是火烧嘛。

我不知父亲为什么一下子对麻果失去了兴致，他指的"你们"又是谁。也许是专指我，也许是对一代人的泛指。他一定在想，为什么要拿这久远的想象来冲击眼前呢？难道父亲真的抟胳膊挽袖子为我们做下这火烧后，我担保就不去月饼风景里奔跑了吗？到头来被冷落的或许还是这填了些豆和枣的面饼子，虽然它有我久觅不到的麻果作钤记，当今我们也不再需要这东西来作补充。这时父亲的淡漠，也许是对他从前那热烈想象的冷落吧。

麻果记

然而，世间哪有不被冷落的热烈呢，热烈应该和想象同步才是。

让麻果永远是麻果吧！还有我未曾见面的"老鸹喝喜酒"。

1989. 11

10 岁，身后有"文革"标语

母亲在公共汽车上的表现

　　这里要说的是我母亲在乘公共汽车时的一些表现，但我首先须交代一下我母亲的职业。

　　我母亲退休前是一名声乐教授。她对自己的职业是满意的，甚至可以说热爱。因此她一开始有点不知道怎样面对退休。她喜欢和她的学生在一起；喜欢听他们那半生不熟的声音是怎样在她日复一日的训练之中成熟、漂亮起来；喜欢那些经她培养考上国内最高音乐学府的学生假期里回来看望她；喜欢收到学生们的各种贺卡。当然，我母亲有时候也喜欢对学生发脾气。用我母亲的话说，她发脾气一般是由于他们练声时和处理一首歌时的"不认真"，"笨"。不过在我看来，我母亲对学生的发脾气稍显那么点儿煞有介事。我不曾得见我母亲在课堂上教学，有时候我能看见她在家中为学生上课。学生站着练唱，我母亲坐在钢琴前弹伴奏。当她对学生不满意时就开始发脾气。当她发脾气时就加大手下的力量，钢琴骤然间轰鸣起来，一下子就盖过了学生的嗓音。奇怪的是我从未被我母亲的这种"脾气"吓着过，只越发觉得她在这时不像教授，反倒更似一个坐在钢琴前随意使性子的孩童。这又何必呢，我暗笑着想。今非昔比，现在的年轻人谁会真在意你的脾气？但我观察我母亲的学生，他们还是惧怕他们这位徐老师(我母亲姓徐)。他们知道这正是徐老师在传授技艺时没有保留没有私心的一种忘我表现，他们服她。可是我母亲退休了。

　　我记得退休之后的母亲曾经很郑重地对我说过，让我最好别告诉我的熟人和同事她的退休。我说退休了有什么不好，至少你不用每天挤公共汽车了，你不是常说就怕挤车嘛，又累又乏又耗时间。我母亲冲我讪讪一笑，不否认她说过这话，可那神情又分明叫人觉出她对于挤车的某种留恋。

我母亲的工作和公共汽车关系密切，她一辈子乘公共汽车上下班。公共汽车连接了她的声乐事业，连接了她和教室和学生之间的所有活动，她生命的很多时光是在公共汽车上度过的。当然，公共汽车也使她几十年间饱受奔波之苦。在中国，我还没有听说过哪个城市乘公共汽车不用挤不用等不用赶。我们这座城市也一样。我母亲就在长年的盼车、赶车、等车的实践中摸索出了一套上车经验。有时候我和我母亲一道乘公共汽车，不管人多么拥挤，她总是能比较靠前地登上车去。她上了车，一边抢占座位（如果车上有座位的话）一边告诉我，挤车时一定要溜边儿，尽可能贴近车身，这样你就能被堆在车门口的人们顺利"拥"上车去。试想，对于一位年过六十岁的妇女，这是一种多么危险的行为啊。我的确亲眼见过我母亲挤车时的危险动作：远远看见车来了，她定会迎着车头冲上去。这时车速虽慢但并无停下的意思，我母亲便会让过车头，贴车身极近地随车奔跑，当车终于停稳，她即能就近扒住车门一跃而上。她上去了，一边催促着仍在车下笨手笨脚的我——她替我着急；一边又有点居高临下的优越和得意——对于她在上车这件事上的比我机灵。她这种情态让我在一瞬间觉得，抱怨挤车和对自己能巧妙挤上车去的得意相比，我母亲是更看重后者的。她这种心态也使我们母女乘公共汽车的时候总仿佛不是母女同道，而是我被我母亲率领着上车。这种率领与被率领的关系使我母亲在汽车上总是显得比我忙乱而又主动。比方说，当她能够幸运地同时占住两个座位，而我又离她比较远时，她总是不顾近处站立的顾客的白眼，坚定不移地叫着我的小名要我去坐；比方说，当有一次我因高烧几天不退乘公共汽车去医院时，我母亲在车上竟然还动员乘客给我让座。但那次她的"动员"没有奏效，坐着的乘客并没有因我母亲声明我是个病人就给我让座。不错，我因发烧的确有点红头涨脸，但这也可能被人看成是红光满面。人们为什么要给一个年轻力壮而又红光满面的人让座呢？那时我站着，脸更红了，心中恼火着我母亲的"多事"，并由近而远地回忆着我母亲在汽车上下的种种表现。当车子渐空，已有许多空位可供我坐时，我仍赌气似的站着，仿佛就因为我母亲太看重座位，我便愈要对空座位显出些不屑。

近几年来，我们城市的公共交通状况逐渐得到了缓解，可我母亲在乘公共汽车时仍是固执地使用她多年练就的上车法：即使车站只有我们两人，她也一定要先追随尚未停稳的车子跑上几步，然后贴门而上。她制造的这种惊险每每令我头晕，我不止一次地提醒她不必这样，万一她被车刷倒了呢，万一她在奔跑中扭了腿脚呢？我知道我这提醒的无用，因为下一次我母亲照旧。每逢这时我便有意离我母亲远远的，在汽车上我故意不和她站在（或坐在）一起。我遥望着我的母亲，看她在找到一个座位之后是那么的心满意足。我母亲也遥望着我，她张张嘴显然又要提醒我眼观六路留神座位，但我那拒绝的表情又让她生出些许胆怯。我遥望着我的母亲，遥望她面对我时的"胆怯"，忽然觉得我母亲练就的所有"惊险动作"其实和我的童年、少年时代都有关联。在我童年、少年的印象里，我母亲就总是拥挤在各种各样的队伍里，盼望、等待、追赶……拥挤着别人也被别人拥挤：年节时买猪肉、鸡蛋、粉条、豆腐的队伍；凭票证买月饼、火柴、洗衣粉的队伍；定量食油和定量富强粉的队伍；买火车票长途汽车票的队伍……每一样物品在那个年月都是极其珍贵的，每一支队伍都可能因那珍贵物品的突然售完而宣告解散。我母亲这一代人就在这样的队伍里和这样的等待里练就着常人不解的"本领"而且欲罢不能。

我渐渐开始理解我母亲不再领受挤车之苦形成的那种失落心境，我知道等待公共汽车挤上公共汽车其实早已是她声乐教学事业的一部分。她看重这个把家和事业连接在一起的环节，并且由此还乐意让她的孩子领受她在车上给予的"庇护"。那似乎成了她的一项"专利"，就像在从前的岁月里，她曾为她的孩子她的家，无数次地排在长长的队伍里，拥挤在嘈杂的人群里等待各种食品、日用品一样。

不久之后，我母亲同时受聘于两所大学继续教授声乐。她显得很兴奋，因为她又可以和学生们在一起了，又可以敲着琴键对她的学生发脾气了，她也可以继续她的挤车运动了。我不想再指责我母亲自造的这种惊险，我知道有句老话叫做"江山易改，禀性难移"。

可是，对于挤公共汽车的"爱好"，难道真能说是我母亲的秉性吗？

2003

擀面杖的故事

　　当我成为人们所说的作家之后，虽然写作是我最重要的一部分生活，却不是我生活的全部。写作之外，我还必须承担我所应承担的一切，像所有普通居家过日子的人一样，采买，洗衣，做饭，打扫卫生，浏览时装，定期交纳水电费煤气费有线电视费以及各种费，关注物价以利于在自由市场和商贩讨价还价……写作之外，也有一些非我必须承担的，可我乐于参与其间。比如以外行的耳朵欣赏音乐；比如看画(好画家的原作和印刷品)；比如看电影——一九九五年在美国期间，因为喜欢汤姆·汉克斯(《阿甘正传》主演)，就花几天时间看了他的全部电影；再比如，悉心揣摩我父亲的某些收藏品，有时也同他一道去"搜罗"它们。

　　我父亲作为一个长于西画的画家，特别喜爱中国民间的"俗物"。许多年来，他搜集油灯(从汉代直至当今)、火镰、织布梭、粗瓷大碗、大盘、铁匠打制的各式老笨锁、硬木工匠手下的全套凿雕工具、农人腰间的鱼形小刀(简称鱼刀)、牲口脖子上的木"扣槽"……大到碾盘、饸饹床子，小到石头捣蒜臼和火柴棍儿长短的藏针筒儿，他还搜集擀面杖。他搜集的擀面杖，多半来自乡间农户，木质、长短和粗细各有不同，他对它们没有特别的要求，他的原则是有意思就行。当他有机会去农村的时候，他喜欢串门。那时主人多半是好客的，他们通常会大着嗓门邀他进屋。他进了屋，便在灶台、水缸、案板之间东看西看起来。遇有喜欢的，或直接买到手，或买根新的来以新换旧。如若主人既不要钱又不愿意给他擀面杖，我父亲便死磨活说地动员人家，并许以高出原价几倍乃至十几倍的钱。有一次他为了"磨"出一根他看上的擀面杖，在一个村子耽搁了大半天。而他进村的时候，不过是想画些钢笔速写。这样，画速写用去二十分钟，"求"擀面杖却花了五个小时。为了达到目的他能忍住饥饿忍住焦渴。他的顽强以至于惊动了那村的全体村干部。而看热闹的村人越发以为那家的擀面杖是个稀有的宝贝，便撺掇着主人将价格越抬越高。最后还是村干部从中说合，我父亲以近二百元人民币的价格将擀面杖买下。我没有问过父亲这值不值，我知道"喜欢"这两个字的价值有多高。还有一次，父亲从山里回来，拿出一根两尺来长的黑色擀面杖给我看，说是铁木的，很沉，不信你试试。我握在手中试试，果然。父亲告诉我，这擀面杖的主人是满族，蓝旗吧，祖上是给皇陵看坟的。擀面杖传到他这一代，有一百年了。父亲还说，这个人家实在仁义，见他真喜欢这擀面杖，夫妻俩异口同声地说："是什么好东西哟，喜欢就拿走吧！"父亲并且对我模仿着他们那绝对不同于当地农民的旗人口音——虽然一百年后的他们，早已是地道的当地农民。他们的口音，他们的善良，都给他留下了深刻的印象。

去年初秋，我随父亲去太行山西部写生，走了一些大大小小的村子，在农民的院里屋里，和他们聊过日子的琐事。一些妇女见父亲带着相机，便请求父亲为她们拍照。父亲为她们照相，还答应照片洗出后寄给她们。父亲在这方面从不食言，尽管他可能终生不会再与她们见面。有个下午我们走进了一个整洁的小院，我像往常那样先打声招呼："家里有人吗?"一个利索、和善的中年妇女应声从屋里出来站在门口，她笑着对我说："吃桃儿吧。"我这才发现我正站在一棵桃树下。抬头看看，桃子尚青，小孩拳头大。我说：

"谢谢您，我不吃。"妇女向我走来说："来，吃个，谁让你走到了桃树底下呢。"她伸手摘下几个桃子，放在衣襟上擦净，递给我。我吃着略生涩的桃子，心想也许她就要请求我父亲为她拍照了。但是没有，这个妇女，她仅仅是愿意让一个走到她桃树底下的生人尝尝桃子。于是我又想，这样的妇女若有一根父亲喜欢的擀面杖，她定会毫不犹豫地送给父亲的。我们进了屋，父亲并没有看中她家的擀面杖。

第二天上午，父亲在另外一家发现了他中意的擀面杖。照我当时的看法，这根擀面杖其貌不扬，木质也一般。但也许正是它那种不太圆润的样子吸引了父亲，他小声对陪同我们前来的镇长（年轻的镇长是父亲的朋友）说了买擀面杖的企图。镇长说，这也叫个事儿？这也用买？先拿走，回头我让人上供销社给他们送根新的来！这个上午，这家只有一位年近五十的妇女，她告诉我们，她丈夫上山割山韭菜去了，大闺女正在地里侍弄大棚菜。当她得知我们要买她的擀面杖时，显然觉得这是一件不可思议的事。她明确表示了她的不情愿，她说其实那不是地道的擀面杖，那年她当家的和兄弟分家的时候，他们家没分上擀面杖，他当家的在院里捡了根树棍，好歹打磨了几下权做了擀面杖，其实这擀面杖不过是个普通的树棍子。这位妇女想以这擀面杖的不地道打消父亲想要它的念头，我却接上她的话说："既是这样，就不如让我买一根真正的擀面杖送给您。"哪知妇女听了我的话，立刻又掉转话头，说起这擀面杖是多么好使，说再不地道也是用了多少年的家什了，称手啊，换个别的怕还使不惯哩……这时镇长不由分说一把将擀面杖抓在手里，半是玩笑半是命令地说这擀面杖归他了，他让妇女到镇供销社拿根新的，账记在他身上。妇女仍显犹豫，却终未敌过镇长的意愿。我们

33

自是一番千谢万谢。一出她的院门，镇长便将擀面杖交与父亲。父亲富有经验地说，应该尽快离开这个村子，以防主人一会儿翻悔。

我们随镇长来到镇政府，在他的办公室，镇长对我讲起了他的一些宏伟计划。比如他要拓宽门前这条公路，然后在公路两旁盖起清一色二层楼商店，便利了交通，也让这个山区小镇更适应商品经济的发展。为此他正同林业部门交涉，因为现在公路两旁长着参天的杨树。拓宽公路便要刨树，刨树就须林业部门的批准，而林业部门却迟迟不批。镇长说就门前这几棵树啊，让他头疼。后来我们的聊天被一阵高声叫嚷打断，原来是刚才那家的闺女(那个侍弄大棚菜的闺女)前来讨要擀面杖了。

这是一个二十几岁的女性，她满头热汗，一脸愤怒，站在镇长的门口，很响地拍着巴掌，她叫着："把我那擀面杖还给我！把我那祖传的(明显与其母说法不符)擀面杖还给我！"镇长上前想要制止她的大叫，说我们又不是白要，不是让你娘去供销社拿根新的嘛。但这女性显然不吃镇长那一套，她哼一声冷笑道："别说是新的，给根金的也不换！快点儿，快把擀面杖拿出来，正等着擀面呢(也不一定)，莫非连饭也不叫俺们吃啦……"她的音量仍未降低，四周无人是她的对手。我和父亲只感到很惭愧。毕竟这其貌不扬的擀面杖是一户人家用惯的家什，用惯了的家什，确能成为这家庭的一员。那么，我们不是在"掠夺"人家家中的一员嘛。我父亲不等这女性再多说什么，赶紧从屋里拿出擀面杖交给她，并再三说着对不起，我也在一旁表示着歉意。谁知这女性接了擀面杖，表情一下子茫然起来，有点像一个铆足了劲儿挥拳打向顽敌的人突然发现打中的是棉花；又仿佛她并不满意这痛快简便的结局。她是想索要更高的价码，还是对我们生出了歉意？又愣了一会儿，她才攥着擀面杖骑车出了镇政府。

过后父亲对我说，这没什么，比这艰难的场面他也碰见过。我知道他要说起一个名叫走马驿的山村，两年前他就在那儿看上了一根擀面杖，却未能得手。两年之间他又去过几次走马驿，并且间接地托了朋友，每次都是败兴而归。但父亲在概念里早已把那擀面杖算成了他的，有时候他会说："走马驿还有我一根擀面杖呢。"

我经常把父亲心爱的擀面杖排列起来欣赏，枣木的，梨木的，菜木的，杜木的，槟子木的……还有罕见的铁木。它们长短参差着被我排满一面墙，管风琴一般。它们的身上沾着不同年代的面粉，有的已深深滋进木纹；它们的身上有女人身上的力量女人的勤恳和女人绞尽脑汁对食物的琢磨；它们是北方妇女祖祖辈辈赖以维持计的可靠工具。正如同父亲收藏的那些铁匠打制出的笨锁和鱼刀，那些造型自由简朴的民窑粗瓷，在它们身上同样有劳动着的男人的智慧和匠心。每一根擀面杖，每一把铁锁，都有一个与生计息息相关的故事。在"信息高速公路"时代，在物欲横流的今天，正是这些凡俗的生产工具、生活用具，它们能使我的精神沉着、专注，也使我能够找到离人心离自然、离大智慧更近的路。

父亲有雄心要创办一个由他的藏品构成的小型民俗博物馆，这使我也不断地生出些雄心，我愿意帮助父亲实现他这个美梦，梦想将来的那一天。

这便是我写作之外的一些生活，这生活同文学不曾发生直接的关联，但是属于我的写作却从来没有将它们排斥在外。

1992

擀面杖的故事

床 的 歌

这床，没有突起的床头床尾，只用当地的榆、槐木做框架，架边栽上四条粗腿，也不用油漆，任它走形开裂。床面即用远产在南方的毛竹铺陈。那毛竹被当地木匠劈成竹劈儿，一条条码起来，每条间隔一两寸。从来没人追究，这床面从何时起，又缘何不用榆、槐刨板，单用南方远道而来的毛竹。这里除床以外，再无和竹有缘的物件了。连锅灶上用的笼屉都是当地的秫秸秆编制而成，叫做秫秸篾子。

就为了这床，毛竹竟成了当地四月二十八庙会的一大成交项目，竹商们竟也成了这庙上的贵宾。他们在黄土墙根戳起粗大的竹竿，神气活现地和当地木匠谈着这毛竹的成色和价钱。他们口气大，话难懂，张口要出的价钱从无松动，当地人称他们为南蛮子。于是关于南蛮子过人的聪慧和狡狯，便在当地谣传开来，说某年某月有个卖毛竹的南蛮子，生是从某村的炭渣堆里捡起一块狗头金，而这块狗头金本是被村人当作炭渣扔掉的。狗头金的价值远远胜过黄金和白银，村村都有这燃烧过后的炭渣堆。

但是当地人并不把床作为床用。祖祖辈辈在土炕上生息繁衍，床只用来晾晒豆谷米。夏天的晚上，也有人在床面展开一领单人苇席，仰望星空而卧，当天空中降下露水时，便扔下这床回到屋里，于是常年受着风吹日晒、雨露浸蚀的床很快就苍老起来，大多的床都弯腰弓背着，那片片毛竹也随着床架的变态而任意扭曲。或许毛竹之所以被用来做床，只因为它那易于随和扭曲的本性吧。

铁凝散文

只在两种时刻床才显得分外重要。谁家老人过世了，床便驮载着这过世的老人一起被敬在正房的迎门。那时，床面先铺上宽厚的谷草，草上才是这蒙头盖脸的过世老人。床前是祭奠用的香案，案上摆着纸的车马纸的童男童女。吊唁的乡亲随着门外的唢呐声号啕着拥到床前，女人们总是离床最近。她们按祖上的套数一丝不苟地哭嚎，大诉着死者生前的美德，无遮掩地倾吐着积压在心中的大悲大痛。鼻涕眼泪模糊起她们的眼和脸，于是香案和裸露着的床头便成了她们的依托。她们低弯着腰，不住地拿手拧下淌在脸上的鼻涕眼泪，不自主地将它们抹在床头。于是三天过后，死人入土，这床被涂抹得便又老了许多，床架上那本来清晰可见的年轮纹路又模糊起来，直到风尘雨露再使它们显现，单等不知何日再被那鼻涕眼泪去涂抹。

这像是床的无奈，一个重要的无奈。除却这无奈，它们还有真正属于自己的时刻，那是床们终生的难得，因为充其量，一年才只一次。

每逢腊月的最后一个集日，少年们看重了这床，或者床才迎来了从不关注它们的少年。少年们趁这最后一集，摆出床来让客商占用，顺便从商贩手里收些小费。一年来远近的客商只顾光临这村里的集市，任意占住自己的地盘和买主讨价还价。只等这时，只待这一年中的最后一集，或一、六，或二、七，或逢五排十，他们才发现，原来这宽不过五尺、长不过一丈的地盘，并不属于自己，那实在是靠了一张床的提醒，靠了这床的主人少年们的提醒。少年和床一起提醒他们：一年了，难道你还没有发现吗？这一年的生意难道不是靠了这块小小的地盘么？这块地盘是我的。你若不信，不是有这床作证么？于是原来摆在黄土地的货物，在这最后一集，因了这床的出现，不再就地摆置，它们上了床，或是花椒、大料，或是旱烟、洋火，或是酸枣面、榆皮面，也有新出现在集上的爆竹、烟花。这天商贩们也不再蹲在地上，他们挺起腰板，观看着只躲在远处不近前的少年——床的主人，想着过午散集后应该给予他们的报酬。然而少年并不是个只为要钱的乞讨者。

我见过这些床的主人，昔日的腼腆少年，而今的蹒跚老人。他们说："你问的是不是赁床子的事？"只在这时，他们把床叫床子。"谁稀罕他们那毛儿八分钱，我们只为了讨个欢喜。"他们还会详尽地告诉你，赁床子，那要头天晚上把家里的床抬到租赁地点，然后不合眼地守上一整夜。守床之夜才是少年们的真正欢喜吧。那时，天空大半正飘着稀疏的小雪，过年心切的人家也过早地把桃符贴上了白槎街门。守床的少年来了，他们各自手执一盏猪蹄灯，三五成群在床的不远处点起火堆，彻夜烤着火，彻夜添着大家凑起来的花柴、谷草，彻夜念叨着："烤烤脸脸不冷，烤烤脚脚不冷，烤烤屁股屁股不冷……"然而又不忘拨明各自手中的猪蹄灯，有位老人告诉我说，这一夜的欢喜实在是因了这盏猪蹄灯。原来年年这最后一集，也适逢杀猪的日子。少年们凑近杀猪的把式、杀猪的锅，别无他求，只为捡起一只被把式用钩子扒下的猪蹄壳，一只核桃般大的猪的"鞋"。总有更大胆的少年，趁猪被把式开膛破肚之际，从溢出肚外的五脏里，劈手揪下一块转肠油，有了猪的蹄脚，猪腹内的脂肪，再用新棉花搓支灯捻，把这捻、这油一起填入猪蹄内，然后将一段秫秸劈开夹住这猪蹄，一盏猪蹄灯便做成了。夜晚灯被点起，一盏灯是不难点到天亮的。

待到五更过后，东方现出鱼肚白，商贩们的车、担纷至时，少年们才发现，这一夜原来是如此短暂。他们这才扔下即尽的火堆和猪蹄灯，只巴望着商贩们能认准自己一年来曾经占过的地盘。也有商贩盯住眼前的床徘徊不定的，那时，少年才提醒他们："不认识个人的地方了？放吧。"他们指指床。

待商贩在床上排开货物，少年们才放心地回家去。大人知道他们一夜的去向，也不冲他们吆喝、数念，只说些：看你那手，看你那脸。一夜了，虽然有火，手脸总要发皴的。

整个集日的上午，少年们不再关心自己的床事，他们也不到集上闲逛，只相聚在和那集、那床无关的地方，交流着一夜来的趣闻、轶事。谁能知道刚过去的一夜有多长，有多深？原来有了这一夜之后的交流，仅对人生才能略知一二，也许这就是整个人生。但，唯独这一夜人生没有懊恼、悲凉：当你的灯行将熄灭时，不是便有人撕给你一块转肠油么；你抱我一抱花柴，我不是又扔给你一抱谷草么。也有人大胆妄为地交流着这灯、这火以外的事，那事们多半属于大人，谁让我们经历了这一夜呢？这夜，谁家少了一条狗，谁家将吃这条狗的肉，我们知道了。一家赌局散了，有人从门里拥出来，谁是输家，谁是赢家，我们知道了。深更半夜有一个汉们从一个娘儿们家走出来，他们本不是一家人，我们知道了。

总有人拉回话题，这已是中午。床还在集上。没有不散的集，就像没有不散的宴席。少年们必须重返集上，去守住将要离去的商贩。他们站在他们的眼前不说也不动。当商贩们拾掇起货物、床又裸露出那竹的床面时，少年才靠近些床，只用行为告诉商贩，这床是我的，我是床的主人。一夜来可是我为你看住它的。商贩这才恍然大悟：这一集的购销两旺，莫不是靠了眼前这只床吧。是该答谢主人的时候了，尽管站在你眼前的是个刚高过你裤腰的少年，可他也是个主人呀。于是商贩将手伸进了衣兜，摸索一阵，掏出几张毛票，递给眼前这少年，少年接过这毛票，脸有些红，心有些跳。毛票，只几张，也是颇有些分量的。他们这两只正在发育着的手，这两只正在发育着的肩膀，几乎还难负担起这几张毛票的重量。正因有了刚过去的一夜，他们毕竟有力量拿起它们了。

集散得很快，刹那间便是一街空床了。床们身上的年轮纹路又是或清晰或模糊起来，都弯腰弓背着。但床和少年，少年和床，都不再认为这床只是平日的床。为什么它们久久不散？它们原来在叙说吧，在欢笑吧，在歌唱吧。

床只为有了这少年，少年只为有了这床，床才不再只是为着负载过世的老人，负载风尘雨露，负载那不再新鲜的瓜豆谷米，或者只有被人去涂抹鼻涕眼泪。是这床成全了少年的一夜人生。

终于，当又一年的最后一集，少年又托起几张毛票时，他们不再感到沉重了。难道不是这床蓬勃了他们的生命，强健了他们的手和臂膀？

但少年变作的老人，每每在抱怨起自己发僵的腰腿、少牙的口腔、显背的耳朵时，总要指指一张歪在屋外树下的床："你看那床，和我有什么两样。"或者："你看我，和那床有什么两样。"

我望着那床，甚至并不认为那也是床。你为自己做过广告吗？你高喊着要对顾客实行"三包"吗？有过妩媚作态的女子在床上的嫣然一笑吗？没有。难怪我不认识你。

可下回当我遇见这些由少年变作的老人，仍然愿意听他们讲这床。终于，我也认它们为床了，因为它们有自己的歌。

1990

河 之 女

　　我是来这里寻找山桃花的。二十年前一位老乡就告诉过我："看山桃开花，那得等清明。"于是我记住了清明，脑子里常浮现着一个山桃的世界。那是一山的火吧，一山的粉红吧？

　　谁知我已耽误了十九个清明。十九个清明虽然都有被耽误的理由，然而每逢这天，我都坐立不安着。

　　我决定不再耽误第二十个清明。

　　我踏着今年的节令来到这里，却没有看见山桃开花。在四周被浮云缠绕的山峦里，只有山正在悄悄地变绿。绿像是被云雾染成，又像是绿正染着云雾。有人告诉我，今年春寒，山桃还未开花；又有人告诉我，山桃花早已开过，是因了常有来自山外的暖风。和山里人相处，你会发现，他们常常说不准他们要说的事。对同一件事，十个人或许有十种说法。就连对你的问路，他们回答起来都各有差异。那差异仿佛来自他们的叙述方式，就好比春寒花哪能开；风暖，花哪能不开。至于花到底开过与否倒无人注意了。

　　于是就因了这叙述的差异，我坚信自己总能看见山桃花。于是，每天当晨光洒遍这山和谷时，我便沿一条绕山的河走起来，这河便是绕山而行的拒马河。这河不知到底绕过了多少山的阻拦，谢绝了多少山的挽留，只在一路欢唱向前。它唱得欢乐而坚韧，不达目的决不回头。只有展开一张山区地图，你才能看清，这河像是谁的手任意画出来的一团乱线。黄河才有九十九道弯，谁报告过拒马河有多少弯？这山地里流传着多少关于这河这山的故事，唯独没有关于这河湾的记载。

　　一条散漫的河，一条多弯的河。每过一个弯，你眼前都是一个新奇的世界。那是浩瀚的鹅卵石滩，拳头大的鸡蛋大的鹅卵石，从地铺上了天，河水在这里变作无数条涓涓细流漫石而过；那是白沙的岸，有白沙作衬，本来明澄的河水忽而变得艳蓝，宛若一河颜色正在书写这沙滩；那是草和蒿的原，草和蒿以这水滋养着自己，难怪它们茂密得使你不见地面，是绿的绒吧，是绿的毡吧。总有你再也绕不过去的时候，那是山的峡谷。峡谷把水兜起来，水才变得深不可测。然而河的歌喑哑了，河实在受不住这山的大包大揽。河与石壁冲撞着，石壁上翻卷起浪花。那是河的哭嚎吧，那是河的呐喊吧。只有这时你才不得不另辟蹊径，或是翻过一座本来无路的山，或是走出十里八里的迂回路，重新去寻找河的踪迹。你终于找到了，你面前终于又是一个新的天地。

　　这当是一个全新的天地。它不似滩，不似岸，不似原，是一河的女人，千姿百态，裸着自己，有的将脚和头潜入沙中，露出沙面的仅是一个臀；有的反剪双手将自己倒弓着身子埋进沙里，露着的是小腹，侧着的肩，侧着的髋，朝天的乳，朝天的脸。更有自在者，屈起双腿，再把双腿无顾忌地叉开来，挺着一处宽阔的阴阜，一片浓密的茅草，正覆盖住羞处。有的在那羞处却连茅草也无须有，是无色的丘，无色的壑。你不能不为眼前这风景所惊呆，呆立半天你才会明白，这原本是一河石头，哪有什么女人。那突起的俱是石：白的石，黄的石，粉的石。那凹陷的俱是沙：成窝儿的沙，流成褶皱的沙，平缓的沙。那茅草就是茅草，它怎能去遮盖什么人的羞处？然而这实在又是人，是一河的女人，不然惊呆你的为什么是一河柔韧？肌腱的柔韧，线条的柔韧，胸大肌，臀大肌，腹直肌，背直肌……连髋和腰的衔接，分明都清晰可见。你实在想伸过手去轻缓地沿这腰弯抚摸，然而你又不得不却步。

当你认定这是一河巨石时，你的灵魂就要脱壳而出，你觉得你正在萌生一种信奉感，不然你为什么会面对一河巨石肃然起敬。

当你认定这是一河女人时，你就会六神无主，因为你再也逃脱不了自己的龌龊。一切都是因了女人的丰腴，女人的浑圆，女人的力。

这一河的石头，一河的女人，你们是同年同月和着一个天时一起降生，你们还是有着无言的默契，你等她，她等你，从盘古开天地直等到今天。

我想起了，就是二十年前，就是有人告诉我清明山桃花开的那次，也有人告诉我一件事。他们说，这里有句俗话叫做"河里没规矩"，说的是，先前，姑娘、媳妇们每逢夏季中午，便成群结队，到拒马河洗澡。她们边下河，边把衣服脱光，高高抛向河岸，一丝不挂地追逐着潜入水中。而这时，就在不远处，兴许恰有一丝不挂的男人也正享受着这水。你不犯我，我不犯你。或许偶有飘过来的笑骂，那只是笑骂，既是男人把脸朝向女人而招来的骂，也是笑着的骂，只因为"河里没规矩"。

是这一河石头一河女人，使我又想起了二十年前这一句话。我怀着强烈的欲望，想去证实一下我的记忆。于是在河的高处，大山的褶皱里，我来到一个先前曾经住过的村子。一位熟悉的大嫂把我引进她的家中，我记起了那时她分明还有一位婆婆。一个家里只有这两个女人。那时的我尚是一个风华正茂的青年，一个刚出校门不久的年轻画家（虽然也胡子拉碴），连在炕上盘腿吃饭都不会。这位婆婆在饭桌前却把腿盘个满圆，她给我盛粥，再把指头粗的咸菜条一筷子一筷子地夹入我碗中。我嚼着咸菜，学着她们婆媳的样子，拿嘴勾着碗边呼呼喝着灰黄色的稠粥。这粥里有玉米楂子，有豆。婆婆告诉我，这豆叫豇豆，平时鲜红，一遇铁锅，自己和粥就一起变成灰色。然而味是鲜的，有一股鱼腥味。晚上我便坐在炕上，就着油灯给她们婆媳画像。她们的眼睛使劲盯着前方，不敢看我。该媳妇时，媳妇的两腮绯红；该婆婆时，婆婆脸上的皱纹便立刻僵起来。夜深了，我就着炕席睡在炕的这头，婆媳俩就睡在炕的那头，她们或许是怕我和两个女人同睡一席不习惯吧，婆婆才不由己地讲起了那个"河里没规矩"的故事。但我注意到，那个年纪稍长我的媳妇，还是睡在婆婆的那一边，让婆婆作为我和她的分界线，作为人性的证明。夜里我睡不着，但不敢翻身。

现在媳妇脸上也爬满了褶皱，婆婆的脸简直变成了一张皱纹捏成的脸。她不能再盘腿了，蜷在被窝里，露着青黄的肩胛骨。炕席上一只旧碗还在，边沿只多了几个小豁口，婆媳的嘴又把它们摩挲得显出光滑。但媳妇告诉我，现时盛在碗里的已不再是灰的豆粥，而是拿麦子换来的面条。村里有电磨，也有轧面机。媳妇还懂得用"八五粉""七二粉"这些名词来解释这面的成色，说，现在每逢来客人都要用上好的"六〇粉"招待。她们真的招待我吃了"六〇粉"面条。

"六〇粉"，这当在富强粉以上吧。

我吃着"六〇粉"，还是记着那个"河里没规矩"的故事。我对婆婆说——差不多是凑近她的耳朵喊："您是说过'河里没规矩'这句话吧?"

婆婆一下就听懂了，用被头把裸着的肩胛骨盖盖，把脸转向我说："那是我们年幼那工夫。"

"您也下过河?"我迫不及待地问。

"怎么没有?"她说,"看见那个匣子了吗?"

婆婆的头在枕头上活动了一下,示意我去注意一只摆在迎门桌上的梳妆匣子。这是个一部线装书大小的木匣子,当年,外面显然涂过红漆,现在被灶膛的烟熏得漆黑,只有两朵牡丹花,边缘还清晰可鉴。二十年前那花本还透着粉色。我知道这是婆婆出嫁时的嫁妆,我把这匣子抱到婆婆眼前,说:"上次我来,就见过它。"

婆婆说:"那时候我十六。是我爹从龙门集上挑的,龙门逢五排一大集。"

"您是说十六岁过的门?"我问。

"可不,过门后就和姐妹下河。我娘家在山那边……没河。那阵子……谁没打年幼时过过?打,闹,疯着哪!"

婆婆说着,拿眼盯住漆黑的房梁,房梁上有个挂篮子的木钩,和房梁一样黑。我记得那钩子上有时有篮子,有时没篮子。现在钩子空着,倒显得婆婆的回忆更加真切、悠远。莫不是她只相信把一个年轻的自己留在了河里?莫不是她只相信留在河里的那个自己才是自己?年幼,疯着……如今这个裸露肩胛骨的老女人,有哪点能与河里的女人相比?

婆婆闭起双眼不再和我说话,我只和媳妇作了告别。临出门,我没忘记把婆婆的梳妆匣放回原处,并告诉媳妇只要我进山,一定来看她们。

走出她们的家,我深做着自己的呼吸,觉得身上流动的净是自己的血液。我为着婆婆终于给我证实了河里的事而庆幸。其实婆婆为我证实的并非只那句老话,她使我明白了为什么面对一河石头,人非要肃然起敬不可;为什么面对一河石头,人会感到自己的龌龊。因为那里留住的是女人的青春，是女人那"疯"。有了这河里的自己，她们就不再惧怕暮年这个蜷曲着的自己，裸露着肩胛骨的自己。因为她们在河里"疯"过，也值了。

二十年后的今天，我知道这里正盛传着一个新名词：旅游。城市的女人和男人都为着旅游而来到这里。他们打着太阳伞，穿着"耐克"，面对这无尽的山，多弯的河，唱着"不管是西北风还是东南风都是我的歌"。也有发现这一河石头的，有时你站在山之巅遥望这河，石头上尽是红的衣，绿的伞。也有女人在河里"疯"，但那是五颜六色的斑斑点点，人实在无法面对这五颜六色的斑斑点点肃然起敬。有人喝完可乐把易拉罐狠命向远处投，石头上泛着尖厉的回响。

1990.5

正定三日

少年时听父亲讲过正定。建国前后正定曾是培养革命知识分子的摇篮，著名的华大、建设学院校址都曾设在那里。

那些身着灰布制服的学员生活、学习在一座颇具规模的教堂里。当时教堂虽已萧条，但两座高入云霄的钟塔却仍然矗立在院内。每逢礼拜，塔内传出钟声，黑衣神父从灰制服武装起来的学生中间目不斜视地穿插而过。少时，堂内便传出布道声。学生们则趁着假日，从街上买回正定人自制的一千六百元旧币一支的挤不出管的牙膏。

在哥特式的彩窗陪伴下，两种信仰并存着：一种坚信人是由猿猴变化而来；一种则执拗地讲述着上帝一日造光、二日造天、六日造人……

庭园内簇簇月季却盛开在这个共同的天地里。神父种植的月季，学员也在精心浇灌。空气中弥漫着浓郁的花香，仿佛是那些月季花把两种信仰协调了起来。

成年之后，每逢我乘火车路过正定，望见那一带灰黄的宽厚城墙，便立刻想到那教堂、那钟声和月季。

不知为什么，父亲讲正定却很少讲那里的其他：那壮观的佛教建筑群"九楼四塔八大寺"，那俯拾即是的民族文化古迹。

我认识的第一位正定人是作家贾大山。几年前他做了县文化局长，曾几次约我去正定走走。我只是答应着。直到今年夏天大山正式约我，我才真的动了心，却仍旧想着那教堂。但大山约我不是为了这些，那座"洋寺庙"的文化并未在他身上留下什么痕迹。相反，他那忠厚与温良、质朴与幽默并存的北方知识分子气质，像是与这座古常山郡的民族文化紧紧联系着。

深秋一个绵绵细雨的日子，我来到正定。果然，大山陪我走进的首先就是那座始建于隋朝的隆兴寺。

人所共知，隆兴寺以寺里的大佛而闻名。一座大悲阁突立在这片具有北方气质的建筑群中，那铜铸的大佛便伫立在阁内，同沧州狮子、定州塔、赵州大石桥被誉为"河北四宝"。

隆兴寺既是以大佛而闻名，游人似乎也皆为那大佛而来。大佛高二十余米，浑身攀错着四十二臂。游人在这个只有高度、没有纵深的空间里，须竭力仰视才可窥见这个大悲菩萨的全貌。而他的面容靠了这仰视的角度，则更显出了居高临下、悲天悯人，既威慑着人心，又疏远着人心的气度。他是自信的，这自信似渗透着他那四十二臂上二百一十根手指的每一根指尖。人在他那四十二条手臂的感召之下，有时虽然也感到自身一刹那的空洞，空洞到你就要拜倒在他的脚下。然而一旦压抑感涌上心境，距离感便接踵而来。人对他还敬而远之的居多。这也许就是大悲菩萨自身的悲剧。

距大悲阁不远是摩尼殿。在摩尼殿内，在释迦牟尼金装坐像的背面，泥塑的五彩悬山之中，有一躯明代成化年间塑绘的五彩倒坐观音像。和大悲菩萨比较，她虽不具他那悲天悯人的气度，却表现出了对人类的亲近。她那十足的女相，那被人格化了的仪表，一扫佛教殿堂的外在威严，因而使殿堂弥漫起温馨的人性精神。她那微微俯视的身姿，双手扶膝，一脚踏莲，一脚踞起，端庄中又含几分活泼的体态，她那安然、聪慧的目光，生动、秀丽的脸庞，无不令人感受着母性光辉的照耀。松弛而柔韧的手腕给了她娴雅；那轻轻跷起的脚趾又给了她些许俏皮。她的右眼微微眯起，丰满的双唇半启开，却形成了一个神秘的有意味的微笑。这微笑不能不令人想起达·芬奇的蒙娜丽莎。一位意大利的艺术巨匠，同我国明代这位无名工匠，在艺术上竟是这样的不谋而合。他们都刻画了一个宁静的形象，然而这种宁静却是寓于不宁静之中的。蒙娜丽莎被称作"永远的微笑"，这尊倒坐观音为什么不能？

没有人能够窥透她的微笑，没有人能够明悉这微笑是苦难之后的平静，抑或是平静之后的再生。这微笑却浓郁了摩尼殿，浓郁了隆兴寺，浓郁了人对于人生世界的爱。不可窥探的微笑才可称作永远的微笑。

游人却还是纷纷奔了那著名的大悲阁而去，摩尼殿倒像是一条参观者和朝拜者的走廊。

走出寺门，我用心思索着大悲菩萨和倒坐观音。谁知威严无比的大悲菩萨我竟无从记起，眼前只浮起一个意味无穷的微笑。原来神越是被神化则越是容易被人遗忘；只有人格化了的神，才能给人深切的印象。

人却愿意被自己的同类奉若神明，人的灾难也大多开始于此吧。当神以人的心灵去揣度人心、体察世情时，盛世景象不是才会从此时升起吗？

次日，我再去隆兴寺。

此次进寺，是专程去看天王殿北面那座大觉六师殿。

实际大觉六师殿已无殿可看。殿宇早已坍毁，只有一方阔大的台基和几十尊柱基袒露在翠柏包围之下。台基正中兀自立着一只汉白玉莲座，莲座上的空香炉映衬着正北那绚烂华美的摩尼殿，更增

正定三日

添了这殿址的寂寞。

这大觉六师殿曾是寺内的主殿，创建于北宋元丰年间，寺志记载着殿内的规模，仅五彩石罗汉就有一百零八尊。还有高一丈六尺的金装佛三尊，高一丈六尺的金装菩萨四尊，以及其他各种五彩泥塑罗汉、菩萨……加起来约有八九十尊。可见这主殿确实颇具些规模的。

六师是指同释迦牟尼相对立的六派代表人物，与释迦牟尼同时代，因与佛教主张不同，被称为"六师外道"。

六师各有其论，如其中富兰那·迦叶的"无因无缘论"；删阇夜·毗罗呢子的"怀疑论"和"不可知论"以及"顺世论""无有今世，亦无后世论"……那么，大觉六师殿当是供奉这六位反释迦牟尼的代表人物了。而大觉六师殿又同供奉释迦牟尼的摩尼殿同在一寺，且仅几十米之遥。是谁为他们创造了这种"宽松、和谐"？原来当年的隆兴寺也是这种宽松、和谐的范例。

据说大觉六师殿毁于民国初年。问及当地老者，都说只见过当年大殿塌陷过一角，却无人说得清大殿究竟是怎样片瓦无存的。那丈余高的金装菩萨、金装佛呢？那百余尊五彩石罗汉呢？那嵌于四壁的宋代壁画呢？它们究竟在何时销声匿迹，如今连研究人员也无从回答。

这谜一样的殿，这毁殿的谜。它仿佛是应了一种神明的召引乘风而去；又仿佛是派系之争，使一方终无容膝之地，才拔地而起。莫非洞悉其中奥妙的只有摩尼殿中的倒坐观音，她那永远的微笑里，也蕴含了对释迦和六师的嘲讽么？

然而六师同释迦牟尼毕竟在这里共存过，那祖露着的台基便是证明。是那各派共享一寺的胜景丰富了正定的文化。

我又想起了那座曾做过革命者摇篮的教堂。原来它和隆兴寺仅一墙之隔。当年，寺内伴着朝霞而起的声声诵经，随着晚风而响的阵阵檐铃，是怎样与隔壁教堂的悠远钟声在空中交织、碰撞？正定给予神和人的宽容是那么宏博、广大。东西方文化丰富了这座古城镇，古城又慷慨地包容了这一切。

正定的秋雨很细，如柳丝一般绿。

第三日，我本来决心去专访那教堂的，但教堂早就变成了一所部队医院。那两座高入云霄的塔楼也已不复存在。向门内望去，不见月季，只有三五成群的身着白衣白帽的医护人员。我忽然失去了进门的兴致，却仍然像个当年的革命者那样从门前走过，走上街头，去寻找正定制造的一千六百元旧币一管的牙膏。

闲逛着，我进了一家很小的木器店。店里摆着精巧的折叠小木椅。问过价钱，竟是分外的便宜。我向售货员试探，能不能允许我挑两把？一位富态的中年女售货员不仅欣然应允，还说若是挑不好再去库里为我拿。我竟有些惶惑，之后便是受宠若惊——毕竟我还未能解除大城市的武装：大城市绝少这种宽待顾客的俞允。

我挑遍了铺面上的小木椅，售货员果无厌烦之色。我便得寸进尺起来，要求她从库房里再拿些出来。谁知售货员更慷慨了，径直将我领进了库房。

许多年来，买东西的过程从未给过我乐趣，只在这秋雨中的小店，我才寻到了这本该有滋有味的买主和卖主矛盾中的和谐。

后来才知道，这种木椅是正定木器厂的出口产品。原来正定不仅拥有着厚重的文化古迹，那一千六百元旧币一支的挤不出管的牙膏也早已无证可查。如今正定在经济上的腾飞和发展也是令邻县艳羡的。那漂亮的常山影剧院售票处前的盛况便是证明。

51

穿扮入时的青年男女们远离了寺钟和木鱼、讲经和布道，他们要坐在现代化的剧场里欣赏爵士鼓打唱、电声乐队和新潮歌星。于是当隆兴寺的寺门紧闭时，正定的夜生活还在延长着。宽松、和谐仍然笼罩着这古城。

怀着一点难言的惆怅，我和大山也朝常山影剧院走去，去欣赏一场外地来的青春歌舞。一路上大山谈的却是京剧。原来他是个京戏迷，能讲能唱，讲着讲着就唱了起来。在雨后清新的空气里，他的嗓音不高但格外够味儿，好像我们将要走进的并不是那电声变幻莫测的现代剧场。

然而，那裸露着胳膊和腿的少女，那爵士鼓的狂躁还是包围了我们……

也许这是通往真正文明的必经阶段？也许正定青年现在热衷的正是有一天他们厌倦的？那时他们仍会返回自己赖以生存的文化中追寻生命的意义，伴着古老的寺钟，去寻找新鲜的一天，新鲜的开始。

回来的路上，大山谈论的是刚才眼前的一切。那谈论中很少满足，却充满着惆怅和疑虑。

在不变之中发现变化的该是智者吧？在万变之中窥见那不变之色的亦非愚公。

我不是智者，也不是愚公。我只是想到，一方水土养一方人。正定悠久的历史文化陶冶了这土地上一代又一代的人们，灾荒、战乱、文化浩劫都未能泯灭这儿人们内在的情趣。这其中的珍贵不亚于那大觉六师殿内的堂皇。

倘若人心荒漠，纵然寺院成群，这古郡的意义又何在？一台不算雅致的青春歌舞，难道真能包容正定人的好恶？

当我远离了正定，回首凝望它那宽厚雄浑的古城墙时，那错落有致的四塔，连同那片如大鹏展翅般的寺庙屋脊，携了历史的风尘安然屹立。它们使正定的历史得以灿烂，它们又充盈了正定的今日。

正定毕竟是怀了希望朝前走的。是伴着钟磬的齐鸣，是伴着爵士鼓的骚乱，是伴着那教堂的月季花香，是伴着大山那字正腔圆的唱段？也许都是，也许都不是。

能够回答的，终将是古老而又年轻的正定。

1986

告别伊咪

一

这家的父亲从熟人家回来，对这家的母亲说，熟人家有一只白猫，一只他从来没见过的好看白猫。只是他们养猫的方法有些特别：用根破草绳将猫拴在厨房门口，猫浑身沾满灰尘。猫眼前是一个糊满嘎巴的空饭碗，叫人觉得这猫若有手，手里再有一根打狗棍，猫的处境就更不一般了。母亲说父亲想象力丰富，居然能把猫想作一个乞讨的人。女儿说，也许是猫的美丽和他那粗陋的生活方式对比之鲜明，才给父亲留下了深刻印象。全家感叹一阵，就转了话题。

数日后的一个晚上，熟人来到这家，手提一只不大不小的纸箱，对父亲说："上次您去我家，不是夸过这猫好看么，我给您送来了。"说着也不看这家人的眼色，就把纸箱打开将猫放了出来。

熟人的言行令父亲和母亲有些尴尬，因为父亲虽然夸奖过这猫的好看，却并没有养猫的打算。这家人从未养过猫，再说他们住楼房，女儿也极爱干净。一家人望着那猫，猫蹲在熟人脚边，蓬头垢面，眼神躲闪，宛若逃学之后斗殴归来的一名顽童。

一时无人对猫的去留发言。

熟人有些沉不住气，便竭力向这家人证明眼前的猫原不是这猫的本色，为使猫显出本色，他请求母亲立刻备盆备水，他要当场将猫洗净。

54

用温水清洗过的猫果然焕然一新，当他那通身雪白的长毛变得光润、蓬松之后，他也自觉无愧于这世界了。他并紧健壮的双腿，闪烁着一双圆而大的眼睛好奇地打量起生人。他那淡蓝色眼睛配以淡粉色鬓角，显得格外娇媚。熟人观察着父亲和母亲，那眼光像在说：你们不会为难了吧！世上难道还有不喜欢这猫的人么。

　　接着，熟人又趁热打铁地诉说了他将这猫送来的原因：父亲去世了，他要结婚了，于是便要给猫找一家最好的新主人。

　　熟人讲的尽是实情，新主人便决定收下这猫。难道还能再让这只干净猫钻进纸箱，让熟人拎着去找主儿吗？那就仿佛是他们全家一道抛弃了这猫。

　　这是四年前的事。

二

　　女儿给猫起了个名字叫做伊咪。邻居们都称赞伊咪的出众，却又提醒说：这猫大了点。养猫可是要自小养。

　　这时全家人才发现自己并没有大猫小猫的概念。记得熟人送伊咪来时说他六个月，而明眼人却告诉母亲说，这猫肯定有一岁多，如此说，熟人送猫时，显然是瞒了岁数的。

　　无论伊咪是否被瞒了岁数，无论他是否已一岁有余，在这家人已不是最重要的，重要的是他们看重了伊咪的品格。这是一只仁义又憨厚的猫，他不肯轻易向人邀宠，也不随便感谢人对他的好意。来这家之后，他很花了些时间观察、体味和思索周围。他常常与家人拉开些距离，独自凝视着一个地方，似乎不愿太快地忘记从前那"破草绳、打狗棍"的生活，虽然现在的日子比从前要优越得多。

首先新主人不再拴他,他尽可自由出入每个房间,并在晚上,走进父母房里,跳上床在母亲的脚边睡觉。他的饮食也从此规律起来,每日两餐,饭盆和水碗被女儿洗刷得干干净净。在逐渐地有了安全感和舒适感之后,他还为自己找到了礐爪的地方:饭桌的桌腿。他常在一觉醒来之后走近饭桌,双"手"抱住桌脚开始他的礐爪运动。有人说猫的礐爪,大约是对爪的磨砺吧。他后腿挂地,前爪紧抱起桌腿,咯咯挠着,那爪子"刮"下的木屑落在地上,地上常有一小片淡黄色的木屑。日久天长,桌腿显出坑洼,那坑洼的桌腿就好比枯瘦老人的那站不直的腿。

在伊咪的礐爪过程中你才能窥见家猫血液里那一点原始的野性:总要有备无患吧,总要为着意外的自卫而磨砺自己吧。这使得主人一直没有为他剪去指甲——像有些养猫人家常做的那样。既然强大的人类都有自卫的权利,猫的一副指甲又有什么不可容忍呢?他们也没有为他去势,女儿听一位养猫行家说,去了势的猫虽然温和顺随,但只要与他的同类相遇,便要受到奚落和羞辱。他(她)们会一拥而上地嘲弄他并任意厮打他,因为他已不属于他(她)们中任何性别的一员。主人愿意让伊咪自然地活着。

当伊咪经过了慎重的观察与思考,认定这确是一家真心待他的好人,便尽心尽意地与家人配合,决心为自己树立些更优良的品格。首先,他无师自通地学会了小便时上马桶,他很为自己能学得这一本领感到自豪,常在有客人来访时一次又一次跑进厕所,跳上马桶摆正自己,微微梗着脖子,神色庄严地开始撒尿。每当清晨和晚上,卫生间利用率最高的时刻,伊咪便也不失时机地表现他的紧迫和慌张。如果家中哪一位要进卫生间,他必定在你脚下一路磕绊着跑在前边,抢先冲进去,虽然那一刻他并没有什么好排泄的。

如果碰巧他被关在了卫生间之外，他便煞有介事地或在门口来回踱步，或扬起巴掌拍门，示意他的等待是有限的，他的迫切感早已胜过了里面的人。

伊咪希望全家和睦相处，反对各行其是。比如全家的看电视，永远使伊咪激动。他激动着自己卧在全家人前，眯起双眼从始至终，那电视内容对他却无关紧要。他为难的是家人有时对电视节目的分歧：父亲津津有味地把住客厅的电视看足球赛，母亲和女儿到另一房间看电视剧。这时的伊咪先是遗憾地在两个房间奔跑一阵，最后便坐在两房之间的过厅里，以此来联络全家的感情。

幸亏明天又是个团聚的时刻，那时伊咪会无限欣慰地选择自己的位置——他常用一种极其虔诚的办法卧在全家面前。那是一种自己把自己的摔倒在地，胸膛里还会发出一个"噗"的声音。他摔得忠实，摔得无所顾忌，他故意用自己的憨态，引来全家的高兴。

女儿说，也许伊咪的母亲没有来得及教会他怎样卧倒吧。

父亲说，这正是他要提起全家的注意——有我在难道你们还各行其是吗？

三

伊咪的祖父是纯种波斯猫。到了伊咪这一代，只几分波斯成分了。但他的性格里，却几乎包含了波斯猫的全部特征：聪明、胆小、敏感。

当他确认了自己是这家庭当之无愧的一员，对家中的新鲜事物总是表现出极大的好奇和兴奋。从新添置的家具到篮子里应时的蔬菜，他从不放过对它们热烈的鉴赏。当母亲坐在厨房择芹菜时，伊咪会凑上前去，伸出小巴掌拍打着菜叶，就像在说，芹菜么，我对这味道可不讨厌。女儿在一本关于养猫的书上确实看到，猫对芹菜味儿的特殊喜好，就也给他在饭里加些芹菜吃。伊咪吃着、品着。有时他也斗胆去闻葱头，立刻被呛得打起喷嚏——原来葱头不是芹菜。伊咪躲开了。

这家的钢琴是母亲的。每当母亲弹奏时，伊咪必定凝神屏气地坐在远处倾听。当他第一次听见钢琴发出的声音，居然兴奋地在沙发上奔跑了好几个来回。他感到疑惑不解，又为这奇特的音响不能自制。那么，我能使它发出声响吗？从此，他创造了一个新节目，便是趁人不备时一遍又一遍从钢琴上跑过。他那踩在琴盖上的步子细碎、匆忙却非常坚定，好像在模仿人的手指，琴也会发出轻微的共鸣。但母亲是严禁他上琴的，为此她严厉地批评着他，他们面对面坐着。开始伊咪不动声色地听，当母亲的絮叨没完没了时，他便闭起双眼，微颦着眉头，下巴向里紧收着，那神情分明在示意母亲：除了我之外，谁还能忍受你如此的絮叨呢。在以后的日子，这姿势成了伊咪准备忍受强大不耐烦时的代表性神情。

这家的父亲是画家，有一次从山里归来，带回一只野山羊头骨的标本。这是一只矫健的公羊，两只深棕色的犄角向两边翻卷着，显得十分威武。父亲将羊头挂在客厅的墙壁上，伊咪立刻就发现了客厅的气氛不同寻常。

像所有的波斯猫一样，伊咪也是短腿，弹跳能力之差，使他没有向高处攀登的兴趣，但他能很快发现高处的一切。现在墙壁上出现了一个长犄角的家伙。他坐下来，仰起脸，端详着那于他来说十分古怪和陌生的东西，目光里有一点愕然，有一点敬畏。莫非这是家中一个新成员？我今后该如何与他相处？伊咪的仰望持续了很久，那静默的时间几乎超出了猫力所能及的程度，像等待那家伙跌下墙来，但羊头始终在墙上静穆着。之后他便将脸猛然转向父亲，在父亲和羊头之间又做了三番五次的审视研究后，才向父亲发问般地歪起脑袋：现在我知道了，这东西是你带回来的，看上去神气活现，其实呢，死的！

一架吸尘器却给伊咪带来了恐惧。无论它的外形和它的声音，都使伊咪有种世界末日来临之感。只要家人一搬出那家伙，伊咪便望风而逃。这时他选择的安全去处是前阳台，他常常跌撞着一路狂奔，奋力拽开阳台纱门将自己藏好。有一次昏头昏脑竟被纱门边缘一块破损的铁纱挂破了嘴角，致使他自造的这恐怖景象更加具有了真实感。但吸尘器到底没有敌过伊咪对它的研究，当他慢慢发现它那隆隆的声音、它那红白相间的身子、它那长长的"大鼻子"以及它那沉着缓慢的移动都是为了一个目的时，伊咪不再躲藏。吸尘器在前面吼着，他便迫不及待地在它旁边打起滚来，而他选择的地方，正是吸尘器经过之后的一块"净土"。

然而一些最细小的动物，却永远使他不知所措。伊咪常常独自蹲在门厅的桂树花盆跟前，显出一脸的紧张。他盯住花盆忽而蹑手蹑脚地向前逼近，忽而又一步一步地向后退却。后来有人发现，令他退却的是从花盆里爬出来的蚂蚁。

他能面对公山羊头骨的威武，能面对吸尘器的轰鸣，却对付不了一只蚂蚁的蠕动。

四

每一年的雨季到来之前，油漆工都要来家里油漆门窗。

这天上午，两位油漆女工来了，提着淡绿色和乳黄色油漆桶。这本是伊咪睡觉的时间，但油漆工的到来使他一下提高了警惕，他一定觉得此时看守住这家，比睡觉更重要。谁知她们是干什么的？她们那斑斑点点的衣着，手里那颜色刺人的油漆桶，以及桶内那放射性的气味，都超出了一般客人的轨迹。于是当来人开始了她们的涂抹时，伊咪也就开始了对这家的监护。一个房间被涂抹完了，他便紧随她们走向另一个房间。他选准合适的位置坐定，一丝不苟地注视着来人的行为，这使得主人反倒不好意思起来，好像伊咪的出现是应了主人的派遣。女工们却很开心，因了一只猫对她们的陪伴，并如此关心她们手下这枯燥的劳作。她们笑着，笑伊咪对眼前事情的专注，笑他强撑着一双困倦的眼皮却仍不肯离去。直到近中午女工终于告辞，伊咪才松懈了全身迈上床去，倒头大睡起来。

　　对待电话，伊咪一向持积极态度。每逢电话铃响，他总是第一个朝铃声奔去，然后再焦急地去找主人。他一路蹭着主人的腿，朝主人高高仰起头，像是对你说：为什么不能快一点，电话可是响了半天的。有一次来了个修电话的师傅，那师傅因试验电话的打铃系统，使铃声响了好久。这下可急坏了伊咪，他在电话桌前团团转着，疑惑万分：为什么谁都不来接电话？这么说，非我不可了。于是他勇猛地跳上桌面，向话筒伸出了手。修电话的师傅很为伊咪的壮举所打动，对父亲说："这猫可挺忙，就差拿起话筒开口了：喂，请问您找谁呀？"

　　女儿的妹妹在几年前去了国外，临走前她和伊咪之间发生了一点不愉快：就在她离家的那天早晨，伊咪不知为什么毫不客气地冲着妹妹的后腰撒了一泡尿，妹妹正穿着行前的新衣服。而头天晚上，妹妹和姐姐还不辞辛劳地从附近一个工地上，为伊咪抬回一麻

　　　　　　　　　　　　　　铁凝散文

袋沙子——那是伊咪的便盆中所不可少的铺垫。伊咪辜负了妹妹的一片心意，致使妹妹每次从国外来电话，总不免诅咒一阵伊咪。但伊咪对那电话却听得津津有味，好像妹妹的电话是专为了想念伊咪才打来的，每次他必定从头听到尾。即使那电话在深夜打来，伊咪也会睡眼惺忪地爬起来，和家人一起聆听这大洋彼岸的声音。

这家的女儿是作家，那年在写作一部长篇小说。夜深人静，才是她思维敏捷的时刻。在温存的灯光下，女儿手里的笔在纸上轻轻滑动着，那细微的声音明晰可辨。她常在这样的时刻生出感恩的情怀，感激上苍拉开这道帷幕，放她走进这样一种生活。她常想，在纸与笔之间从来就没有什么孤单和寂寞。纸与笔的结合产生了许多的故事，有些故事使她欣喜，有些故事也会把她弄得悲痛。这时她就放下笔，让笔歇息，让自己尽情欣喜或悲痛。

一次，伊咪走了进来，适逢女儿在流泪。他先站在她背后沉思片刻，然后轻轻跃上她的书桌，在她眼前的稿纸正中坐定。他探询地端详她，往日那淡蓝色眼睛在这深夜的灯下变作灿烂的金红，而他那通身的长毛逆着台灯的光亮，分外夺目。他望着女儿，似乎在说：既然这是一件让你如此伤心的事，那么就不要再做了。女儿受了伊咪的感动，抱起他离开了桌子。

第二天女儿的钢笔不见了。全家人齐心协力搜遍了犄角旮旯，最后母亲突然想起了伊咪说，该不是伊咪的事吧？女儿叫来伊咪，对他说了很多话，央求他不要开这种玩笑。起初伊咪不以为然地在女儿房间踱步，企图用这不以为然来洗白自己与此事无关。女儿十分沮丧，便呆坐在椅子上不知如何是好。而踱步的伊咪这时却忐忑不安起来，他万没料到，他的一番好意会给主人带来这么大麻烦，他记起了昨天晚上的事。他想，钢笔的事情是我干的，可是假如没

告别伊咪

有这支能写字的笔，你又怎么会掉泪呢？谁知笔没了，你却沉闷起来。人类终归是捉摸不定的，也许她们情愿握住一支笔去掉泪吧，掉泪总比就这么沉闷下去好吧。那么，还是还给她为好。于是伊咪就在女儿和一个衣柜之间跑了几个来回。这几个来回终于引起了女儿的注意，她向衣柜底下望去：呵，钢笔。

钢笔正安静地躺在衣柜下边的暗处。

女儿是多么感激伊咪，她坚信动物和人的相通并非玄虚。她感激着伊咪，把他抱起来，而伊咪却急急地挣脱了她，慌慌张张地躲到一个不为人知的地方去了。若真是朋友，感谢便是多余。

五

这家的院墙以外是一片农民的菜地。夏日的黄昏时分，站在后阳台向外望去，空气里满是泥土的馨香。如今城市一天天吞食着乡村，这菜地的四周已围满新起的居民楼。但菜地仍然固执地坚守着自己，任你高楼的俯视。暮色苍茫中，你仍能看见菜农们忙碌的身影。一些半大男孩正坐在空中楼阁般的小窝棚内玩耍嬉戏，快乐的欢笑声不时从那里飘来。也有结伴的男孩，跃出窝棚穿过菜地，爬上这城市居民的院墙，在墙头上一字排开，倾诉他们内心的秘密。也许这倾诉不再是对这片土地的眷恋，而是对一种全新生活的憧憬。

伊咪喜欢在这样的时刻跃上后阳台，静静地凝望院墙上那一排男孩。他坐得沉稳，望得专注，听得仔细。当夜色渐渐模糊了那些孩子，只剩下风儿送来的一些稚嫩声音，声音仍能唤起伊咪对他们的留恋。仿佛他们的秘密也就是伊咪的秘密，正因了这共同的秘密，他们就要来邀请他了。但他们谁也没有注意他的存在，看来他就是再望上他们一百年，他们也不会注意到他吧，伊咪对外界的过分关注，倒使得家人把伊咪想成是在"作风"上的不安分了。

家人决定为伊咪请请女伴。女伴来了，母亲总是挑剔一阵，说这个像小市民，那一个则是"二百五"。而伊咪向来是以他那温和的习性对待她们，有时温和得近似窝囊。有一次，一只女猫在与伊咪过了一夜之后，不仅独吞了他的全部饭食，临走还扬手给了他一个耳光。伊咪默默地看着她，像是说：这没什么，我知道你经常吃不饱，我看见一星期你的主人也不过用张脏报纸给你托回两个干鱼头。我盆里有梭鱼，有猪肝，有白米饭。至于你为什么要扬手给我一个耳光，那是你自己的事。猫么，也是百猫百性百脾气。再说既然咱俩过了一夜，我就没个差错？后来听说那女猫跳楼自杀了，从五楼上跳下来，还怀着伊咪的孩子。她的主人说这猫嫉妒心极强，嫉妒一切比她条件优越的猫。

伊咪始终不知道这件事。他也没必要知道吧，对那女伴，他已做到了仁至义尽。当她抢夺他的饭时，他是那么主动地闪在一旁，甚至还把饭盆给她向前推推。

六

伊咪健康而酷爱清洁，如同得了洁癖。假如卫生间的地板上被家人不慎洒了水，而伊咪正巧要从这地方经过，那么他便开始夸张他的为难。他皱起眉头，犹豫地抬起一只前爪试探，又谨慎地将爪子收回。他用这姿势给主人难堪：这真是一块无从下脚的地方啊，看来我只有踮着脚尖绕过去。他踮着脚尖绕过有水的地方，便拼命

告别伊咪

抖着沾在脚上的水珠，再把自己很是整理一番：舔手舔脚，舔他那未曾沾过水的全身，直到他认为过得去为止。

只有一次他在家人面前出了丑。一个下雨的晚上，或许他在阳台上着了凉，肠胃有了异常感，便慌张着跑回来找他的便盆。不幸的是他没能按照以往的排泄习惯如愿，他有生以来第一次把大便拉在了便盆之外。那确是一个狼狈的时刻，当女儿最先闻见气味不对时，伊咪正企图从盆里掏出些沙子埋住他那份难堪。猫有掩盖自己排泄物的天性，有教养的猫就更在意。

也许在伊咪的一生中，他把这件事看作最使他丢脸的事吧，因为那一刻在他的脸上是家人从未见过的惊恐和羞愧。他的神情里有某种凄然的绝望，他决心向主人解释清楚这一切，于是便开始了他那绝无仅有的一次诉说。他的眼睛盯住全家人，一连串的"啊呜"声从喉咙里发出来，时而低沉，时而急促。那长达几分钟的诉说使家人终于明白了他的内心，那实在是一份震慑人心的明白，一份掺杂着恐怖的明白。全家人蹲下来温和地小声叫着伊咪，告诉他，他决不会因此受到惩罚和歧视，因为他们相信这是一件谁都无法料到的事。终于，伊咪安静下来，在休息了一夜之后，他的肠胃恢复了正常。早晨，他又特意表演了通常那排泄和掩埋的技术。

据说动物的语言系统是一套复杂而又完备的系统，从昆虫的鸣叫到野狼的长嚎，这其中永远有着人类所不可知的秘密。当一只猫突然决定用语言与人交流时，好像是动物给了人走进生命中一个新领域的机会。

一位著名电影摄影师告诉这家的女儿，若干年前，知识分子正实行"三同"的时候，他和他的同事在乡下住过几年。一天深夜，他们路过村口一座荒芜的破庙，听见院子里有一种奇怪的声音。他们胆怯着推开虚掩的庙门，原来在洒满月光的院子里，是猫们在开会。在一大片席地而坐的猫们前面，一只苍老的狸猫正发表演说，他声音苍凉而喑哑，还配以果断的手势，令那场面极为肃穆、神秘，好像是一次非同小可的动员会或者誓师会。见人的到来打断了这会议，老狸猫一声短促的吼叫，猫群四散开去，只剩下一院子月光。这位摄影师说，猫的会议使他终生难忘，他还常常为无意中搅散了猫的会议而内疚。

人类的确在无意中就伤害了动物，虽然人类正逐渐地努力，以自己对动物愈加周到的爱心来不断印证人的文明。女儿因为观察那晚伊咪的异常，读了一本名叫《猫的饲养与猫病的防治》的小书。这书的前半部讲的尽是如何养猫爱猫，甚至连给猫洗澡时勿忘在猫耳里塞上棉球都特意提醒了读者。待到书的后半部，作者却将笔锋一转，大谈起人应该怎样杀猫和怎样剥猫皮。

这便是人类对动物永远的随意吧。有时人好像是某种动物的奴仆，那终归是一种假象。

七

假如人能够公正、客观地看待与他们相处的动物，就不会有意隐藏这动物的缺点。

实际上，当年熟人把伊咪送来不久，全家人就发现了伊咪的缺点。伊咪是那样在意自己的大小便，但有时却会突然失去控制地随便撒尿。还是那本怎样养猫和怎样杀猫的书上讲，从猫的生理特征分析，男猫一向比女猫对自己的生存环境有更强烈的占有欲，为了确认这种占有，他们常爱将尿撒在他们的所到之处，好比古代边塞盛行的"跑马占地"。当那些地方充满了他们自己的气味，他们才会安然地生活其间。这说法或许十分在行，然而伊咪那令人头疼的"跑马占地"却是无穷无尽地发展起来：墙根、桌腿、报纸、纱窗、冰箱、洗衣机……毫不在乎。只待尿出之后，伊咪才恍然大悟地再跑进卫生间，跃上马桶重做第二次排泄，就像有意告知人们：随地便溺，我可不是故意的啊，那不过是一时糊涂。你们看我这不是到厕所来了么？他的这套行为逻辑叫人觉得他特别糊涂又特别清楚，叫人哭笑不得。可尿毕竟是充满着尿味儿的，主人要跟在他身后迅速清除这"劣迹"。

于是在日常的采买中便多了一项内容：购买除臭剂。为买除臭剂，女儿曾经多次领受过售货员的白眼。当她站在柜台跟前指名叫售货员拿给她除臭剂时，售货员多半会用鄙夷的神色反问："什么？"她要听的是女儿的重复，以这重复使女儿无地自容：你这么衣冠楚楚，可为什么要买这种东西？好像这专治不洁的东西倒成为真正的不洁了。你说着这不洁，便是你的不洁。人大凡有一点市场经验，就会有这种体验：所有的产品原都是为着出售而制造，可你在购买那产品时，却又被出售产品的人百般鄙视。也许这不能算作售货者的"以貌取人"，而是"以货取人"吧。女儿终于习惯了这"以货取人"的遭遇，再进商店，她会有意大声地告诉售货员："喂，我买除臭剂！"一种迫不得已的锻炼吧。

可是伊咪却不顾女儿的忘情忘我精神，竟发展到在女儿的小说稿上撒尿了，这是女儿所不能容忍的。为此她真痛打过他，并假意要把他扔掉。那时伊咪在她怀里和她撕扯着嗥叫，结果还是被她抛至墙头。墙下许多人都关心起伊咪的命运，在众人的众说纷纭中，伊咪决心当众做一次忏悔。他匍匐在墙头，拿眼的余光扫着众人，喉咙里发着"咕咕"的声音，有人说那是他在哭。于是为他讲着好话的人越来越多。

听着众人的劝解，女儿终于向伊咪张开了两臂。家人把这次的事称作"墙头事件"。

但墙头事件之后，伊咪并没有痛改前非，那难以控制的排泄习惯却愈演愈烈。原来猫尿对金属是有着一种不可忽视的腐蚀力的，这家的许多金属器具大都不同程度地遭到了伊咪的摧残。洗衣机的半侧已锈斑累累，一条腿即将断裂；冰箱一侧也濒临斑驳；台历座、闹钟已出现坑洼；母亲花镜的金属框架上，隐约可见绿锈斑点……

一个本无风浪的家庭，因此便出现了不平静，伊咪的去留开始成为这家每日的争论内容。父亲坚持要扔掉伊咪，母亲和女儿则永远站在一边，替伊咪说着好话，举出伊咪的种种优点企图说服父亲。

父亲说可事实上他已经妨碍了人的正常生活。人又怎么样？人犯了罪还要送走劳教劳改呢。

女儿说伊咪又不是罪犯，他不过是一个难以控制自己的病人。

父亲说正因为他得了不治之症，才没有必要再养。

女儿说正因为他是不治之症才不能将他推出家门。

气氛日趋紧张，伊咪对这气氛非常敏感。那时他多半会坐在一个黑影里发愣，悲观得要命。有一回母亲在无理可辩时，竟责怪起父亲，说，一切的一切，都是因为起初父亲发现了伊咪的好看。父亲说好吧好吧，既然我是罪魁，那么一切就由我处理好了。说着他就开始寻找伊咪。

也许伊咪明白了这"处理"意味着什么，他不见了。

所有的房间，所有的阳台，所有的旮旯，都没有伊咪。全家人找完家里又找院里，楼道内，小花园，每一丛灌木，每一个黑影，都没有伊咪。连父亲也着慌了。

午夜时分，他们疲惫不堪地回到家里，只有坐在客厅发愣。

就在这时，客厅那厚厚的窗帘背后，发出了一个轻轻的声音："喵——"女儿跑过去掀开窗帘一角，伊咪就端坐在窗台角落里。

伊咪是在对这一家人进行考验吧，为了进行一次真正的考验，他必得进行一次真正的模拟失踪。

八

伊咪的模拟失踪，竟然使父亲做出了暂时的让步，从此不再有人提起伊咪的离家。全家人同心协力，配合默契，顽强地开始了对伊咪的教育。

曾经有兽医告诉母亲，伊咪的毛病属神经性的失控，可能与幼年的生活有关，照理说这样的猫的确不能再养。可是这一家人更相信"诚则灵"，更相信奇迹能在伊咪身上发生。

不计其数的说教，不计其数的痛打，不计其数的好转，不计其数的反复。伊咪每次那甘心情愿全身伏在地上挨打的神情，也证明着他本人的决心。

想必是上苍有眼，奇迹终于发生了：经过一年多的努力，伊咪走出了深渊，他拯救了自己，或许付出了比人类更为艰难的控制力。从此他可以无所顾忌地面对世界了，他的崭新形象，是对主人最好的报答。

一切一切都证明了，伊咪的小便失控，确系幼年时受过惊吓所致。原来在伊咪还未满月时，因为他不知到哪里去尿曾把尿撒在被子上，为此遭到过熟人的痛打，而后这熟人却不懂得给伊咪设便盆。于是在撒尿的问题上，人使猫不知所措了。

九

最终决定把伊咪送人是四年以后的事。这一年，女儿要出远门，父亲和母亲因为工作的缘故，也常不在家。于是全家开始平心静气地商量应该如何面对现实。他们仔细为伊咪选择着新的环境，最后决定还是让他回到从前的熟人那里，回到那个他曾经生活过的地方。

看来别无选择了，因为养猫的人都知道，一只将近六岁的猫是难以更换主人的。而那位熟人，毕竟和伊咪有过最初的感情。母亲去找熟人商量，熟人说，送回来吧，从前我是对他缺乏耐心，可我知道，那可真是只好猫，仁义，不刁。我就喜欢他那股憨实劲儿。

初夏的一个傍晚，伊咪走了。带着他的饭锅饭盆和水碗，带着他的褥子和枕头。父亲承担了送走伊咪的任务，仿佛他还记得从前母亲对他的"埋怨"，说是他最初引来了伊咪。那么，这迎来和送往当由他一人完成吧。父亲为伊咪准备了一只旅行袋，母亲和女儿不由想起有一次把伊咪装进旅行袋的事。

那年暑期，全家外出度假，把伊咪暂时寄养在母亲的同事家。当母亲企图把伊咪装进旅行袋送走时，伊咪宁死不屈地撒起泼来，并踢翻了他的饭盆以示抗议。数天之后，家人度假归来，母亲接回了伊咪。那位同事告诉母亲，伊咪在她家一连几天不吃不喝，而且拒绝同前来找他的女猫们亲近。他的到来，几乎招来了同事家附近所有的女猫，然而他孤傲地望着她们，就像在说，你们以为我的不吃不喝仅仅是缺少了你们么？你们这些女人啊，怎么可能理解一个真正男子汉的心呢。

此刻，一只旅行袋又摆在了伊咪眼前，母亲和女儿已做好他大闹一场的准备。出人意料的是，伊咪一声不吭地走进了那袋子。他的神情是沉静的，他的步态也很坚定，他就仿佛用这沉静和坚定来告慰家人他已成年，他能够以成年的样子来分担家人的心事，他能够承受在他生命旅途中一个全然陌生的内容。

泪水模糊了女儿的眼睛，她多么希望他哭出来，如同人们常常劝慰那些被哀伤惊呆了的人：你哭一哭吧，哭一哭就好了。

父亲回来说，伊咪安静了一路。

十

母亲和女儿伺机寻找去熟人家看望伊咪的理由。第一次她们想起伊咪没有带走他的便盆，于是她们就带着伊咪的便盆来到熟人家。

伊咪又过起了幼年的生活，他被熟人绑在沙发角落的暖气管上，几乎动弹不得。当熟人因这家母女的到来把他松开让他们亲近时，伊咪狂奔过来，蹭着她们的腿，不停地在地板中间打滚儿。他的娇态使熟人的妻子大为惊讶，她原是不爱猫的，当初熟人送走伊咪就是因了她的出现。

现在连她也说没想到这猫是这么好玩，她怀中一个一岁的孩子也咯咯笑着看伊咪的表演。

那时女儿多么感激这尚不会讲话的孩子，她暗想着，就因了这孩子喜欢伊咪，熟人夫妻定会好好地待伊咪吧。难道她们不该为孩子买一件漂亮的小衣服带去么？于是母女便有了第二次看望伊咪的理由。

她们带着一件小衣服和一饭盒煮梭鱼又一次来到熟人家，伊咪已被移至屋外了。他脖子上拴着一段粗电线，正蹲在刚刚下过雨的脏墙角。他满身黑灰，连身子底下的褥子也变成了一个泥饼。女儿叫着他的名字，他却漠然地看着她。女儿给他解着绳子，试想着绳子松开后，他一定又会跑来同女儿亲热相处。谁知绳子解开了，伊咪仍是原地不动。他不屑地扫视了一下女儿，索性紧闭起双眼。女儿发现他面前那只空饭碗，才想起把带来的煮鱼拿出来。

当女儿刚刚把煮鱼倒进饭盆，伊咪睁开了眼睛——显然他那灵敏的嗅觉又苏醒了。他一个箭步蹿到饭盆跟前，拱开女儿的手，把嘴扎进饭盆，刹那间鱼被吃了个精光，然后又溜之大吉了。当女儿试图再唤他回来时，他早已躲进一个黑夹道，只露出两只金红的眼。

民以食为天。女儿想起了这句话。猫更如此吧，但当人和猫只为着眼前的食才活着时，还能讲什么恩怨吗？昨天，昨天在哪里？昨天你曾为我煮鱼、切猪肝，有时还在饭里为我加芹菜和味精，女猫们吃我的饭，我还来个温良恭俭让。难道真有过这等事吗？反正现在我眼前只是这个四壁如洗的空饭碗。

女儿试图劝熟人按时喂伊咪吃饭，熟人的妻子说："谁有工夫呀。"女儿又劝熟人不如把伊咪放了生，让他到自由的天地里去自觅生路。熟人说："丢了怎么办，这么憨的猫。"

于是女儿发现，人和人之间原本是最难展开一个共同话题的，那话题越是细小、琐碎，那展开就越是艰难，就像你本无法去劝那位写"猫书"的人不要把养猫和杀猫写在一本书里。在动物面前，人是多么看重自身的权利。在动物面前，人也确有无限的权利。

母亲和女儿从熟人家出来，共同想起了中国一句俗话：事不过三。她们决定永远不再看望伊咪。再去看望就变成了对人的说三道四，说三道四，不就是无故干涉别人家内政么？

然而这家人却永远记住了和伊咪的相处，永远记住了他们之间的一切欢悦和烦恼。他们的相处使人类那愈来愈粗糙的灵魂变得细腻了，动物有时的确比人更像人。

岁月或许使伊咪真的已经忘记爱过他的人们，但这并不重要，重要的是人们曾经爱过他。一首歌不是唱过"爱是无私的奉献"吗？

没有告别，怎会有永远的纪念？

没有纪念，人类的情感便空旷了大半。

1990.5

一个人的热闹

读新凤霞写的回忆录，时常觉得有趣。比如她写过一把小茶壶，好像说那是跟随她多年的心爱之物，有一天被她不小心给摔了。新凤霞不写她是怎样伤心怎样恼恨自己，只写不能就这么算了，"我得赔我自个儿一把！"后来大约她就上了街，自个儿赔自个儿茶壶去了。

摔了茶壶本是败兴的事，自个儿要赔自个儿茶壶却把这败兴掉转了一个方向；一个人的伤心两个人分担了——新凤霞要赔新凤霞。这么一来，新凤霞就给自个儿创造了一个热爱生活的小热闹。

我觉得，能把一个自己变作两个、三个乃至一百个、一万个自己的人原是最懂孤独之妙的。孤独可能需要一个人待着，像葛丽泰·嘉宝，平生最大乐事就是一个人待着。想必她是体味到，当心灵背对人类的时刻，要比在水银灯照耀下自如和丰富得多。又如海明威讥讽那些乐于成帮搭伙以壮声威的劣质文人，说他们凑在一起时仿佛是狼，个别的抻出来看看不过是狗。海明威的言辞固然尖刻，但他的内心确有一种独立面对世界的傲岸气概。令我想到孤独并非人人能有或人人配有的。孤独不仅仅是一个人待着，孤独是强者的一种勇气；孤独是热爱生命的一种激情；孤独是灵魂背对着凡俗的诸种诱惑与上苍、与万物的诚挚交流；孤独是想象力最丰沛的泉眼；而海明威的孤独则能创造震惊世界的热闹。

1998

被荒唐证实着的传说

　　围绕一座赵州桥，有着许多故事，人们把它编辑成书，有字典样厚。那故事大都和八仙联在一起。

　　中国人差不多都知道，鲁班修完这座长虹般的拱桥后，便有八仙纷纭而至的事：他们怀着对人间的疑惑且玩世不恭的心理，尽与鲁班开些不大不小的玩笑。先是张果老倒骑驴背对鲁班的戏弄，而后是柴王对这桥在力学方面所进行的更严峻的考验。然而鲁班经受住了这考验，在桥的存亡关头，他只身乘小舟用手托住了这桥，从此在桥的石拱上留下了永恒的凭证——一个簸箕大的手印。

　　包括这鲁班在内的传说毕竟是传说，八仙当然不会光顾这里，设计并主持这建桥工程的也不是鲁班，那本是隋朝大匠人李春。这些建桥的荣誉不知何时、又因了一个什么契机而转移给鲁班的。人的主观愿望原来是这样顽强，即使解放后有人在桥头立塑像为李春正名，人们还是执拗地认定桥是鲁班所建，参观者还是不顾守桥者李春的存在直奔那桥的本身。也许作为一种文化现象的存在，李春和鲁班倒显得并不十分重要了吧，这本是一个民族的璀璨，就像经过几个朝代才完整起来的长城，荣耀都归于秦赢政一人那样。

　　我不止一次登上赵州桥，不止一次为它那宏伟的体魄、精巧而合理的结构、美不可言的装饰所倾倒。我尤其喜欢栏板上的装饰浮雕，那上面雕的尽是蛟龙的穿水和蛟龙们扭结在一起的嬉戏。

　　有雕塑家告诉我，这龙和水、水和龙用浮雕表现本是一件不易之事，它不似明清两代宫廷的丹墀，不似那些黄瓦朱墙前的华表石柱，那些龙们都带着一身华贵，带着一身皇族统治欲的威严，因而也带着一身程式和套数。这里的蛟龙不然，它纯属一些普通人没有限制的自由想象，好像在绘制草稿时，任何借鉴都没有，它们本是平民们大脑和手的自由驰骋。那些流畅的线，那些龙和水恰当的凹陷凸起，那些朴实无华、削石如泥的刀法，那实在是一种神奇的豪迈，是智慧和力量的结合。似这样神奇的豪迈，这样的智慧和力，你只有在欣赏罗丹和米开朗琪罗时才会有同感。

然而，这些身着粗布大袄、曾在干涸的河床里做着棉花和梨的生意的赵州人，是怎样获得这智慧和力、这神奇与豪迈的？尽管他们有大匠李春做指导。也许不止我一人在获得这欣赏的满足之后，又带着这疑问离去。

前不久我又一次来赵州，这次是陪几位文学和美术界同仁来看这座桥的。中午，由这县的政府招待我们在政府招待所吃午饭，我知道这里人不讲应酬、少寒暄。此时面对这一桌连我都认作名流的来客，政府方面竟连一个作陪的也没有。只有招待所的服务员双手捧着一个个大茶盘、大脸盆忙活着上菜，一只红烧肘子足有十几斤重，连着猪的蹄脚和盘端来；一块块油炸豆腐有半个鞋底大小且刀工之不规矩到你难以置信的地步：一脸盆"糊汤"里漂着二三寸长的馃子段和大衣扣子般大小的葱花：其余菜肴被装在盘里都像山样地满当。没有人为你劝酒夹菜，一切方便都留给你。你尽可不管不顾，你尽可吃得失态。这实在是一种境界，是一种失却了左顾右盼的境界，一种无须做作的境界。饭后，一位政府工作人员早将一筐上好的雪花梨搬上了我们乘坐的面包车。显然，它本来也是席间的一道水果点心，因了我们的急于赶路才被搬至车上的。

车开起来，大饱了那肘子、那豆腐、那山模山样的炒菜的我们，便迫不及待地打开了这梨筐。原来就像赵州人炮制了那出其不意的菜肴一样，赵州的自然不知为什么也把这梨造就得如此出人所料。每个梨足有一斤以上吧，那粗犷的模样、沉重的分量，你拿在手里像拿起了一件称手的打制工具，好像人的嘴原本是不可以对付它的。面对这个大自然的随意造就，你怎么也无法将它与珍稀果品相提并论——充其量不过是个大水萝卜吧，虽然它以它的真正品格早已驰名中外了。

有人把嘴张个满圆咬下一口，在证实了这梨本不是大水萝卜之后，高叫着说：现在我明白赵州人为什么能雕出那么好的栏板了。你们想，吞个红烧肘子，喝一脸盆糊汤，再吃个斤把重的大梨，然后拿起榔头上桥。

又有人补充说：没人和你推让寒暄，你是自管自地吃饱的。

招来了一车人的笑。然而谁都觉得这是个最接近答案的答案，虽然它充满不折不扣的荒唐。

1990. 2. 14

高中自编话剧《理想》

书的等级

　　我很注重书的封面、装帧和做工，在我的书成书之前，我便开始对装帧设计进行挑剔了。然后是收到成包新书后的挑拣——每个作家都要买些新书送人的。

　　我常把我的新书分作三等，把那些颜色印制饱满、纸面平展、书脊规矩的选作一等；把那些颜色稍欠、纸面和书脊大体还看得过去的选作二等；余下涉嫌着残次的一律作为三等。于是将要被我赠书的友人便也分开等级了。收到一等书的是那些在我心目中也注重书籍装帧者，二等书奉送的是那些对装帧的无所谓者，三等书便不再主动送人了。只待这一、二等已送尽，仍有索书者时，我才将这三等书取出。奉送后，常有一种亏心的感觉，就像做了十分对不住人的事。许久以后，想起来仍觉忐忑不安。

　　我这种对书的过分挑剔和注重，原因大约始于两方面：一是我受过封面装帧的惊吓，二是自幼美术对我的熏陶。

　　小学三年级时，长篇小说《欧阳海之歌》正在风靡流行。我也购得一本，爱不释手地读起来。读不过半本，却被我一位生活老师没收了去，因为这本书使得我不安心午睡了。那时我读寄宿学校，作息都须严格遵守校规，午觉时且有生活老师倚门把守。我记得那位老师姓兰，平日我们睡觉时她只靠住我们的门织毛衣。她两手操作着毛衣针，眼睛朝我们这一排床铺溜着。大家瞧见老师的眼光，便缩脖咋舌地进入梦乡。兰老师自从得了我这本书，许多天不织毛衣而改作读书了，她对《欧阳海之歌》读得和我一样专心。我躺在床上假寐，想着是书中的哪个情节正吸引着她，那个情节本是吸引着我的。

大约兰老师尚未读完，这本书"犯了案"，有内容方面的事，也有封面装帧方面的事。这两者加起来一时间便成了轰动一时的政治公案。欧阳海的牺牲是因了力挽一匹横过铁道的惊马，后来马和火车均得救了，战士欧阳海却被火车吞没了。那书的封面画的便是这个情节：马站在铁轨上咆哮着举起前蹄，欧阳海睁圆眼正奋力将马推下铁轨。有传闻说这封面用心叵测，若背过来照看，就能看出"蒋介石万岁"的字样。一时间人们都在照看，都在撕下那封面。有的人家在惊恐之中干脆将书焚毁，好不留后患。我那本书由于先一步易人，倒不至于为我和我家带来麻烦，但心中仍有余悸，梦里也常见那封面变得狰狞起来。我发着冷汗被惊醒，不敢再合眼。封面里有内涵，封面里有学问，封面不可小看便是我在这时悟出的。

我的第一本小说集《夜路》出版时，我请我父亲为之设计了一个封面。我父亲作为一个画家和舞台美术家，当时正在中央戏剧学院任教。他不常做装帧设计，只待自己高兴时。我所谓美术对我的熏陶，便是借助于父亲吧。这使得我后来常自不量力地也和他谈论着美术，还自不量力地在报刊上著文大谈凡·高和高更之间的争论。

我父亲为我设计的《夜路》照理说我是满意的，它由淡黄颜色作衬，用墨点点缀成星空，一条视点很低的路平伸远方。它概括了我心目中的乡村，也概括了我那本小书的内涵。当时已成功地做过几种封面的画家韩羽也不住点头称道。那时闲散了十年的知识分子刚刚趋于活跃，韩羽则常来我家聊天。韩羽对书的封面装帧也有着过分注重的癖好，我所以自信可把赠书对象分作三等，便是因有韩羽这样的"样板"。曾有人对我讲过，韩羽买书除对内容有严格挑选外，多以面取之。买到书后便以坚纸细裹，插入书架，需读时再找他人去借。对这一故事，我实在不便去找作为长辈的韩羽当面对质，但从他和父亲谈论封面装帧时的神情里，自信我心目中那一等的赠书友人是存在的，我的分等便不是自作多情了。

面对《夜路》的封面，我在一阵高兴之后，却产生了新的疑点，《欧阳海之歌》毕竟提高过我的警觉性。我开始怀疑封面上那一片墨点星空：用墨来象征星星，总有几分不光明吧。父亲反驳了我说，照我的逻辑推理，黑白木刻、黑白照片都不应再有了。在黑白画家的笔下，世间万物就两种颜色，不是黑便是白。

《夜路》由天津"百花"出版，直到"百花"的书籍装帧家陈新来信也肯定了那封面后，我才放下心来。后来便是我第一次接到新书，和第一次对书的分等。如果说当时我的分拣尚处于萌芽状态，那么父亲的分拣则早就是蓄谋已久了。他把书包打开左挑右挑，不客气地挑出两本一等品，藏进自己的书柜作为样书保存，再为我挑出一些，并一一指出余下那些书的缺欠。我立刻变成一个"认书"行家了，这时我也才发现父亲爱书原来也不下于韩羽，虽然他从不找人借书。

后来我的第二本书《没有纽扣的红衬衫》的设计也是请了父亲，他在那本书上倾注的心血胜过第一本。但或许当时的我太年轻了吧，出版社对那装帧的规格一减再减。他们不仅去掉了环衬和折口，最后连扉页的设计也取消了。只在普通印书纸上戳一行黑铅字算作扉页，封面的颜色也随意做了更改。这件事很使父亲不高兴了一阵，致使我接到新书后，他连样本也没有留。我还是认真地分着等级，父亲在一旁说我是"骨头里挑鸡蛋"。他决心要挽回这次的

"影响"，主动要为我设计第三本书《铁凝小说集》。

《铁凝小说集》的出版得助于花山出版社的慷慨，让他不必考虑成本，使他一举用了五个颜色，最后还力争把平装变作软精装。正好这书的印刷厂就在我们所住的城市，封面印制时，他每天都去工厂和工人师傅一起调色，研究"压板"的次序。这本书终于使他实现了自己的诺言，父亲若是个书籍装帧家，也许该通过这本书走红了。但我还是认出了这书在做工上的不足，便是书脊的不规矩。过多的糨糊把软精装用的白板纸浸粘得起了许多坑洼。我埋怨父亲为什么不把好这最后一关，父亲说："莫非我还能去死盯着几个女工粘书？"后来这本书被选送香港国际书展，我还随着它参加了在奥斯陆举行的第二届国际女作家书展。在奥斯陆大学的展厅里，我还是只盯住书脊上那几个坑洼，想着那里有过多的糨糊，甚至发言时都变得语无伦次起来。我多么愿意它不带这坑洼，和我一起站在这大厅里。是地球人创造了书，又是书带着地球人去世界各地聚会，它原本要比人堂皇得多才是。

我的第四本、第五本、第六本、第七本书出版时，父亲没再参与它们的装帧设计。一来他正专心于他的水粉画，二来他总说："照理，大夫是不能为自己的亲人开药方的。"他还说这又好比种树，有时你以为你种的是梨树，收获的却是一筐干枣。显然他对前几次的遗憾还耿耿于怀。

直到不久前我的第八本书《玫瑰门》出版时，我问父亲还有没有兴趣设计，他才又跃跃欲试了。我征求作家出版社的意见，社方说，这本被收入该社当代小说文库的书，有个统一格式，社方请的装帧家也有固定人选。父亲才打消了此念。我只请韩羽作了四帧插图，韩羽很高兴地接受下来。他送来插图时还详尽地向我交代了对这四帧插页的要求：线描下面要衬以淡色，每图下方要配有书中的文字一段，连图下铅字的号数他都有明确要求。后来这本书没有如期出来，据该书责编对我说，成书时插图没有印上底色，再送工厂改印时耽误了一个月的时间。当我将此事告诉韩羽时，他竟毫不客气地说，责编是对的，就得这样坚持。

《玫瑰门》的设计者极认真，但我还是趁在作家出版社开该书的讨论会之机，不忘从会场溜出来找到美编去挑剔些什么。一位谦逊的美编认真地听我"白话"，后来我发现我的种种挑剔都被美编接受下来。

我用便车从作家出版社拉回了我购得的《玫瑰门》，第一件事还是打开所有的书包进行分拣。分拣着，又暗算着应该分送的友人。我觉得应该最先选出一本送给韩羽吧，我们同住一个城市，他又是我请的插图作者。同我前几本书的做工相比，《玫瑰门》应该是一等品居多的，但我唯独选不出一本要送韩羽的书。

韩羽来了，我还是把一本精选出的书托给他。他戴起我父亲的花镜左看右看，父亲在一旁撺掇着净说这书的好话。韩羽到底称赞了这书，但我总觉得这称赞是有保留的。

我觉得韩羽保留得也有道理。人既然能发现太阳上的黑斑，既然再贤惠的妻子，也只有最爱她的丈夫才可能发现她身上的一丝不贤惠，那么一个对书的横加挑剔者，是不会承认天下竟还存有完美无瑕的书吧。中国不是有句俗话吗：说好是闲人。我也早已后悔起在众多的书中为什么单挑了这本。

也许我总在挑拣的本不是书吧，那实在是一种心理的挑拣，自己挑拣着自己的心理。只因为书原本应该比人更堂皇。

1989

你在大雾里得意忘形

那时的清晨我在冀中乡村，在无边的大地上常看雾的飘游、雾的散落。看雾是怎样染白了草垛、屋檐和冻土，看由雾而凝成的微小如芥的水珠是怎样湿润着农家的墙头和人的衣着面颊。雾使簇簇枯草开放着簇簇霜花，只在雾落时橘黄的太阳才从将尽的雾里跳出地面。于是大地玲珑剔透起来，于是不论你正在做着什么，都会情不自禁地感谢你拥有这样一个好的早晨。太阳多好，没有雾的朦胧，哪里有太阳的灿烂、大地的玲珑？

后来我在新迁入的这座城市度过了第一个冬天。这是一个多雾的冬天，不知什么原因，这座城市在冬天常有大雾。在城市的雾里，我再也看不见雾中的草垛、墙头，再也想不到雾散后大地会是怎样一派玲珑剔透。城市的雾只叫我频频地想到一件往事，这往事滑稽地连着猪皮。小时候邻居的孩子在一个有雾的早晨去上学，过马路时不幸被一辆雾中的汽车撞坏了头颅。孩子被送进医院做了手术，出院后脑门上便留下了一块永远的"补丁"。那补丁粗糙而明确，显然地有别于他自己的肌肤。人说，孩子的脑门被补了一块猪皮。每当他的同学与他发生口角，就残忍地直呼他"猪皮"。猪皮和人皮的结合这大半是不可能的，但有了那天的大雾，这荒唐就变得如此地可信而顽固。

城市的不同于乡村，也包括着诸多联想的不同。雾也显得现实多了，雾使你只会执拗地联想包括猪皮在内的实在和荒诞不经。城市因为有了雾，会即刻实在地不知所措起来。路灯不知所措起来，天早该大亮了，灯还大开着；车辆不知所措起来，它们不再是往日里神气活现地煞有介事，大车、小车不分档次，都变成了蠕动，城市的节奏便因此而减了速；人也不知所措起来，早晨上班不知该乘车还是该走路，此时的乘车大约真不比走路快呢。

我在一个大雾的早晨步行着上了路，我要从这个城市的一端走到另一端。我选择了一条僻静的小巷一步步走着，我庆幸我对这走的选择，原来大雾引我走进了一个自由王国，又仿佛大雾的洒落是专为着陪伴我的独行，我的前后左右才不到一米远的清楚。原来一切嘈杂和一切注视都被阻隔在一米之外，一米之内才有了"白茫茫大地真干净"的气派，这气派使我的行走不再有长征一般的艰辛。

为何不作些腾云驾雾的想象呢？假如没有在雾中的行走，我便无法体味人何以能驾驭无形的雾。一个"驾"字包含了人类那么多的勇气和主动，那么多的浪漫和潇洒。原来雾不只染白了草垛、冻土，不只染湿了衣着肌肤，雾还能被你步履轻松地去驾驭，这时你驾驭的又何止是雾？你分明在驾驭着雾里的一个城市，雾里的一个世界。

为何不作些黑白交替的对比呢？黑夜也能阻隔嘈杂和注视，但黑夜同时也阻隔了你注视你自己，只有大雾之中你才能够在看不见一切的同时，清晰无比地看见你的本身。你那被雾染着的发梢和围巾，你那由腹中升起的温暖的哈气。

于是这阻隔、这驾驭、这单对自己的注视就演变出了你的得意忘形。你不得不暂时忘掉"站有站相，坐有坐相，走有走相"的人间训诫，你不得不暂时忘掉脸上的怡人表情，你想到的只有走得自在，走得稀奇古怪。

我开始稀奇古怪地走，先走他一个老太太赶集：脚尖向外一撇，脚跟狠狠着地，臀部撅起来；再走他一个老头赶路：双膝一弯，两手一背——老头走路是两条腿的僵硬和平衡；走他一个小姑娘上学：单用一只脚着地转着圈儿地走；走他一个秧歌步：胳膊摆起来和肩一样平，进三步退一步，嘴里得叨念着"呛呛呛，七呛七……"；走个跋山涉水；走个时装表演；走个青衣花衫；再走一个肚子疼。推车的，挑担的，背筐的，闲逛的，都走一遍还走什么？何不走个小疯子？舞起双手倒着一阵走，正着一阵走，侧着一阵走，要么装一回记者拍照，只剩下加了速的倒退，退着举起"相机"。最后我决定走个醉鬼。我是武松吧，我是鲁智深吧，我是李白和刘伶吧……原来醉着走才最最飘逸，这富有韧性的飘逸使我终于感动了我自己。

我在大雾里醉着走，直到突然碰见迎面而来的一个姑娘——你，原来你也正跟跄着自己。你是醉着自己，还是疯着自己？感谢大雾使你和我相互地不加防备，感谢大雾使你和我都措手不及。只有在雾里你我近在咫尺才发现彼此，这突然的发现使你我无法叫自己戛然而止。于是你和我不得不继续古怪着自己擦肩而过，你和我都笑了，笑容都湿润都朦胧，宛若你与我共享着一个久远的默契。从你的笑容里我看见了我，从我的笑容里我猜你也看见了你。刹那间你和我就同时消失在雾里。

当大雾终于散尽，城市又露出了她本来的面容。路灯熄了，车辆撒起了欢儿，行人又在站牌前排起了队。我也该收拾起自己的心思和步态，像大街上所有的人那样，"正确"地走着奔向我的目的地。

但大雾里的我和大雾里的你却给我留下了永远的怀念，只因为我们都在大雾里放肆地走过。也许我们终生不会再次相遇，我就更加珍视雾中一个突然的非常的我，一个突然的非常的你。我珍视这样的相遇，或许还在于它的毫无意义。

然而意义又是什么？得意忘形就不具意义？人生又能有几回忘形的得意？

你不妨在大雾时分得意一回吧，大雾不只会带给你猪皮那般实在的记忆，大雾不只会让你悠然地欣赏屋檐、冻土和草垛，大雾其实会将你挟裹进来与它融为一体。当你忘形地驾着大雾冲我趔趄而来，大雾里的我会给你最清晰的祝福。

1992.7

又见香雪

我的短篇小说《哦，香雪》写于一九八二年，香雪是小说女主人公的名字。

一九八五年在纽约一次同美国作家的座谈会上，曾经有一位美国青年要我讲一讲香雪的故事，我毫不犹豫地拒绝了他。原因有二：一是我认为我的小说无法当作故事讲；其次在我的内心深处，觉得一个美国青年是无法懂得中国贫穷的山沟里一个女孩子的世界的。然而这位美国人把持着话筒再三地要求我，以至于那要求变成了请求。身边我们那位读过《哦，香雪》的美国翻译也竭力撺掇着我，表示他定能把我的故事译得精彩。于是我用三言两语讲述了小说梗概，我说这是一个关于女孩子和火车的故事，我写一群从未出过大山的女孩子，每天晚上是怎样像等待情人一样地等待在她们村口只停一分钟的一列火车。

我没有想到在场的人们竟为这小说兴奋不已：主持会议的已故作家马拉默德为我鼓起掌来；两个不修边幅的大学生走上来拥抱并且吻我；一家名叫《毛笔》的杂志的主编对我说："你知道你的小说为什么打动了我们？因为你表现了一种人类心灵能够共同感受到的东西。"接着他又问我是否读过肯尼迪总统的就职演说，我说很抱歉我从未读过。他说肯尼迪在演说里就向人们描述过他当年是怎样从家乡小村里走出来第一次坐上火车的，肯尼迪的内心感受令人泪下。我没有过多地关注肯尼迪的感受，令我留意的是主编前边那句话："你表现了一种人类心灵能够共同感受到的东西。"与其说我

铁凝散文

因这句褒奖而获得了虚荣心的极大满足，不如说这句话使我忽然有点明白我为什么要写小说。细细地去想，这又是一句多么苛刻的咒语——我觉得事实上我是终其一生也未见得能够到达这一境界，或者我愿意终其一生去追逐这种苛刻。

上述一切仿佛是旧话重提了。所以重提旧话，是因为今年中国儿童电影制片厂将《哦，香雪》拍成了电影。

可以想象把《哦，香雪》拍成电影是怎样的艰难。这个没有故事的故事不仅使人在将来的上座率、拷贝数上为之伤神，导演和摄影也对它望而却步。你怎样奈何一群大山、几个女孩、两根冰冷的铁轨和一列黑沉沉的火车呢？若是讲究迷信，《哦，香雪》则更是一个不吉祥的剧本了——曾经有两个"妄想"拍摄它的摄制组在选景的路上翻车，一辆车上的导演、演员脸部受伤；另一个摄制组的车轧死了一位捡粪的老乡。第一个摄制组是以青年电影制片厂导演郑洞天为首（我在这里向郑洞天先生表示深深的歉意）；第二个摄制组即是由北影女导演王好为为首的。

继郑洞天先生的拍摄计划夭折之后，王好为导演在今年初冬时节终于完成了她几年之久的夙愿。作为原著和编剧的我，曾经和王好为共同感谢过"儿影"的慷慨，是他们在金钱上的慷慨使香雪有了与观众谋面的机会，使那些永远沉默的山河有了表现自己的可能。

日子定在晚秋，我重返九年前曾经住过的那个小村苟各庄，当年它是河北涞水县最穷的村子之一。《哦，香雪》的拍摄点就在这村子附近——北京房山与河北涞水交界处的十渡风景区。我记得那年也是晚秋，我在苟各庄下了火车，站在高高的路基向下望去，就看见了路基下村口那个破败的小学校：没有玻璃、没有窗纸的教室门窗大敞着，一群衣衫褴褛的小学生正在黄土院子里做着手势含混、动作随意的课间操，几只黑猪白猪在学生的队伍里穿行……土地的贫瘠和多而无用的石头使这里的百姓年复一年地在困顿中平静地守着自己的一份日子，没有怨恨，没有奢求，没有发现他们四周那奇妙峻美的大山是多么诱人，也没有发现一只鸡和一斤挂面的价值区别，于是就有了北京人只需乘二百华里的火车，用一斤挂面到这里换一只鸡的怪事。几年前一个奇异的外部世界到底冲破了这里的困顿，人们才发现这里原本有着奇珍异兽出没的原始森林，有着可与非洲白蚁媲美的成堆的红蚁，有着气势磅礴的百里大峡谷，有着清纯明净的拒马河，还有我的香雪。

如今的苟各庄已是河北省著名的旅游风景区野三坡的一部分，从前的香雪们也早已不再像等情人一般地等待火车，她们有的考入度假村做了服务员、导游，有的则成了家庭旅馆的女店主。她们的眼光从容、自信，她们的衣着干净、时新，她们的谈吐不再那么畏缩，她们懂得了价值，她们说："是啊，现在我们富了，这都是旅游业对我们的冲击啊。"而仅仅两年前，她们还把旅游说成"流油"——真是一桩流油的事哩！

摄制组正在离苟各庄两站远的十渡火车站拍摄最后几个镜头，我乘了一辆面包车，去看那天他们最后的拍摄。一位在野三坡度假村当客房服务员的苟各庄姑娘小玉，因了对拍电影的好奇，也和我一同前往。一路上小玉不停地为什么事情咯咯笑着，一只项链式电子表在她胸前荡来荡去。九年前小玉还只有七八岁吧？七八岁的孩子是不引人注目的，她说她也不记得村里曾经来过一个我。

我们在十渡站下了车，我看见白色站牌已换成小说中的站名：台儿沟。这是一个卧在大山之中的山区小站，几条单薄的铁轨寂静地伸向远方。此时没有火车通过，站台上也没有旅客等车。只在候车室那扇小小的绿色门前，并排挤着四五个挎着荆编篮子的半大女孩，篮子里有核桃和大枣。坚硬的山风把她们的嘴唇吹得发紫，她们把双手袖在薄棉袄的袖筒里，脚上是家做的花布单鞋。

哦，香雪！

我认出了她们，也认出了饰演香雪的薛白。读者对薛白不会陌生，她因在电影《黄土地》和《三家巷》中扮演女主角而拥有了许多的观众。现在她分明是个苟各庄姑娘了，如同九年前我熟识的那些女孩子一样。

这时与我同车来的小玉也发现，却原来站台上这几个装束寒酸的女孩便是电影演员了。"像！"小玉说。她望着面前的薛白们，眼光有点惊奇，有点兴奋，还有点居高临下："真像！"小玉又说，"和早先我们穿的一样。"她对"早先"二字加重着语气。

那么，香雪仿佛是个早先的故事了，仿佛已是小玉们依稀可辨的一个遥远，又仿佛是个无中生有的存在。一瞬间我几乎有点为香雪、为导演、为摄影师、为我自己感到沮丧：日子果真是那样地多变么？香雪已不复存在，为什么人们非要钻进这大山，苦苦地制造一个香雪出来？

然而香雪分明地站在我的眼前，她挎着一篮核桃，是要卖给火车上的旅客的，可是她还不会讲价钱，只会说："你看着给吧！"我想起我所尊敬的一位老作家曾经说过，"在女孩子们心中，埋藏着人类原始的多种美德……"我明白了，香雪并非从前一个遥远的故事，并非一个与小玉的"早先"衣束相像的女孩，那本是人类美好天性的表现之一，那本是生命长河中短暂然而的确存在的纯净瞬间。有人类就永远有那个瞬间，正是那个瞬间使生命有所附丽。

最后几个镜头已拍摄完毕，为摄制组送饭的"130"卡车也已开来。导演、演员、摄影师站在卡车旁，就着冷风吃米饭和素炒蒜薹，他们的脸上都蒙着黄土，他们都吃得很香……

我深知这一切都是因了我的无中生有，虽然香雪的确是我在那个小村苟各庄的发现。

我想无论对于小说还是电影，懂得艺术来源于生活并不困难；但要明白无中生有对小说和电影的意义，就似乎不太容易。而我所说的无中生有，恰恰是指作家对生活和生命本身更深层次的总体把握与判断。你理应知晓生活是创造的源泉，你更应懂得无中生有对于创造的重要。

我越来越觉得因了我的无中生有，香雪才获得长久存在的意义；因了无中生有的香雪，才有读者觉出她表现着人类心灵能够共同感受到的东西。

1990

1983 年，短篇小说《哦，香雪》获全国优秀短篇小说奖

寻找珍妮弗

　　华盛顿是我在美国访问的重要城市之一，在这里，我首先要同艾伦·布雷拉克女士商谈我的旅行计划。艾伦是子午线国际交流中心负责安排我访问项目的部门主任，美国政府将我的此次访问委托该中心具体承办。在我的诸多活动中，有一项是我特别提出的，我请艾伦为我安排了参观三年前在华盛顿建成的纳粹屠杀纪念馆。

　　纳粹对数百万犹太人的残酷杀戮虽然早已成为过去，但人类仍能随时感到它本是一次真实的存在。这除了我们直接接触过的史料，或许还要感谢中国人大都熟悉的那些电影和小说：《索菲的选择》《辛德勒名单》……更何况，我们中华民族也曾有过饱受日本帝国主义侵略和伤害的岁月。

　　艾伦对我的提议表现出一种不同寻常的激动，她说她本人就是犹太人，她的很多亲戚和朋友在二战期间也遭到过纳粹的迫害。然后她欲言又止，这使我感到她的激动还有其他缘由。

　　第二天早晨在去纪念馆的路上，果然，我的翻译兼向导陈一川先生向我说明了艾伦的心事。昨晚艾伦给他打过电话，她说她对我的参观还有一个私人的请求，她嘱咐我们参观纪念馆时不要忘记到最下面一层去看看，那里展览的不再是纳粹的罪证，而是美国孩子们为纪念馆创作的图画，其中也有她女儿的一幅。她女儿名叫珍妮弗·布雷拉克，画上有她的签名。珍妮弗的画是她十二岁时的创作，可是现在她已不在人世了。艾伦还让陈先生转告我，她本来不想以个人的情绪影响我们的参观，但作为母亲，她总是希望更多的人能看见珍妮弗留在纪念馆的作品。

后来我得知，纪念馆在筹建期间，曾向全美国的少年儿童征集绘画，应征作者达三万多人，珍妮弗的画就是从三万多件作品中挑选出来的。纪念馆开幕那一天，珍妮弗约了几个同学一起去参观，她看到了她自己的作品被永远镶嵌在馆内的墙壁上，那兴奋的心情可想而知。不幸的是第二天她便因车祸永远离开了人世。这是三年前的事。

珍妮弗的故事使我的参观已不再是一般性的浏览，我仿佛是去纪念馆与等在那里的一个陌生而又熟悉的犹太女孩子见面。

纪念馆门前排着长长的队伍，参观者中有犹太人，也有成批的少年和旅游者，以及推着童车的年轻母亲们。参观是免费的，却有时间限制，一张门票的参观时间是两小时。但对贵宾是例外的，我和陈先生持有纪念馆赠送的贵宾卡，如果愿意，我们可以在这儿待一整天。

一层层展厅以暗灰色背景为基调，展品中有许多波兰政府赠送的实物：纳粹押送犹太人去奥斯维辛集中营的火车车厢；焚烧犹太人的黑色焚尸炉；专为解剖犹太儿童的器械和捆绑他们的小床……最令人发指的莫过于那堆积如山的皮鞋了，这男人的、女人的、孩子的互相掺和起来的破旧皮鞋，几十年过后仍然顽强地显示着鞋主人的脚形，这些脚形诉说着他们生命的历程。也许它们原本应该和主人一起走进焚尸炉的，德国人为什么要集中起这些鞋，他们要拿它们去做什么？还有头发，苏联军队在奥斯维辛集中营找到的犹太人的头发，共有一万五千磅之多。原来纳粹收集这些头发是以低价卖给德国商人，用来制作拖鞋和床垫的填料。此刻这些男人的短发发团、女人的长发发饼、男人女人混合着的发絮波涛一般在一个长达十余米的地段汹涌着澎湃着。当你面对这头发的海洋，比你站在焚尸炉前对犹太民族所经历的苦难有更加强烈的身临其境之感。这头发的海洋似乎把我在大屠杀纪念馆的参观推向了一个触目惊心的极致。也许只有看到头发，你才会真正懂得人类为什么要反对战争。战争不仅仅是刀兵相见，战争还会使一部分人居然可以任意地去薅另一部分人的头发。关于鞋和头发，我将在另外的文章里叙述。现在我要写的是寻找珍妮弗。

我和陈先生终于来到纪念馆的最下层。这时眼前豁然开朗，是那满墙色彩斑斓的儿童绘画把观众从地狱带回人间的春天。这便是从三万多张作品中挑选出来的那些画了，孩子们按照统一规格，在二十厘米见方的白色瓷砖上作画，然后由纪念馆精心把它们镶嵌在长达三十多米的展壁上。我细心地数过，瓷砖共有三千零七十二块。我这才发现，要从三千多张小画中找出珍妮弗的作品的确不是件容易的事，何况艾伦也没有向我们提供珍妮弗画面的内容和它的大概位置。但我和陈先生还是满怀信心地开始了我们的寻找。

因为寻找珍妮弗，使我得以认真地欣赏每一幅作品，那是一些充满同情、爱意与呼吁和平的画面，一些诅咒战争、让惨无人道的杀戮"STOP""STOP"的画面。那真是一面阳光灿烂、天真温暖的墙壁，任何一个大人仿佛都无法愧对这些幼稚的然而又强大无比的孩子的呼吁。在这些画中，我们找到了七八个名叫珍妮弗的孩子。但她们不姓布雷拉克。

我们再从头开始。

我们一次又一次从头开始。当我们实在难以看清接近屋顶的那些画上的签名时，我甚至产生过向馆内工作人员借把梯子的想法。

一位坐着轮椅的银发老妇人把摇椅摇到我们跟前，她说她已经看了我们半天，她想知道我们在寻找什么。我们讲了珍妮弗的故事，老妇人告诉我们她也是犹太人，然后她戴上花镜，把轮椅在画前摇过来摇过去，和我们一块儿找起来。

我们在这里找了近两个小时，仍无结果。此刻午饭时间已过，而下午我还要赶赴一所大学。陈先生建议我不妨先去吃点东西回来再找。在馆外，我们一面粗糙地吃着三明治，我一面提议陈先生给艾伦打个电话，详细询问珍妮弗那幅画的位置和画面特征。陈先生响应了我的建议，小跑着去给艾伦打了电话。在艾伦的提示下，我们终于找到了珍妮弗的作品。珍妮弗的画面简洁、颜色单纯：一颗淡黄色的象征犹太民族的六角大卫之星被纳粹的黑色铁丝网缠住了，宛若一个孩子对噩梦的想象。签名很小很小，像黄星照耀下的几个小豆粒：珍妮弗·布雷拉克。

我站在珍妮弗的画旁，伸手指向那颗象征犹太民族的吉祥的大卫之星，请陈先生为我拍了一张照片。后来每当请人看照片时，我必得把这个故事讲一遍，因为我在美国两个月拍摄的照片中，这是最有故事可讲的照片之一。

第二天当我与艾伦见面时，她紧紧地抱住我说，她事先没有仔细讲明那画的内容和位置，是因为她实在没有想到我对这件事会是这样认真。她含着热泪说："我是多么感谢你！珍妮弗是多么感谢你！"

也许我们都应该感谢珍妮弗，感谢珍妮弗给了我一次寻找的机会。虽然不是珍妮弗把我领进了这座纪念馆，却是珍妮弗把战争与和平、把爱与恨衬托得更加具体了。

我们寻找珍妮弗，是因为珍妮弗永远离开了我们；我们寻找珍妮弗，是因为珍妮弗永远和我们在一起。

1995

女人的白夜

我坐在窗前看窗外的窗，窗外的窗子静静地看我。

在白夜里我才知道，我看世界时，世界也在看我。

奥斯陆的白夜银白银白。夜最深时也能辨清对面窗子窗帘的颜色。那亚麻色的窗帘夜夜从不关闭，我才知道对面这老式房子并非一幢公寓。

我依然认定对面的窗子便是娜斯金卡的家，这少女的外婆正用别针把外孙女和自己别在一起。可娜斯金卡还是有办法逃走，于是，彼得堡朦胧、湿润的白夜里便有了娜斯金卡和她的爱情故事。

这是陀思妥耶夫斯基的《白夜》，十几年前它就给了我那样美好的心境。当我在黑夜里梦见白夜时，那白夜就是娜斯金卡纯净的脸。

十几年过去，我看见了真正的白夜。如今我置身奥斯陆的白夜中，又听见了另一个白夜的故事。

六月二十三日是北欧的仲夏夜狂欢节。这天白夜最长，人们在黄昏相聚海边，点起篝火，彻夜欢歌。古时这节日却是以拿女人祭神为内容的。小镇上的人们在海边燃起火堆，将一个被镇长认定有罪的女人扔进火里，烧死她以换取整个小镇的清白。

女人们惧怕这白夜的来临，惧怕自己被镇长选中，于是加倍地小心做人。

可是，每一年的仲夏夜，火堆里仍然要投入一个女人。女人们仍然要在这里战栗着狂欢。

多少多少年后，当又一个仲夏夜来临，又一个女人就要被扔进火里时，一个聪明、勇敢的女人决意夺回女人的命运。她站出来质问镇长，问他有什么证据证明那将被烧的女人有罪。镇长也很聪明，说：可以将这女人装进麻袋，绑好投入池塘。假如她漂在水面，说明她是清白的；假如她沉了下去，便是罪孽深重。

　　人们雀跃着拥向池塘，去观赏这种验证。自然，镇长选中的女人永远是沉下去的。这种验证的方式不过使用来祭神的女人在火的折磨前又加一层水的折磨。

　　多少多少年后，仲夏夜狂欢的篝火里不再投入女人，时代终于使活人换成了草人。草人敷衍了神灵，草人使女人松了一口气。仲夏夜可爱了，篝火旁响起了没有战栗的歌唱。

　　可那草人的样子是男草人还是女草人？我一直想问问讲故事的人。

　　当我在一个白夜从易卜生的故乡斯凯恩乘车返回奥斯陆的时候，沿途那幽深的有野鹿出没的森林里，那起伏着绿色松涛的山谷里，到处都响着娜拉出走时的关门声。这关门声曾经响彻了全世界，如今在这明如白昼的夜色里，它格外地清晰、真切，就像是回答着古时那个镇长的暴虐。

　　于是，世界上那么多的女人被吸引到斯堪的纳维亚半岛来了，人们称这些人为作家。

　　于是，第二届国际女作家书展在娜拉的故乡开幕了。今年的六月二十三日，参加书展的全体女作家聚会在英格亚德海湾，燃起篝火，共度狂欢之夜。

　　于是，奥斯陆慷慨地将今年的仲夏夜献给了更多的女人，女人在今夜决定一切、享受一切、统治一切。这里有梦中有过的美妙意境，这里有我们不曾有过的梦。

英格亚德海湾的松树绿得年轻，海水蓝得锃亮。橘红色的太阳在深夜十一点的海面半浸着身体，久久不愿沉没，就像在倾听芬兰女作家正在演唱的那粗犷、幽默的无字歌。在她家乡的山谷里，当人们彼此相隔很远地劳动时，就靠了这无字的歌声沟通着心灵，传递着彼此的消息。

一个弹着吉他的女歌手也在唱。歌声就像她那白布衬衫和褪尽颜色的牛仔裤、平底鞋一样简洁、朴素，却叫听的人要哭。她尽心尽意地向海倾诉着她的灵魂，这种倾诉感曾经离我们多么地遥远。

一个头戴花环的少女从我身边走过，手里还有鲜花。夕阳照耀着她唇边细密的金色茸毛，她是多么年轻啊。

我想起了远离着我的年轻朋友。

一个农村姑娘对我说，她一定要等学会写情书之后再谈恋爱；

一个城市姑娘对我说，她讨厌她的未婚夫是因为他太爱她；

一个从未经过伤心事的女孩子对我说，她的灵魂整日充满了痛苦；

一个历经坎坷的女人对我说，她活得很愉快。

我还想起近在咫尺的新朋友。

那做了母亲的挪威汉学家易德波告诉我，当她乘电车上班时，看着电车里的男人们，便开始假设今天她在精神上该同他们中的哪一位结婚。我问她结果怎样，她说结果他们都叫她失望，那唯一沉淀在她心里的人还是她丈夫。可再乘电车时，她还是假设着那精神上的结婚。

女人的愿望是这样复杂又这样简单；女人的要求是那么多又那么少。

我曾经和一位从未到过中国的挪威女作家特瑞尔聊天。她曾经在肯尼亚一个农民家里生活了四个星期，之后便写成一本关于肯尼亚农民生活的书。在书中她描述了肯尼亚农村一个男人三个太太的家庭结构。因为她是白人，一位肯尼亚作家便给这书以嘲讽，说白人写黑人不居高临下才怪。但这书的出版毕竟鼓舞了她从事国际题材的热情。目前她正计划写一本《毛泽东传》，写给挪威的中学生看。为此她幻想着到中国去。她一边叙述自己，一边卷着很呛人的烟丝抽，说话间神情充满着自信。最后她笑着说，一九六八年中国"文革"时，她是挪威的红卫兵。上课时她也学着中国红卫兵的样子对老师不以为然，老师若是批评她，她就掏出《毛主席语录》叫老师"滚蛋"。

　　我曾经看见南非黑人女作家劳梦塔·尼克布在书展大厅向工作人员发脾气，因为大厅里竟没有她的书。我愿意谅解尼克布女士的激动，因为当一些作家有暇讨论文学如何表达自我情感、自我意识这样的"豪华"问题时，尼克布女士还没在自己的国土找到容身之地。她被赶出南非，流亡英国，不能用母语写作。在英国她仍然一往情深地歌颂着南非的妇女，她把她们称做南非的根。尼克布女士做着艰难的重返故土的梦，幻想着回归家园，幻想她的书在世界各地出版。

　　一个双耳坠着大虾的女人迎着我走过来，那耷起须毛的大虾，那一身黑色衣裙使她显得气度不凡，就像对于统治海有着悄悄的欲望。

　　于是，男人悄悄地模仿起女性：一个额前梳着刘海的男青年盯着几位正在篝火边烤肉的女作家，他把嘴唇涂得很红，长长的鬈发用红头绳束在脑后，扎成一根马尾辫。他的身躯很是矫健，却热衷

　　　　　　　　女人的白夜

于模仿女人的打扮。在欧洲曾经有一些摇滚乐队，最初就是靠了装扮成女人演出而走红。他们发迹了，但我从来不相信这是因了对女性的崇拜。也许这该叫做畸形的女人梦？

英格亚德海湾温柔着人心，人人都有不断的梦。白夜包孕着它们，它们离你很近。

人总是要有一点儿梦的。梦想、梦话、梦境……哪怕是噩梦、玄梦、荒唐梦，哪怕是美梦、酣梦，或者一枕黄粱之后的惊醒。

没了梦日子便少了滋味；有了梦人便有了第二组生活。第二组生活使你获得双倍的时间、双倍的勇气，你的生命长了。也许你会为了一个梦去追寻终生，纵然一路荆棘，一路坎坷，你无所顾忌。

朝霞续着晚霞灿烂了天空，白夜尽了。

白夜使那么多那么多女人在斯堪的纳维亚半岛相聚，白昼使那么多那么多女人各奔东西。人们回到自己的土地上，为了人类不再有仲夏夜那般的噩梦，为了人类能够有仲夏夜那般的美梦，努力向生活奉献着自己。

当娜拉出走的关门声"砰"地将你惊醒，当你从梦中醒来开始向生活奉献时，那梦才会变得真实。

"真正的光明绝不是永没有黑暗的时间。"你不觉得那如昼的白夜原本就是一个梦吗？

1986. 8

铁凝散文

竹子上学

三十年前，听朋友讲他的农民老父亲。这位老父亲一生赶牛车，赶马车，没有坐过汽车、火车。后来，在城市读完大学又找到工作的儿子决意请父亲坐一次火车，并告诉父亲要坐快车。父亲这才知道，原来火车还分快慢。就问儿子快车票便宜还是慢车票便宜。儿子答，当然慢车票便宜。父亲惊奇地说，慢车坐的时间长，怎么反倒便宜？那时我们听朋友讲，我们笑，笑那老父亲的天真或者不开眼。

三年前在新加坡，读到一则跑步的故事：一个青年和一个老人清晨在公园跑步。青年矫健活泼，老人瘦弱迟缓。本来跑在老人后面的青年，很快就冲到了老人的前边。他优越地回头叹道：咳，你们这些老人啊，到底是跑不快了啊。老人并不生气，边跑边对超过他的青年说：年轻人，你的前边是什么呀？青年说，是路啊。老人又问：路的前边呢？青年说还有一座桥。老人说，桥的前边呢？青年说是一片树林。老人问，树林的前边呢？青年说也许是山吧。老人问，山的前边呢？青年说我看不见，恐怕就是生命的尽头了吧？老人说，那你跑那么快做什么呢！

我心里一惊，感受到一种苍凉的智慧。

三天前我走进江南山里一片竹海，请山民教我认新竹老竹。知道世间植物，唯有竹子长得最快。说是一个小学生放学回家，将书包挂在一棵竹子上，坐在竹林下写作业，写完作业就够不着书包了。真是一份关于速度的俏皮！我仿佛看见一棵挎着书包的新竹正

竹子上学

蹿入云霄去天堂上学。

　　三十年后的今天，我们生活在一个世故的快时代。我忽然想起朋友的农民老父。当年幼的我们笑他不开眼时，怎知他早就明悉了慢的昂贵，就像公园里那位慢跑的老人。但当我想到那个跑步的故事，却也不打算责怪那位心怀优越感的青年。如果青春是用来挥霍的，他便拥有快跑的资本。连快跑都不敢的青年，岂不是枉费了青春？于是我的眼前不断闪现那棵挎着书包飞向云端的湛绿的新竹，它的速度令我恐惧，可它挎着书包的样子又让我开怀大笑：挎着书包的竹子毕竟不那么老谋深算，它是去上学吧，是去做人生的学徒。

2012. 11

铁凝散文

20 世纪 90 年代初，在河北山区小学

第 二 辑

农民舞会

　　勃鲁盖尔是十六世纪荷兰绘画的开拓者，他选择直言不讳的世俗内容，借着对事物细节的忠实描绘与怪诞幻想的唐突对比，表现人世缩影。画风古朴率直，善以高视点构图、侧面轮廓线描摹，令画中的人物、事物看似简单，实际却产生强烈、有力的效果。由于在他为数不多的五十余件作品中，有相当部分表现了尼德兰时期的乡村生活，他被同时代人称为"农民画家"。很难断定这种称谓里有多少善意，有据可考的是十九世纪德国权威艺术史家华更的论点，在当时得到绝大多数观众的赞同。华更这样形容勃鲁盖尔的绘画："他观看这些（农夫的）景象的方式虽然是聪巧的，但却也十分粗糙，有时甚至庸俗不堪。"华更崇拜的是如拉斐尔那样的描绘完美和理想形象的大师，他以及相当一部分世故的艺术圈子里的评论家对勃鲁盖尔蔑视不顾便也可以理解。

　　这幅《农民舞会》是勃鲁盖尔的晚期作品，也可以说这是一幅情节性绘画。当地农民可能为了庆祝一个圣人的诞生日而聚在一起开起舞会，但小教堂却被画家有意设置在远处；一间插着幌子的酒馆则占据了画面的一半，成为舞会的最突出的背景。画面上的人，远处舞着的人，右边那一男一女正奔跑着要去舞的人，左侧那个头戴白帽的苏格兰笛手，还有笛手身后的酒桌上那几个喝得半醉、正高谈阔论的人，他们虽状貌各异，但在神情上有着一个不容忽视的共性，就是他们都不快乐。那个几乎是背对观众的黑衣男人，他的侧面告诉我们，他对这个舞会有着诸多欲望，而这欲望显然不在他身后被他拉着的女人身上。左边那个苏格兰笛手有点觑眉皱眼，并且神不守舍，他的注意力不在他吹奏的音乐上，也不在身边那个穿着红背心、帽子上插根羽毛的有点虚荣的年轻人身上。他看上去老谋深算，一肚子邪火。画面最左边，酒桌上那个最左边的男人，他那竭力扬起的下巴和紧紧抿住的薄嘴唇，透露着他的不满他那酒也压不住的愤怒难平的心绪。而在不远处的酒馆门口，女店主正强拉客人往里走。这就是勃鲁盖尔笔下的农民舞会，他笔下的农民的确称不上优雅，也不似米勒笔下的农民那样与大地自然地浑为一体。但也许这正是勃鲁盖尔独特的价值和他的深刻所在。他对他的乡亲直接的、果断的、稍带尖刻之感的描绘，准确表达出他对他们那爱恨交加的情感，他对他的民族的深切理解。欲望，贪婪，无休止的争吵以及暴饮暴食的诸多丑态细致入微地集中呈现在《农民舞会》的画面上，你会感受到一点不是农民的，而是人类的某种带有罪恶感的悲哀。

所以我想说，勃鲁盖尔不是农民画家，他是深刻地站在一个高度上表现了农民的大家。他以惊人的真实表现了人类粗鄙的一面，并不等于说他就是粗鄙的。我想起在十九世纪的俄国，也有评论家曾说契诃夫是庸俗的作家，依据在于他笔下有一大批庸俗的人物。而契诃夫正是用他的这批小说一生与庸俗作战的。

勃鲁盖尔对画面细节不厌其烦的精确而热烈的铺陈，可能源自那个报纸、照相、电视、电影等媒体一概都不存在的时代，绘画还担负着满足大众普遍求知欲的重负。而他的这些妙不可言的佳作甚至被后人在拍摄电影、电视和戏剧时不断用来作为考据当时生活、服饰和乡间道具的重要依据。他刻画人物所用的鲜明的轮廓线和清晰、单纯的色彩与那些精彩细节能够在同一画面自然融会，这本身就充满着无尽的妙趣。

《疯狂玛格》画面中间那个身穿男人战袍、头戴盔甲、一手持剑、一手挽着包袱和篮子、腋下夹着宝盒的红鼻子女人就是玛格了。玛格是用来形容任何泼辣、蛮横女人的贬义名字。在尼德兰流传的谚语中，疯狂玛格能够进入地狱抢劫一番，然后毫发无伤地返回。

有评论说勃鲁盖尔在此画中讽刺霸道、聒噪的女人，谴责人们贪婪之原罪。你看，玛格和她那群貌似鬼魅的同伴已经满载而归，但贪得无厌的她们仍然准备把地狱一扫而空。其中最按捺不住的当属玛格。画面右下方，当她的一伙女伴正洗劫一间房舍时，玛格已穿越了一片布满怪物的平原赶往地狱之口。那地狱好似一个巨大的猪头怪兽，通向它那丑脸的吊桥已被玛格一个身形奇异的同伙奋力拉下，此时对地狱无所畏惧的是这群女人，而那拟人化或说拟兽化了的地狱反倒对她们怀有疑惧。

勃鲁盖尔真是在讽刺霸道的女人吗？评论者还找出了西方谚语中的一段来证实勃鲁盖尔的出发点："一个女人喋喋不休，两个女人制造麻烦，三个女人喧嚣如过集市，四个女人反目争吵，五个女人组成军队对抗第六个手无兵器的魔鬼本身。"女人在特定的时刻可能会如这谚语所描述的那样强大而又嚣张，因为女人，特别是处在西方最黑暗、最压抑人性的中世纪的女人，她们真正是受禁锢最深的最底层的一群。因此当我看到《疯狂玛格》时，我宁愿相信这是勃鲁盖尔描绘的一场中世纪女性的彻底革命，一场女性的集体狂欢。那气势宏大的场面，那因火光冲天而酿成的整个画面的橘红色主调，强调着这场革命的激动不安的情绪，地狱已在眼前，这里却无死亡之气息。因为处在画面中心的玛格是一副向着地狱进攻的姿态。她和她的同伴们的彻底，让地狱都感到害怕。右下方那群正在抢劫房舍的头缠白巾的女人形态和装束完全是最普通的劳动妇女，她们并不丑陋；玛格倒是难看的，她那向前突出的红鼻子，她那筋肉松弛的树皮样的长脖子，还有她的嘴，竖在上唇那琐细、深刻的一道道皱纹，流露出她长年累月的数落、怨愤、哀愁。因为她们是底层，她们的痛苦便双倍地多于常人。她们一旦革命，便也格外具有爆发力。她们在这时的忘我会使她们变得面目凶残，然而这是否都是女人的过错？

勃鲁盖尔以苦干实干的笔法详尽勾画了这场女人的暴动，不能说他对她们是恭敬的，但他对此有一种巨大的理解，或者说他的画面帮助他实现了这种理解。在处理细节部分时，他遵循了一贯的原则：毫不疏忽对画面配角的刻画，包括对地狱上方那盏灯的一丝不苟的详细描绘。勃鲁盖尔苦苦的写实和看似荒唐的梦幻使整个画面繁复动荡而又有序，神奇缥缈而又结实具体。

勃鲁盖尔带给绘画的价值我以为我们是估计不够的，他在黑暗的中世纪的突然跳出，他的反叛精神和真正的先锋气质，实在值得我们研究。他必是那种有能力影响后来者的大人物，后来的达利、夏加尔们肯定都从他身上"偷"过东西。而他又是多么让人费猜测，因为他连一句关于艺术的发言也没有留下来。当然，对于一个以造型艺术为本的大家，这也许并不是最重要的。

2002

2018 年 11 月，在傅雷翻译奖 10 周年活动上

2009 年冬，和德国著名作家马丁·瓦尔泽会面。右为北京大学德语系教授、博士生导师黄燎宇

晚　钟

　　米勒所处的时代距今已有一百五十年。即使有人忘记他的名字，他这著名的代表作《拾穗》也不会被遗忘。更多的人也许不知道，这位世人皆知的大家，是终生贫困，并经常食不果腹。当年他一面创作着《拾穗》，一面在给他的朋友写信谈论如何吃饱肚子："如何才能赚到房租呢，还有比这更重要的，让孩子们吃饱。"一次政府派人给他送来救济金时，他说："谢谢，我已经两天没吃东西了。"米勒的第二个妻子十年当中给他生了九个孩子，这给米勒的生活带来更大的窘迫。即使这时的米勒已经不是在小画廊卖裸体女人画的米勒，他也没能摆脱这种困境。但这幅在艺术史上具有永恒意义的《拾穗》就在这时诞生了，这是一八五七年。次年便在巴黎的沙龙展和观众首次见面，之后，它没有像米勒的其他名作那样在收藏家手中几经"倒手"，《拾穗》在沙龙展出后，当即被卢浮宫收藏。

　　画中的三个妇女正在收割后的麦田里拾麦穗，显然这田地并不属于她们。通过远处的收割场面，我们可以看到那才是这田地的收割者。画面右上方有个骑马的人，他应该是这田地的主人。

　　在当时的法国乡村，一些贫困的妇女和儿童到别人田里去拾穗，是根据古希伯来人的法律而来。古希伯来人以宗教的教义将它写进经文：你的农场在收获时，不可拒绝拾穗者，应该让贫苦的孤儿寡妇去拾取落穗。主是你的神，他还会让你的田地获得丰收。《拾穗》呈现出的就是这样一派平和而安详的宗教色彩。

到别人地里去捡拾落穗，这习俗也多见于其他民族。在中国，华北平原一带的产棉区，当花主雇工摘完棉花之后，拾棉花的妇女和孩子便出现了。那时天气已经十分寒冷，干硬的棉枝划破着她们的双手，而残存在"棉碗儿"里的棉朵也大多是干瘪病态的，但那毕竟还是棉花啊。也许一整天你的所得仅仅一小捧，可对于一无所有的穷人，那仍然是一小捧生活的希望。

有专家解释说，画中的三个妇女是三代人，中间那位是母亲，最耐劳苦，腰间大包里的麦穗最多。她的左边是她的婆婆，婆婆的弯腰已显得不太容易。在她右边是她的女儿，女儿的动作最敏捷，右手拾起的麦穗，马上又用左手背到身后。由于年轻，她劳作着还不忘照顾着自己的容颜——为了不让烈日晒黑皮肤，她用长头巾把脖颈遮盖起来。我想，这些解释也仅仅是研究者的一种说法。我看三个妇女的年龄差异并没有那么大，而她们的动作和手势是米勒根据构图需要才处理成那样的。米勒安排下的这组画面人物体态，成了后辈画家研究构图的经典。人物朴实而优美的动作，她们背后远处那合理而又有序的铺陈，使作品弥漫着诗情。当我反复凝视护住脖颈的年轻女子那只伸向一枚麦穗的手，盯住她那向前探出的食指，我几乎悟到大地之神的魅力。读这幅作品，你不能不对劳动充满敬意，这敬意是从米勒对劳动、对农民的敬意而来。

米勒的全部灵感的来源是日常生活中对自然情景的细腻洞察和《圣经》。他这样形容自己：我有那种如少女般纯洁的主题，天真自然的表现，默默悟出人生不过是不胜负荷的痛苦，并且忍气吞声、不怨尤地肩负起这种人类命运的法则，甚至不求任何补偿与代价的人物。他还说："有人说我否定了田园的魅惑，其实我已经在那里发现比魅惑更为壮丽的无限美。耶稣曾经一边看着小花一边说：'我告诉你们，就连充满了荣华的所罗门王，他的王袍上也装饰有一朵这种小花。'我在田园里看见蒲公英的闪光；在遥远地平线的那一方，看见光耀闪烁的云间的太阳；在广阔的原野里，看见了一边吐白气一边耕耘的马；还有在全是岩石的土地上，从早晨就发出工人喘气的声音；也看见疲惫不堪的男人——这种种景象都充满了壮丽性。批评我的人，也许都有教养而又风趣，然而我却不同意他们的看法，因为我这一生，除了田野，没看见过别的，所以我只能尽量说出我在田野工作时所见到的经验。"

从某种意义上说，米勒的人生纲领就是劳动。他画各种劳动着的男人和女人，砍柴者，播种者，汲水者，喂鸡者，推车者，牧羊者，搅奶油者，梳羊毛者……在他笔下，即使一把歪在草丛里平凡的锄头也自有它不平凡的风仪。他研究和发现劳动者在劳作中那专注、坦然、单纯的形体瞬间，宁愿为了这种真实无比的形体而放弃被摆出来的为美而美的"美"。他的形体的美与大地融为一体，而他的大地静寂而又充满四通八达向外涌动的力量。他的画面因此释放出沉甸甸的安详之气息，让我们感受古老的日子里所有的朴素与真挚。

对有些评论家将《拾穗》解释成对贫苦的控诉，米勒十分反感，他声言他从未想过在绘画中控诉劳动、反叛劳动。我们观察米勒所有画作中的劳动者的表情都是肃穆的，或说他也从不强调脸上的细部。他们没有被强加上笑脸，如同上世纪中期，中国最常见的那些宣传画上的工人、农民在劳作时的那样，因为政治需要，画家让劳动者在劳动时一律都笑着。在有些电影里我们也常见这样的镜头：一个或多个农民站在麦田里笑着，擦着汗，做出自豪和光荣的样子。这其实是对劳动的一种不恭敬，因为人在劳作时需要精神集中，笑着的劳动不是表演就是对劳动的敷衍。

米勒赋予劳动一种古典的庄严，那是人类所必需的生活义务的一部分。而他的可贵不在于为后代画家提供了富有建设性的形式和方法，他的可贵在于他完整、诚实地实现了他的人生信仰、艺术理想、绘画实践以及个人生活态度的和谐统一。他的绘画和他的个人生活不是矛盾体。如我在开始时所说，他在创作《拾穗》的时候，还处在连自己的孩子也喂不饱的困境，但他并没有因此放弃对劳动者的表现转而向讨好的卖得好的题材谄媚。他接受着并在绘画中融化着他的痛苦。在生活的痛苦和创作过程的痛苦中他找到了严肃的宗教的喜悦心情。他笔下那些劳动着的人是以痛苦为自然的，因为它内含着道德，所以是善；而因为是善，所以才是美的。这是米勒一生的信仰，绝非他居高临下的一时冲动。

《拾穗》的缺陷也是明显的，即是色彩的暗淡无力。麦收时节的太阳本是跳跃、响亮的，但在米勒笔下好比有一层灰雾。也许这和他患过眼疾有关，也许这和他患过眼疾无关，他不重视色彩，他的注意力在别处。这让我感到，完美的艺术家是不存在的，完美距离我们和我们的前人一直是那样遥远，它的神秘的魅力也就在于此了。

但是没有人能否认米勒确是一位大地的画家。他一生只有很短的一段时间进过某家私人绘画学校，正像有个当时的批评家所说，他可能确实不适宜用学院里的方式学习绘画，因为他知道的太多，不知道的也太多。

米勒生长于法国诺曼底，他的少年时期，有个黄昏，父亲站在田野里，当看见辉煌的夕阳时，竟情不自禁地脱帽向夕阳致敬，并对米勒说，这就是你心中的神啊。我猜想，向夕阳脱帽致敬的父亲的形象一定震撼过米勒的心，也一定是《晚钟》的最深远的灵感来源。

《晚钟》尚未完成的时候，米勒就自信这将是一幅杰作。他狠了狠心，希望能卖两千法郎，虽然这在当时是个很可怜的要价。后来在沙龙展出时，一个比利时人以七十二英镑买下，这个价位大大低于米勒的期望值。《晚钟》到了比利时曾几易其主，价钱升至三万法郎。德法战争时，《晚钟》从比利时辗转到英国，在英国几易其主，又被法国人史克利达买回法国，这时价格已升至一万二千英镑。后来美国的石油大王洛克菲勒注意到了《晚钟》，与当时的画主史克利达商量，想以两万英镑购得。史克利达家族却希望能以公开拍卖的方式将这幅画卖出。拍卖会在巴黎如期举行，吸引了世界许多大收藏家和博物馆。当喊价升至四十五万一千法郎时，只剩下法国的官方代表和一个美国人。法国人是决心要让这幅画留在本土的，美国人也决心要把这幅画带走。于是一场白热战展开了，此时，《晚钟》已由四十五万升至五十万法郎。法国人和美国人一千法郎一千法郎地竞争着，最后法国人喊到五十万零六千法郎时，美国人踌躇了。《晚钟》归属了法国，当场就有人激动地高呼："法国万岁！"但是法国政府却拿不出钱来让这画属于法国。它还是被美国人带走了。

《晚钟》在美国巡回展出半年，引起了轰动。最终才被一个名叫乔治的法国人以三万两千英镑（约八十万零七千法郎）买到手。乔治把它带回法国并捐赠给卢浮宫。至此，《晚钟》终于回到了米勒的祖国。

米勒在生前只知道《晚钟》是杰作，他不知道围绕着《晚钟》会有这样一场著名的拍卖会。巴黎的那次拍卖会，是米勒逝世四十年后的事了。

落日的余晖正洒向大地，在远离村庄的旷野上，一对夫妻正在刨土豆。男人掘起了脚下的黑土，女人把滚出的土豆捡进脚下的篮子。她身后一只独轮小车上，安放着几只装满土豆的麻袋。这时远处教堂响起晚祷的钟声，钟声漫过宁静的田野，传到这对农民夫妇的耳中。他们立即停下手中的活计，男人脱下帽子，女人双手合拢握在胸前。呈现在我们面前的是一片虔敬安详的被圣化了的宗教氛围。

米勒对最早见到这幅画的朋友说："这是晚祷的钟声。"他又说："你真的可以听到这钟声。"人们怎样才能在远离教堂的地方倾听这钟声，并让身随之而静，让心随之而祈祷？在这对夫妻身上我们真正看到了纯洁的神的力量。他们的倾听不是用了耳朵，他们是用了魂灵在听。尽管他们的衣装不够整齐，那男人的稍显"吊脚"的裤子甚至让他们看上去有些寒酸。但是你一定更加注意他那脚尖略微向里的站姿，那是朴拙中的庄严，传达出的是人类最古典的对生命的敬意。那里不掺杂戏剧性的表演成分，也没有夸张的对上帝的热烈表达。需要一提的是，米勒在对这两个农民形体的精心刻画上，体现出他终生厌恶戏剧的倾向。他说他受不了舞台上那些夸张了的声音和语言，受不了演员奔来跑去的作态。米勒的这个倾向无疑有着他的偏见，但想到他一生的信仰与实践，至少这合于他的情理。

又想起巴黎的那次拍卖会，米勒若有所知，他对《晚钟》最后的价钱一定意外而又吃惊，但他是否也会有不解的茫然呢？《晚钟》的宝贵在于它唤起现代人类对土地、生命和朴素情感的赞美，对获得心灵安宁的诚恳追寻。但是为了这种赞美和追寻，人类又不得不采用拍卖会这种戏剧和表演色彩都有的形式。

艺术的价值从来就不是金钱能够衡量的，可是没有足够的金钱，这世界上的大多数人能否知道米勒的《晚钟》和《晚钟》给予我们的所有神性的情操呢？

2001

包　厢

　　一八四七年，莫奈、毕沙罗等人在巴黎贾普圣街的照相馆举行第一次展览时，其中就有雷诺阿。在那个展览中，因为莫奈的《日出·印象》，这群画家被冠以"印象派"之名。但人们对雷诺阿到底该不该属于印象派，还有过争论。当时的雷诺阿和印象派几位画家关系都不错，尤其是和莫奈，他们常常并肩在户外写生。可是雷诺阿不赞成莫奈关于颜色运用的一些主张，他认为过分强调颜色的规律性，对自己也是一种束缚。比如莫奈拒绝用黑色，而雷诺阿总是固执地把黑色挤在调色板上，他认为黑色制造出的效果是任何一种颜色都达不到的。尽管雷诺阿的艺术观点与莫奈、毕沙罗有不同之处，最终人们却觉得，雷诺阿早期那些成功的作品还是不折不扣地属于印象派。比如一八七四年所作的《包厢》，这幅让雷诺阿成名的作品参加了第一届印象派画展，观众称它是一件伟大的作品。

　　《包厢》画了两位在剧院包厢看戏的观众，一望而知他们来自巴黎的上流社会。雷诺阿成功刻画了这对男女在那个时刻各自的神态和心情。画面上的夫人端庄高贵，年轻貌美，她那稍微前倾的身体和富有魅力的眼睛流露出企盼的神情，企盼中又带有几丝失落。是剧中的情节打动了她呢，还是她观察到这剧场之外的一个什么细节？她身后的男士——丈夫吧，正手持望远镜专注地看一个地方，那个被他注意看的地方显然不是舞台，而是对面一个包厢，那里有比舞台上发生的剧情更叫他着迷的事或人。也许我们由此能够找到夫人此刻表情的答案，夫人那几分美丽的失落可能正是身后这先生的表现所致。这正是巴黎上流社会的一个精妙的侧面写照：华贵中笼罩着虚伪，热闹里也总带出一点空虚和"没意思"。这也是印象派画家习惯描写的题材。

在这幅画里，雷诺阿就成功地运用了黑色，连他自己也说，这幅画我画得并不印象。雷诺阿所说的"不印象"，除了颜色，还有它并不是来自户外，它是画家在画室里关着门"捏造"出来的。画中的女模特叫妮妮，男模特为雷诺阿的弟弟艾德蒙。妮妮非常符合雷诺阿选模特的标准——偏小的胸脯，臀部却硕大。在以后的日子里，曾经又有几位具有这种特点的女性为雷诺阿做模特，其中也包括后来成为他夫人的爱丽。

雷诺阿四十岁时与年轻的爱丽结婚。爱丽是个裁缝，她曾穿上自制的时髦衣裙为雷诺阿做了《船上的午宴》《夏托的划船手》中的模特。在这些画里，爱丽总是穿着时髦，风情万种。雷诺阿与她生活和谐，家庭幸福。他乐意听她的见解，她便不断用自己的艺术见解影响雷诺阿。比方她主张画家应该把女人的身体画得像"透明的水果"。可能就是这种"女人参政"的缘故，在雷诺阿以后的大量裸体画中，我们看到的尽是他"水果"般的追求。画上的女性个个丰满、光润、妩媚，多少都带出些供人玩味的特征。这种倾向比较典型地体现在这幅名叫《帕里斯的评选》中，把它同前边讲到的《包厢》相比，仿佛不是出自同一位画家之手。雷诺阿风格的变异，评论家似乎没有更多想到爱丽的作用，我却愿意这样想一想。我不喜欢雷诺阿后来的那些裸体画，并非是因为其中的格调有"女人参政"的痕迹，历史上平凡女性把本来伟大的丈夫变得更加伟大的事例是很多的，比如陀思妥耶夫斯基的夫人安娜对其丈夫从精神到事业的巨大支持。遗憾的是爱丽的趣味是腻俗的，致使雷诺

包厢

阿那些本来丰美健康的人体也蒙上了一层腻俗的色彩。如果说《包厢》是伟大的，那么面对类似《帕里斯的评选》这类的裸体画，人们只能说它们还是可以看的，因为那是雷诺阿画出的。

为《帕里斯的评选》做模特的不再是爱丽，而是雷诺阿的女用人卡波尼尔，她是晚年的雷诺阿最喜欢的模特之一。雷诺阿说，他喜欢她的小胸脯、大屁股身材以及会"反光"的皮肤，更喜欢她能轻松、自然地在任何时候摆出任何姿势。雷诺阿的另一位模特蒂蒂也具备这个特点，后来做了雷诺阿的儿媳，伴他度过了疾病缠身的寂寞晚年。如果我们不作仔细分析，会以为雷诺阿一生创作中的小胸脯、小腰身、臀部丰硕的女人们是同一位模特。

有一个细节还想在这里提及：油画家最怕的一件事就是每次画画之后洗画笔。雷诺阿的模特们还兼有为他洗画笔的职责，其中的蒂蒂洗得最干净，让雷诺阿深感愉快。我觉得那个时代画家与模特的关系还是有着一种不可再现的人间温情，尽管他们根本上是雇佣关系。在当今，有哪位雇来的模特被画完后还管给你洗画笔呢——就算你要付给她（他）钱。我父亲作为一个油画家，恐怕经常体会洗笔的麻烦，因为画完一天之后体力消耗太大，太累了，据说他有时候就偷懒将一大把笔泡在松节油里，能让画笔不被颜料凝固住就算了。当然，这毕竟是一时的"应急"。

2002

草地午餐的革命意味

　　后人总是把马奈视为法国印象主义的领袖，但这位有着几分潇洒、几分孤单的画家，并没有参加过印象派画家们的任何一次展览。在后来，他和印象派画家的关系也是若即若离，在画风上也是独树一帜，有点儿自由，有点儿保守。他对色彩不像其他印象派画家那样痴迷，他采取的是适可而止的态度。单看马奈的作品，你会觉得印象主义对颜色并没有什么贡献，然而当时，印象主义的画友们，以及后来的艺术界，始终把马奈作为领袖。说到底这是因为他在艺术观念上的革命，这种观念革命的最具代表性的作品便是这幅《草地上的午餐》。

　　在马奈完成《草地上的午餐》的一八六三年，巴黎沙龙展的评选委员会，从五千件送展作品中淘汰了二千七百八十三件，《草地上的午餐》便在其中。这实在是个不小的数量，这件事居然惊动了当时的拿破仑三世。出于对艺术家的同情，拿破仑三世批准在沙龙展大厅旁边又开了一扇门，作为沙龙展的落选作品展，却不料大获成功，第一天观众就达七千多人。《草地上的午餐》在这个"落选展"上成为观众注意的焦点，但多数观众对此画持批判态度。巴黎的评论家也一哄而上，他们说，让一位赤身裸体、只以树荫遮身的女子坐在两位头戴贝雷帽的大学生身旁，这简直不合体统。还有人说，何况这位女子并不美，周围一片砒霜绿，把她衬托得更丑。由于这位赤身女子，马奈的颜色也遭到了攻击。这时一些年轻的艺术家们——包括库尔贝在内，都避开了这纷乱的局面。三十一岁的马奈，则很冷静地面对混乱，并认为这一切是他的成功。他想，画了，被人注意了，也被人议论了，恐怕这就是我作此画的初衷。

后来，为了生活里到底可能不可能有画中那样的场面发生，又展开了一场争论，在艺术家看来，这种争论是毫无意义的，以画家的眼光看生活，总是要把某些"不可能"变成"可能"的。马奈就是要像开玩笑一样，用无拘无束的笔法描绘出一个具有现代意识的场景，以此向沙龙投进一块能激起千层浪的"石头"。

马奈作此画的动机似乎并不复杂。一次，他和朋友普鲁斯特在阿让特依散步时，看到几个在草地上午餐的男男女女。他对朋友说："就画他们吧，就画他们几个。"当然，那群人里并不存在一个赤条条的裸女。但把一个处在非同一般场景中的裸女塞给沙龙展，却是马奈蓄谋已久的。为了这个已久的蓄谋，他开始了对《草地上的午餐》的酝酿，并四处搜寻他心中的模特——那草地上穿衣男人中的裸体女人。某次他经过老巴黎市区，见一名手提吉他的女子迎面走来，立刻上前问她能不能为他做模特，那女子却对马奈笑而不答。马奈讪讪地对普鲁斯特说，你看，她不愿意。我还是用维克多莉吧。维克多莉·兰姆与马奈在一八六〇年相识，她自己也画画，还甘心为马奈做模特。马奈的许多作品如《奥林匹亚》《铁路》等，所画均为兰姆。这次，兰姆又成功地助马奈完成了《草地上的午餐》。两人工作时，兰姆揣测着马奈的想法，我想他们是默契的。画面上的她表情空洞而又疏离，直直地望着什么，却又视而不见。而那幽黑、圆睁的双眼又像能穿透一切似的越过观众，凝视远方。画面的黑绿色调把这个女性的轮廓衬托得光彩照人。

也许这就是当时法国社会的写照：几分现实，几分浪漫，夹杂着一点预感，预示着人类的现代文明和艺术的向现代挺进是不可抗

1998 年，锡林郭勒草原蒙古包里

2005 年，重走长征路途中，在若尔盖草原

拒的潮流。

马奈本人非常重视自己这件作品，"落选展"结束后他便将它长久地挂在画室中，直至一八七八年才出手卖给一个名叫福尔的歌唱家，此画后来又几经辗转被巴黎奥赛博物馆收藏。

《草地上的午餐》被公认为现代艺术的先驱，马奈的名字也因此而永垂青史。不过这幅画诞生的某些细节却往往被人忽略。就题材而言，这并不是马奈的首创。一八五六年时库尔贝就画过一张这样的"午餐"，马奈轻取了其中的一些细节，如背景的树，河中的小船。假如马奈仅是借用了库尔贝的某些细节，那么将《草地上的午餐》同一幅名为《帕里斯的判决》的版画相比，简直就有抄袭之嫌了。"午餐"那等边三角形的构图，前面横卧着的男人，和坐着的裸体女人，以及女人身后的那个男人，可以说都是照搬而来。与《帕里斯的判决》稍有区别的，只是中间那位向后看的男人转回了头。不知是后人对大师的宽容，还是评论家的粗心，似乎极少有人对这件事加以评论，尽管《帕里斯的判决》比《草地上的午餐》整整早了二百年。

不过话也可以这么说吧，就算《草地上的午餐》完全因袭了《帕里斯的判决》的构图，或者说马奈只给其中的几个人"穿上了"衣服，但《草地上的午餐》由于宣布了马奈那带有革命意味的现代意识，所以在美术史上仍然有着它不可替代的价值。

2002

狮如何变成孩子

塞尚出生于一八三九年，那时电报已经发明三年，螺旋桨已经发明六年。他的同乡、同学左拉年长他六岁。工业革命的兴起把一个平面的人类社会变得"立体"起来，这使得塞尚和左拉从学生时起，思想便异常活跃。他们一起散步，一起作诗，想入非非。后来，作为作家的左拉和作为画家的塞尚，作品里便都带出些在当时看来的现代性。再以后，左拉曾把这种"现代"意识完整地体现在他的一个名叫《妇女乐园》的长篇小说里，那是关于一个下层女子如何变成一家购物中心的领导人的故事。而被称作现代绘画之父的塞尚的作品，则不断让研究现代艺术的后人寻根似的当做经典去联系，直至今日。《保罗·艾里克斯向左拉读稿》不是塞尚的代表作，从年代上看它作于一八六八年，此时塞尚二十九岁。这时他那被后人视为经典的"质感""量感"或曰平面上突起的"浮雕式"的形式还没有形成，但塞尚毕竟已通过这幅画向世人宣布，现代意识已经开始在他的作品里萌发，画面主要人物身上那些白加黑的乱线，已经向世人宣布，绘画中的"线"和"面"应该也可以是这样的。我们稍加注意，就会意识到这些看似一塌糊涂的理不清的乱线已经展现了后来的马蒂斯、毕加索乃至米勒的某种"出处"。换句话说，塞尚之后的诸流派便是从这团乱线中寻求到于自己大有可为的裨益。这时塞尚开始确立着他的现代艺术父兄的位置。

此画值得一提的还有，问题到此并没有结束。《保罗·艾里克斯向左拉读稿》还让我们看见画家是如何在纷乱的形式中确立画面的秩序。画家有时仿佛观众的启蒙者，有时又好像观众的领路人，他自信地带着你按照他的意图在一个散漫无序的画面上作一番有序的欣赏。你是否感觉到，你的读画最先是从左拉身上那一团乱线开始的。然后是左拉的脸，然后是他手下那一方白的台布。接着你的视线才会向左移、向上转，你会通过艾里克斯坐着的那把椅子，去看艾里克斯的脸。最后你的视线停下来，停在艾里克斯的稿纸上。塞尚不仅为你设置了一团乱麻似的线，还为你设置了一个永恒有序的怪圈。想读这幅画，你似乎必须按照塞尚的指示去读。不是任何一个画家都有引导观众读画的能力，又不是所有的名画都蕴含一种有序渐进的读法。但大师们都具有一种引领你读画的意识，像达·芬奇的《最后的晚餐》，像拉斐尔的《西斯廷圣母》。塞尚本人亦有毫不谦虚的大师意识，他有一句很著名的话："像我这样的画家，每隔一个世纪才会出现一人。"不错，他确有骄傲的资本。但当我在彼得堡的艾尔米塔什见到基里科的一幅宗教题材的油画时，我还是立即断定塞尚那颜色和体积感的完美结合是受过此位前人的深刻影响。然而，更值得我深思的是，这位前人没有成为一个体系，而塞尚是了。

圣维克多山是塞尚一生描绘最多的一个题材，这座位于法国南部塞尚的故乡艾森普罗文斯的山，似乎联系着塞尚的命运，联系着塞尚的喜怒哀乐。

青年时期已经受过高等教育、学习过法律专业的塞尚，却立志把兴趣转向艺术。他二十四岁投考美术学院未被录取；几次参加沙龙展，作品一再落选。这使得他很长时间游离于那个艺术圈子之外。失意的塞尚，不时回到家乡对艺术作苦思冥想。家乡的圣维克

狮如何变成孩子

多山总是在提醒着他：或许艺术殿堂离他并不遥远，就像他眼前的圣维克多山一样。于是，从那时起他便开始了对这山的描写。之后，每一次失意，塞尚就会有一次故乡之行，手下便也会多几幅圣维克多山。春、夏、秋、冬，油彩的、水彩的、铅笔的……堆满了他的房间。那时塞尚的故乡可能在悄悄传递着一个消息，看啊，塞尚又回来了，画圣维克多山呢。人们传递着这个不吉利的信息，又在暗中祝福着他。对圣维克多山的反复描写，终于使他明白了一个道理，想在法国那个高不可攀的艺坛争得一席之地，不在于你画什么，而在于画家赋予手下的题材一些什么。塞尚决定赋予圣维克多山的是神秘和壮丽。它使我们就像回到了天地初开时的那个蒙昧世界，就像基督和摩西都攀登过的那座西乃山。塞尚告诉人们，假如你能攀上山顶，你一定可以知道天上的秘密。

我不知在他以后的印象派画家朋友毕沙罗，以及马奈、莫奈竭力举荐塞尚，是否和他的圣维克多山有关，但这位大器晚成的大师越是有把年纪时，画得最多的还是圣维克多山。这山成为他终生喜爱的两个题材之一。另一个题材是苹果。于是圣维克多山遍及了全世界的美术馆和艺术博物馆。一些有"派头"的美术馆若是少了塞尚的圣维克多山，会像少了莫奈的草垛一样遗憾。

面对塞尚的《大浴女》，我常常感到一筹莫展，不知该作如何解释。再说至今我也没有发现一篇能准确诠释《大浴女》的文字。《大浴女》其实有点像天书。当二十世纪末期，人类还在猜测"宇宙人"（外星人）是何等样子时，也许对解释《大浴女》反而能够找到一点出路。

许多造型者把宇宙人画得像蚂蚁，为什么？是为了区别地球人。每个艺术家都想找出自己笔下的独属于自己的新"人"。处在十九世纪工业革命正蓬勃发展时期的艺术家就更急迫。塞尚急迫地想要摆脱传统的"完美"，摆脱古典主义和浪漫主义早已做过的尝试，去寻找一种新的面孔、新的形体、新的"人"。这在他早期的《骡与群贼》中已经有所表现。那时塞尚把那群偷骡贼画得像橡皮一样柔软，但那终不能代表塞尚式的新人。直到《大浴女》，新人出现了。这时的塞尚已不是画《骡与群贼》的那个毛头小伙子，他是法国艺坛举足轻重的人物了。这群半人半树的女人在做什么，难道真的只在出浴入浴吗？古典主义的"美人画"早把这个题材画得滚瓜烂熟了，那些血脉充盈的肌肤，那些标准的腰腿和乳房……都是塞尚决定要抛弃的。在这里，塞尚把这群横七竖八的浴女归纳起来，归纳成一个等腰三角形。这是在诗意地调和万物吧。塞尚反复运用这个等腰三角形，坚持把浴女们和树干们做一种理性安排，使观众忘记再去推敲这些人的解剖、比例是否合理。哪怕左边那个浴女真的像树干，且脑袋尖削，腿长得像骆驼，你也不再计较。你只觉得塞尚的大浴女就应该是这样。这是一幅世间万物的大谐和图。如同他的另一幅画《圣维克多山》的山顶上那团神秘莫测的云。这可能是丛林一样的女人或者女人一样的丛林，也可以说，女人就是丛林。塞尚的科学和理性使他笔下的自然和人获得了深度，她们广大、深奥，同时呈现出安定感和永恒性。

据说塞尚是从一群美国士兵洗澡产生《大浴女》的灵感的，这仅仅是"据说"。塞尚最终渴望有一个纯洁、天真的世界景象，因为他曾经说过，画家"需要天真地画一个胡萝卜"。如此说，他笔下那些粗大的筋肉，沉甸甸的布的褶皱，浮雕样的山，响亮的瓷器一般的苹果……都是他最终渴望的过渡。

狮如何变成孩子

塞尚和尼采同时代，他们虽不认识，但尼采在《索罗埃斯特说教》中，形容精神的三种变化——也可理解为三层境界，他解释精神如何变成骆驼，骆驼如何变成狮，最后狮又如何变成孩子时，说的简直就是塞尚。

我以为能够变成孩子的狮必是达到了人类精神的最高境界，那境界的确是为少数人预备的。

2002

颜色的气味

　　莫奈是我很早听说过的艺术家之一。我在一些文字里提到过少年时的读书和听音乐什么的，但很少提及我对画家的"接触"。这里我所谓的接触，是翻看残存在我家中的他们的印刷品，或听父亲和同行以及他的学生们的闲聊。在他们谈论的画家中，有一位便是莫奈。而且他们谈得最多的是他绘画的颜色。当时我对此并不在意，莫奈的颜色远不如那些情节性绘画对我的吸引力大。

　　成年后我问父亲：你能不能用最简单明了的话告诉我，莫奈的颜色怎么了，为什么成为你们常谈不衰的话题。父亲说，这样说吧，莫奈发现颜色的规律，就像巴斯德①发现微生物的存在一样重要。在此之前，颜色和微生物都是人类看不到和不在意的东西。微生物的被发现，使人类找到了自身和微生物那矛盾和统一的关系，使人自身和自然界的关系明晰起来。颜色的被发现，同样使自然界明晰起来，因此画家们的画亮了。在此之前人们对颜色的认识是理性的，认为草永远是绿的，天永远是蓝的，土永远是黄的。莫奈通过自己的眼睛观察后告诉人们，不对，随着光线的变化，随着客观条件的变化，世间万物的颜色也在不停地变化。为此，莫奈以他超常的眼睛做了大量的观察和摹写，又使看似纷杂的颜色条理了起来，从而找到了颜色之间互相依存和互相对比的关系，艺术家把它叫做"颜色关系"。莫奈观察和摹写最多的主题是草和水。当四十

---

① 巴斯德(1822—1895)，法国微生物学家，证明发酵和传染病是微生物引起的。

岁开外的莫奈移居吉维尼村之后，他对颜色研究的成熟阶段开始了。吉维尼位于法国南部平原，那里有一望无际的麦田，麦收过后堆起的麦秸垛，一年四季矗立在田野上，莫奈对此发生了浓厚的兴趣。于是他运用他的颜色理论开始了对麦秸垛的不倦描绘：一年四季从冬到夏，一天之间从早到晚，直至他什么也看不见为止。他跟着季节走，跟着阳光走，画出了难以计数的麦秸垛系列。对麦秸垛的连续描写，使莫奈的艺术呈现出一片灿烂和辉煌。好像是美国人首先发现他这批"宝贝"的，波士顿人、芝加哥人差不多"买断"了他这一时期的作品。我第一次看见《麦秸垛》的原作就是在芝加哥艺术中心。在它的法国印象派馆里，莫奈的草垛占据了一面展壁，大约五六幅吧（据说还有馆藏未展的）。只待这时，当我站在莫奈的《麦秸垛》原作跟前时，我好像才彻底弄懂了莫奈所发现的颜色的意义。那时我并不觉得是在读画，我是通过这些孤寂的草垛和吉维尼的土地，在尽情呼吸，呼吸吉维尼，呼吸上帝赐予人类的空气和阳光。这种神秘的感觉是从来没有过的，原来颜色也可以和人类发生这样具体的交流，这时的颜色如同交响乐里的音符一样奇妙。面对其他一些大家，你可以为他们过人的才华而震惊，你可以为他们造型手段的高超而叹服，你也可以为他们设置主题的角度大感出其不意，面对他们的绘画，你唯独不会想要多做几次深呼吸。就在这时你也会突然觉得，那些草垛已经不是草垛，在晨雾中，在晚霞里，它们正做着幻化，这幻化最终调动起你无限亲近大自然的情致。虽然，那不过就是几堆被莫奈反复描写过无数遍的草。

我写中篇小说《麦秸垛》时，刚刚见过了莫奈《麦秸垛》的原作。冀中平原上的农民堆积麦秸垛的方式和法国人略有不同。但我闻过麦秸垛的气味，我也从早到晚目睹过太阳、风雨对麦秸垛的照耀和吹拂。我围绕麦秸垛编织的故事是麦秸和人之间那悲喜交加的关系，那关乎生计的，关乎爱和死的难解难分的纠缠。当我想到莫奈的《麦秸垛》时，也许我曾经希望用文字、用我的叙述让读者在我的《麦秸垛》跟前也多做几次深呼吸。但我发现我没有这种能力。是因为我没有研究过阳光照耀下的麦秸垛那颜色的奥妙么？

我不能不感叹：在作家笔下无法发生的事，在好的画家笔下，什么都有可能发生。

后来父亲从法国回来，我问他巴黎的奥赛博物馆内，一定有莫奈更多的《麦秸垛》吧？父亲说，不多，大概不如美国多。据说法国人至今一直对此抱有难以言说的遗憾之情。

2002

清醒有力的土路

　　我注意列维坦，是因为我首先喜欢契诃夫。读契诃夫时，知道列维坦是契诃夫最好的朋友，便想到，他们对人生的思考和艺术观点一定会有共同之处的。果真，他们都具备十九世纪俄罗斯知识分子的共性：民主思想和自由意识总是兼容着，作品里也总带出些无奈中的希冀，忧郁中的欢乐。于是我总是一边读着列维坦的画，一边在心中默念着契诃夫小说里的句子："这让人心烦的雨下了整整一个五月和一个六月……"尽管这样的句子和列维坦的画实在没有什么关系。

　　我喜欢列维坦的《弗拉基米尔之路》。据说这是沙皇流放犯人于西伯利亚的必经之路。从前有评论者说，读这幅画时你仿佛能听见犯人脚下的镣铐声。我觉得这只能算是一种说法。我想这不一定是列维坦创作此画的目的，列维坦是要把它画成一条他心中的路。这条路在他心中应该是明晰可鉴，人们可以从这里脚踏实地地走过，到路的尽头去寻找属于自己的一切。然而这条路又像永远也走不到尽头——即使走到尽头，在那里属于你的一切，也许并非你的情愿。这样的路最能给我以亲近感，因为在我生活过的冀中平原就有许多这样的路。它们以特有的土质凝结在平原上，服服帖帖、安安静静地背负着人们的脚步。在农村插队时，我写过一篇名叫《夜路》的小说，小说里的女主人公走的就属于这一类的路吧。那时我们就天天这样走着，路和我们的脚掌亲近着，路带给我们愉快，也带给我们无尽的惆怅。如今这种路在冀中平原已不多见，代替它的

铁凝散文

变成水泥、沥青，它和人们的脚掌也不再亲近。然而铭记在心的还是那种黄土凝结的路，它唤起你产生联想，也入画。苏联有位名叫尼斯基的画家，专画铺着水泥和沥青的路，乍一看很现代，但无法给人留下长久印象，这样的路真是不入画。后来我去俄罗斯的时候，总想亲眼看见像《弗拉基米尔之路》一样的路，但我终未得见。回国后便觉得这次旅行是有遗憾的，好比缺少了一些对俄罗斯的认识。这就是艺术的力量，是列维坦造就的《弗拉基米尔之路》的力量。平远的，简单到不能再简单的构图，低垂的布满乌云的天空，三条并行着少弯曲的凝结在草原上的土路，却具备着这样难以置信的力量。不知为什么我想起了诗，诗也是因具备这样的性格才打动人的吧。你读了它，像获得了什么，又像失去了什么，就像我从俄罗斯回来一样。

面对列维坦作品感人的力量，契诃夫有过评价，他称"他是一个伟大的、独树一帜的天才，他的作品多么清醒有力，本该引起一场变革的，可惜他死得太早了"。一九〇〇年，不满四十岁的列维坦离开了人间。但他留下的作品仍然能让今天的我在情绪上受到莫名的感染，只因为他的路，他的湖，他的墓地、残雪和草垛都是那么清醒有力。

2002

我与乡村

我在俄罗斯参观美术馆、博物馆，刻意寻找夏加尔，一些很有权威的美术馆往往没有夏加尔的痕迹。有的只在一个不显眼的角落，或许才会出现一点蛛丝马迹。种种迹象表明，夏加尔在俄罗斯至今没有和列宾、苏里科夫平起平坐，虽然历史早已给夏加尔所遭受的那些不公正待遇平了反，地球人也早就给夏加尔作了定位：他无疑应属于那些百年不遇的大师级。

苏维埃时期的夏加尔，并没有想与当局闹对立，他曾经试图像巡回展览派那些画家一样，去为那个政权做些什么。他在家乡开办美术学校，在莫斯科为犹太人的剧院做舞台设计。可是他的作品不仅没有被认同，竟还让一个名叫福西契夫的美术局长幽禁起来达四十年之久。直到二十世纪七十年代，法国文化部长马柔访问苏联，企图翻翻夏加尔的老作品，仍然遭到当时的文化部长福尔采娃的拒绝。

但作为俄国犹太人的夏加尔，并没有因祖国对他的冷落而冷落祖国，而失去对祖国的怀念。在他后来那千变万化的绘画形式中，始终弥漫着俄罗斯的气氛：飞着的人，在空中沉思的牛和羊，倾斜的房屋，难分难舍的情侣……都联系着他的祖国，还有生育他的那个维台普斯克小镇。他和他的恋人蓓拉也常常作为画中的主角融入其中。这幅作于一九一七年的《散步》便是他终生所描绘的关于他和蓓拉主题的重要的一幅。那时俄国正爆发着十月革命，但画家那诗样的血液依然在体内奔流。夏加尔把妻子和恋人高举在空中，而蓓拉就像飘摇在大气中的一只风筝。夏加尔的脚下是俄罗斯大地，身后是养育他的那个维台普斯克镇。若从意识形态分析，很难说清这件作品的倾向。可以把它解释成为苏维埃政权而欢呼，也可以说它正宣布着作者决心要远离那个政权，在画家的血液里流淌的只是"爱"。

《散步》在画风上还没有形成典型的夏加尔风格，它正明显地受着立体主义的影响。但由此可以看出，夏加尔的艺术主张已经形成。他说有时候他觉得倒过来的人反而比"正"着的人更真实。"倒过来的桌子椅子给我以宁静满足的感觉。倒过来的人会给我以乐趣。"他说。于是倒过来的"宁静"和"乐趣"就成了夏加尔终生的追求。

上述论点属于夏加尔艺术化了的创作谈吧，这种创作谈富有文学性，而且体面，很多文学艺术家在成功之后谈创作的时候，会或多或少采用这种方式。不过，既然艺术创造是一种极为个性化的复杂过程，我就深信它内中的神秘根由反而不一定是那么艺术化的，也许触发一个大师找到绝对有别于他人的"资本"的，其实是他的某种短暂的与艺术无关的经历。比如德国先锋派画家博伊斯，他一生喜欢用毛毡和油脂这样的材料制造作品，并非这两样东西本身的艺术含量有多高，二战期间他有一次在丛林中受伤，是鞑靼人救了他，给他裹上毛毡，并在他身体上涂满油脂，他的生命是靠了这两样才复归于世的，他的毛毡和油脂情结就随他走了一生。考证夏加尔，你会知道在他年少的时候，做过镇上一个画招牌的师傅的助手。酒店的招牌，肉铺的招牌，咖啡馆的招牌……招牌都是悬空而挂的，那酒、那肉、那咖啡杯等等物质便都飘在空中；招牌是要醒目的，而悬空正是为了醒目，一如中国古代那些商家的"幌子"。一把茶壶如果高悬在一个家庭房间的空中，它就是怪异的不合常规的；一把茶壶如果高悬在茶馆的门上它就是可靠而又妥帖的。有谁设想过让茶壶、花束、牛羊和人高悬在空中却又那么妥帖、舒服呢。写、画招牌不能说是高级艺术，或说不属于艺术中的高级，在今天它可能归于实用广告艺术。但谁能否认夏加尔没有从世俗化的招牌那里获得过不凡的灵感呢。并不是每一个画过招牌的人都能如夏加尔一般，但夏加尔有神奇的力量如此这般，他就是大师了。

大师也常常是有虚荣心的，他们会下意识地隐去那于他们来说其实是最富人生滋味的一幕，让后来的研究者总是摸不着头脑。

至今没有人给夏加尔这"倒过来"的画风冠以什么主义，仅是他画中那鲜明而又单纯的抒情、诗韵和爱，就足以使他在整个世界占有一席之地了。这一席之地里很难说没有"招牌"的一点小小的隐蔽的功劳。

就像夏加尔画他自己与妻子蓓拉的主题一样，他一生也画过许多以牛为主题的作品。夏加尔与牛有着千丝万缕的感情。

养育过夏加尔的白俄罗斯的维台普斯克镇有四万居民，他们以耕作、腌咸鱼和屠宰牛羊维系着小镇生活的运转。夏加尔从小就天天目睹牛、羊的被屠宰，他在自传里写道："在祖父的牛棚里，有一只大肚子牝牛，瞪着眼睛站着不动。祖父对它说：'噢，好吧，伸出脚来，要绑你了，我要卖你的肉了。'牝牛叹了口气，倒了下来。我伸出我的手抱住牛的脸说：'放心吧，我不吃你的肉。'哎，除了这句话，我还能讲些什么呢。"

后来夏加尔又叙述过变成屠夫的祖父是怎样将刀子插进牛的喉咙，大量的血喷出，一些不谙世事的鸡、狗是怎样等待着去争抢一块可能飞溅过来的碎肉。然后是动物的叫声，祖父的叹息声……每天都有两三头牛被杀，新鲜的肉供应地主和居民。

牛在夏加尔的镇上的命运，种下了他一生以牛为绘画题材的种子。在这里牛之于人永远是弱者，牛是俯首听命者。

在《我与乡村》里，夏加尔本人正和牛面对面地讲话。牛好像面对知己一样地与夏加尔倾心而谈，虽然它头上已是斑斑血迹，可能这就是夏加尔祖父割下的那个小牛头吧。牛是无助的，可牛仍然是这个乡镇的主宰者，夏加尔就像一位公平的见证人。我听见他手持花束对牛说，一切我都目睹过，你对乡村的意义和你的被杀。我还知道有了你的乳汁你的肉，才有了这镇上的一切，人们的劳动和欢愉。

夏加尔渴望牛也得到欢愉吧，对牛的命运他总是不甘心的吧，于是才有了《舞》这幅水彩画。牛为什么只能被人们喝奶吃肉呢，牛也会成为一个舞者、一个提琴手。于是幻想和诗化的意境便成了牛的另一个主题。在这里牛不再是任人宰割者，而是一位可以主宰自己命运的歌者。有评论家据此把夏加尔称为超现实主义画家。夏加尔对此不以为然。他只说："诗是人生的一种精神状态。上帝把诗意经由父母赋予你……如果你是莫扎特，那它就是音乐；如果你是莎士比亚，那它就是诗剧。"如此，夏加尔笔下的牛便是这大地上最富神性和暖意的生灵了。

牛在夏加尔绘画中的演变，便是诗样的血液在夏加尔身上奔流的结果。诗样的思维诞生了牛的不断升华。

在这时我想起中国一个名叫石舒清的生活在宁夏的作家，他的一篇名叫《清水里的刀子》的短篇小说，有着和夏加尔精神相近的地方。那是牛和人之间不可言说的小事，却是惊心动魄。

2002

1990 年秋，在河北涞水县深山里收萝卜

护心之心

　　一九九五年夏天我在台北访问，拜会了长久以来就敬慕的作家林海音先生。那是让我难忘的一天，先是在林海音家中与她聊天，然后她又请我们几位去一家德国馆子吃西餐，她特意为我们叫的香蒜明虾至今我还回味无穷。饭后，我们又去了林先生的纯文学出版社。当时的台北很闷热，七十三岁的林先生因为陪我们又不得午休，可是这位身着花色淡雅的中式套装的雍容端庄的小老太太，精神抖擞毫无倦意，给我印象深刻的是她还穿着一双秀气的高跟鞋。林先生的行动和思维都是敏捷的，在她的出版社里，她签名送我几部她的著作，其中就有未经删节的原版《城南旧事》。接着她说，如果我们愿意，可以随便挑选她这里的书带走。我选了这套由丰子恺作画、弘一法师书诗的《护生画集》。

　　《护生画集》全套共六本，图文各四百五十幅。林海音在书前的序言里写道："《护生画集》的流布，始自半个世纪前的民国十八年。丰子恺为他的老师弘一大师的五十岁画了五十幅护生画，每幅画都由弘一法师自己题词。十年后是弘一大师六十岁，丰子恺绘六十幅以祝，仍由弘一大师题字六十幅。自后他们师徒二人便相约以后每隔十年续绘一集，即：七十岁绘七十幅，八十岁绘八十幅，乃至九十、一百……以达功德圆满之愿。但是没有想到弘一大师在第二集印制后不久，便于六十四岁时在福建泉州去世了。这时正是对日抗战期间，虽然大家都在逃难，但是丰子恺并未因此停止已许的愿，在颠沛流离中仍继续作画……一九六五年，大陆上'文化大革命'起，文化人无一幸免，丰子恺当然也遭清算……即便如此，丰子恺一方面遭清算，一方面在暗地里，仍然继续画他的护生画，设法寄到新加坡的广洽法师处，所以第四集、第五集、第六集都在海外由广洽法师募款为之印制。当初丰子恺也曾考虑过，如果每十年一集，画到第六集一百幅时，他已经八十二岁，是否能如此长寿呢？所以他便提前作画，果然第六集的出版，是弘一大师百岁寿冥的一九七九年。但是丰子恺却已于一九七五年七十八岁时去世了。他未及见到全集的完成。"

我一向喜欢丰子恺先生的散文和漫画，一次在奥斯陆和一位丹麦汉学家闲聊，还得到他所赠一册丰子恺的散文集《缘缘堂集外佚文》，内中一篇名为《优待的虐待》的文章里那种丰子恺式的幽默真让人心生喜悦。他的画亦有他的散文的气质，那似是一种浑朴中的优美，散淡中的机智，纯正的童心里饱含大的人生悲悯，看似平凡的小角落里处处可见温暖清新的爱意。《护生画集》顾名思义便是爱护生命，其中丰子恺又着重描绘了人类对动物类的爱护或者轻视。他的命题是大的，落笔却是别致有趣。比方这幅《生的扶持》，一只缺了足的蟹被它的两位同伴奋力抬着前行。弘一法师在旁有诗云："一蟹失足，二蟹持扶。物知慈悲，人何不如。"丰子恺寥寥几笔，就把这三只团结向前的蟹画得充满了人情味儿，有那么一点悲凉，但你看那些舞蹈着一样的蟹爪们，摆脱困境却不是在齐心地做着最大的努力么？再来看这幅《暗杀》，这个人类最通俗、最多见的打苍蝇场景，因为丰子恺换了视角，便足可以被叫做暗杀了，暗杀都是要蹑手蹑脚的。今天的一个时髦词汇叫做"创意"，套用这个词，则类似《暗杀》这样醒人头脑的创意在《护生画集》里数不胜数。比方丰子恺画一穿棉袍者手拎一只蹄髈走在年关的街上，一只小猪跟在那蹄髈后边。画名曰"我的腿!"。比方他画厨房一角，两只灶眼里扑出火苗的灶台前，一长凳上摆有一盆水和几条鱼，画名曰"刑场"。画面上一盒刚打开的鱼罐头，他冠名为"开棺"；一头耕牛卧在柳树下，他把这称为"牛的星期日"。在一幅名为《盥漱避虫蚁》的漫画中，母亲在嘱咐正站在院子里刷牙的孩子，不要让漱口水袭击了地上的小虫。还有一幅蚂蚁搬家的画，孩子看见蜿蜒曲折的蚂蚁队伍，便在这队伍的上方排起一溜板凳，说这是长廊，能为蚂蚁遮挡风雨。还有一幅画叫《游山》，画中一女子骑着一只狮子悠闲地在山路上走。画意是说，人如果对猛兽善，兽也会如此柔情，也会与人和平共处的。这真是丰子恺先生的美梦。好莱坞的电影《狮子王》比丰子恺先生这美妙的梦还晚了半个多世纪呢。

也许有人说，因为丰子恺是佛教徒，所以他对"护生"格外有兴趣。这是有道理的。但以此涵盖他生命哲学的全部，好像还是简单了些。也曾有人在读过《护生画集》后，说这是自相矛盾的画作，作者叫我们不要杀生和伤害动物，又叫我们不要损害植物和小草。人类的生存怎么办呢，难道我们只有去吃沙土和石头么——就是沙土石头里也可能有动物、植物啊。对此，丰子恺这样回答："护生者，护心也。详言之：护生是护自己的心，并不是护动植物。再详言之，残杀动物植物这种举动，足以养成人的残忍心，而把这残忍心用于同类的人。故护生实在是为人生，而不是为动植物。"这就是前边我所说他的大的命题了，他的可贵在于用了最"浅显"的形式将它表达了出来，如同他的佛教观那样朴素易懂，那样活泼生动。此外，《护生画集》本身所具有的艺术欣赏价值也值得读者注意。丰子恺以简洁、稚拙、不事雕琢的线条勾勒出的那些只属于他的形象，他的画风影响着中国的后辈漫画家，包括在今天已成前辈的那些大家。

幸好丰子恺先生没看见我在台北的德国馆子里吃虾的吃相儿，那可是在吞食动物啊。也幸好我自以为读懂了《护生画集》，便不再为此心虚。游走在丰子恺为读者创造的充满人道主义关怀的情境之中，我格外想要护好自己的心。

1997

1995 年夏，台湾高雄港

沉淀的艺术和我的沉淀

先前，每当我听到或看到林风眠这个名字，就想起一种闭眼迎风而立的小鸟。这个莫名其妙的联想悠远而顽固。自那时起，我面前便常有几张林风眠画册的散页：一种发黄的卡纸，十六开大小。纸上有瓶中的花、水中的天、天中的水，也有淡淡着色的仕女。后来我才懂得，这是一种出版规格不高的出版物。这几张散乱的画页，竟伴着我和我的家，几经周折幸存到今天。在家中的书画连连失散，又常常被筛选着作为废纸变卖的岁月中，我不知它们怎么留存了下来。有一次我面对这几页越来越黄的纸问父亲，一定是他精心保存下来的吧。他说，并非。他说先前他并不喜欢林风眠。他说的先前自然是青年时学艺术的他。他甚至告诉我，在展览会上他们面对林风眠的原作，都很不以为然。那时他们正学着一种很是被青年称道的画风，那画风始于苏联的奇斯恰可夫和列宾，人们称之"苏派"。青年人喜欢苏派写实的魔力，喜欢它笔触和颜色的"帅"劲儿。而林风眠却被青年人、被艺术界冷落着。

"现在呢?"我问父亲。

"现在当然不一样了。"

这"不一样了"便是对林风眠的认可吧。这或许就是艺术的沉淀和我的沉淀的道理。

我不知他人认识林风眠，是否都经历过由不认可到认可的过程，但这位艺术大师对于我，也是经历了这个过程的，虽然我不是一位造型艺术家，没有受过苏派写实主义的影响。

我常想，是什么原因使我认可了林风眠的，而这，明明是在我于纽约、于奥斯陆欣赏了许多大师的杰作之后。那时我站在伦勃朗、凡·高、蒙克的作品前，想到过许多中国艺术家，但还是没有林风眠。

　　去年在北京，路过中国美术馆，偶见林风眠画展的广告，便信手买得门票走了进去。不知为什么，眼前的林风眠突然变作了另一个人。我熟悉的那几张瓶中花、水中天和仕女们都在，在这里却变得光彩照人起来，一时间我心情激荡甚至胜过了在纽约、在奥斯陆的博物馆里。如果我对前者的激动里包括了一种新奇感和神秘感，那么现在分明是受了一种光彩的照耀，因为墙上的作品实在是发着光的。几天后我回到家，连忙又翻找出那几张发黄的卡纸，那几张印刷品也突然新奇起来。

　　我从未大言不惭地说，现在我已懂得林风眠了。但我完全可以说，林风眠的画分明已和我有着交流了。

　　任何艺术作品(文学也一样)都要被历史做些沉淀的。在艺术作品本身正经历着沉淀的时候，作为读者的我们也正经历着沉淀。经过了这种沉淀，读者和艺术、艺术和读者才走到一起来，这又仿佛是艺术对你的认可。

　　由于对林先生作品的兴趣，近来也不断翻找些研究林先生的文章。原来文章很少，只在林先生的画展之后，国内杂志才陆续发表了几篇。文章角度虽各有不同，但大都是写先生的画风和人品的。我这才得知，林先生创作最旺盛的年代是五六十年代。那时中国文艺界正经历着一起起的风风火火，而林先生的家门却总是紧闭着，紧闭到你"叩其门才轻轻地启开一条缝"。有人说这是林先生的与世隔绝，又有人说并非如此，因为他的艺术主张一开始分明就希望遥领世界的回声。为此他还崇尚过法国属于表现主义激进派的画家卢奥，创作过像《人道》《痛苦》《悲哀》那样直面人生的油画巨作。我想，林先生的"关门"，大约是为着关住一个艺术家心中的一片宁静一份天真，为着关住他那一份不受世俗干扰的情感吧。

作为一个真正的艺术家，有时要把眼睛睁得大大的，去领略宇宙领略一个时代；有时却要把门关得紧紧的，让眼睛只盯住你眼前那一方白纸。这是不是林先生的一生？林风眠也曾"开门"，那时他连最普通的几株树、几间小屋、一条小河都百看不厌；连最没意思的电影他都认为："有形象，有动作，有变化，就有趣。"待到林先生关上门时，门就久叩不开了。

林风眠确实关住了自己的那份天真，有时关得都有点不谙世事了。难怪五十年代，当外界都在异口同声地责骂印象主义是一种颓废艺术时，有位记者问林风眠怎么看待印象主义，他却回答说："电灯泡早就用了，还在讨论着电灯泡。"于是林先生的艺术主张和作品，自然也就沾了些颓废。

我说的还是艺术的沉淀和读者对自己的沉淀。那些能被历史沉淀下来的艺术，首先是靠了艺术家在一个变幻莫测的人类世界里对自己的沉淀。而读者要认可这些沉淀物，也有一个对自己的沉淀过程。这过程有时也需要你把眼睛睁大，从那些没意思的几株树、几间小屋，从那些没意思的电影中看出点趣味。有时也需要你关起门来，做些对自己那一份天真、那一点点真情实感的爱护。不然，你怎么会有被文学和艺术认可的可能？

几年前孙犁先生在读过我的一篇小说后曾有封信给我，那封信竟成了人们研究我那篇小说的经典。孙犁先生在信中述说了他读我那小说的愉快，他说："我想：过去，读过什么作品以后，有这种纯净的感觉呢？我第一个想到的，竟是苏东坡的《赤壁赋》。"

对于《赤壁赋》，应该说我也是读过的，大约初中时就抄在本子上全篇背诵。至于读后有什么感觉，很难说。再说，当时也很难对自己做些强求。本来你脑子里正是"深挖洞，广积粮，不称霸"，每天就带着这一身"深挖洞"之后疲乏的筋骨回到家来，倒头便睡。能背过"壬戌之秋，七月既望"就算对得起为我立下这课外阅读规矩的家人了，哪儿还有精力和能力去了解对它的感觉什么的。孙犁先生的信，才诱发我又找来了《赤壁赋》。仔细读来，果然也萌生了几分"感觉"。原来你懂了"七月既望"便是七月十六日，你懂了"桂棹兮兰桨"便是桂木为棹、木兰为桨，并非懂得了《赤壁赋》。是孙犁先生提醒了我，原来《赤壁赋》里还有愉快。这愉快首先是由它的纯净而得，而孙犁先生谈的这种纯净，绝非只"白露横江，水光接天"所给予他的。这纯净应是它那超脱着宇宙、超越着时空的艺术境界。

我不断领略着《赤壁赋》所给予我的新意，直到不久前在收音机里听到著名播音员夏青的又一次朗诵，才恍然大悟：在这十几分钟的时间里，原来自己是经历了一场身在宇宙间的沉浮，而给予我生命和力量的，又分明是这个变幻无穷的宇宙。却原来，天地之间"则物与我皆无尽藏也"。至此，难道你真不能生出些纯净的愉快么？

我永远也不会不自量地将我的小说与《赤壁赋》相提并论。在一个被历史沉淀下来的名篇面前，我只能感到自己的微不足道。然而，作为一个读者的我，每一次有意识地阅读和欣赏，便有一次对自己的沉淀。这也便是一幅瓶中花、一幅水中天、一幅天中水、一个看似其貌不扬的仕女越来越灿烂的原因，这个沉淀下来的你，其实是靠了它们的造就。

在希腊神话里，宙斯是众神之王。他无处不在，无所不管，才赢得了地球上不少人的崇敬和信仰。有许多故事和寓言写道，自古以来对宙斯最为虔诚的，却原来是一些文学家和艺术家。席勒有篇诗作名叫《大地的瓜分》，这诗曾被不少人引进，做着各种比喻。诗的大意是：宙斯对人类说："把世界领去！"于是，农夫、贵族、商人和国王，纷纷领走了谷物、森林、仓库和权力。待到一切都瓜分完毕，来了一位诗人，诗人已无任何东西可分。宙斯问诗人："当瓜分大地时，你在何处？"诗人说：

　　我在你身边，
　　我的眼睛凝视着你的面庞，
　　我的耳朵倾听着你天乐之声，
　　请原谅我的心灵，被你的天光迷住，
　　竟然忘记了凡尘！

读完这首诗，许多人为诗人而遗憾。

但诗人所以为诗人，艺术家所以为艺术家，正是在人家瓜分大地时，他却只盯着宙斯的缘故吧，才只剩下了他那单纯的诉说，剩下了欢乐、哀愁、孤寂、惆怅、憧憬、期望、忍无可忍的愤怒和"电灯泡早就用了"的回答。于是在他那欢笑声中花也在欢笑了；在他那一声长叹中秋色、水鸟、芦苇都在长叹起来；只有在梦幻中，才有目光诚挚、体态殷实的少女。

我面前还是这几页散乱发黄的卡纸。

1999

猫 照 镜

　　巴尔蒂斯所描绘的对象其实都是凡俗、平常的：巴黎某条陈旧的商业街，街上几组来往的行人；客厅里动着心眼打牌的几个孩子，还有读书或沉睡的几个少女；一群表情隔膜、目光滞重的登山者，山顶的风光无限好，他们本来也是来饱览这好风光的，上得山来却麻木不仁了，他们是一副副飘摇欲坠、站立不稳的样子，无人欣赏山景，竟有人倒头大睡……他尤其喜欢描绘少女，他笔下的那些少女，他对她们似乎有着严格的年龄选择，那都是些十四岁左右的女孩子，巴尔蒂斯把她们的肌肤表现得莹然生辉又柔和得出奇。那是一些单纯、干净、正处在苏醒状态的身体，有一点点欲望，一点点幻想，一点点沉静，一点点把握不了自己。她们既稳定又内含着飘浮感，迷茫着又充满青春期深深的压力。

　　巴尔蒂斯的人物是具有体积感的，他的背景——沙发、街道、床、桌子……却往往是平面的。他就用这平面感和体积感的结合，创造出厚墙一样的画面。在这些貌似平稳的画面上，那些或平直，或倾斜，或蜷缩，或伸展的形象造成了画面不同的节律和情绪，那其实也就是画家的心律。那是平稳中的险峻，流畅中的抑制，开放中的封闭，正常中的奇特。永恒、静止而又内含着不可见的焦虑。你安静而又不安，即使面对在柔软沙发上入睡的少女，你也会有种莫名的爱怜加惊惧。因为巴尔蒂斯使你感到少女周围潜藏着阴谋。少女周围的确永远潜藏着阴谋：茶几上一只瘦小的黑猫吧，窗前正歪着脖子拉开窗帘的一个侏儒吧……你却又无法歇斯底里，巴尔蒂斯典雅的克制力最终让观众在画面上找到一种货真价实的平衡——艺术和时代精神之间美妙的平衡，以及一种让人心悦诚服的陌生。巴尔蒂斯运用传统的具象语言，选取的视像也极尽现实中的普通。他并不打算从现实之外选取题材，他"老实"、质朴而又非凡地利用了现实，他的现实似浅而深，似是而非，似此而彼，貌似庸常却处处暗藏机关。他大概早就明白艺术本不存在今是昨非，艺术家也永远不要妄想充当发明家，因为在艺术领域里"发明"其实是一个比较可疑的痴人说梦的词儿。罗丹已经说过："独创性，就这个字眼的肯定意义而言，不在于生造出一些悖于常理的新词，而在于巧妙使用旧词。旧词足以表达一切，旧词对天才来说已经足够。一个艺术家，如果能在传统中加进一点儿确属自己的新东西，已是成就斐然。"巴尔蒂斯的实践正应了罗丹的论点，他对他的前辈画家库尔贝的赤裸裸的借鉴，可能会使想当发明家的"艺术人"无地自容——关于这点，我在谈库尔贝的绘画时有过提及。如罗丹这样的感叹，往往出自那些站在时代精神和艺术表现巅峰的大家之口。他们是真正的智者，而不是由"紧迫感"推动步速的，想要出奇制胜、一夜间就载入史册的"发明家"。艺术不是发明，艺术其实是一种本分而又沉着的劳动。巴尔蒂斯的谦逊和对艺术一丝不苟的渴求，他的敏感的时代精神和与之相应的完美形式——一种继承优秀传统的创新表现，把二十世纪屡遭围攻、险境丛生的具象艺术推到了新的难以有人企及的高度，而他的画面带给人亲切的遥远和熟稔的陌生就是他对艺术的贡献。在巴尔蒂斯那些"简单"的画面上我窥见了许多不可见的东西，因为它们实在具有一种引人遐想的品格。

引人遐想的品格。

我们来阅读《凯西的梳妆》。这幅画的灵感来自英国小说《呼啸

猫照镜

山庄》，画面上的三个人是小说中巴尔蒂斯难以忘怀的人物：金发的持镜裸女让人不能不想起凯瑟琳；坐在一边椅子上皮肤黧黑、神情阴郁的青年分明是希斯克利夫的再现；而站在凯西身后正给她梳头的老女仆，仿佛起着间隔他们的爱和激烈对立情绪的作用，她平衡了画面，也暂时平衡了这一对一生爱恨交加的男女的心。这是一个三人构成的简单画面，画家用笔洗练，颜色也极尽朴素、单纯，但是你一遍遍读着，却逐渐嗅出一种酸楚尖刻、既放纵又收敛的气息。那面向观众站立的裸体凯西，猛看去她的青春玉体咄咄逼人，这身体是画面最明亮耀眼的部分；她的头微微侧向一边，灰褐色略微上翻的眼睛和紧抿的嘴唇使她显得骄傲而又跋扈。她似乎已对自己的未来做了判断，她是不听人劝的，自以为自己已然成熟，因此她不理会旁边那青年，那深爱着她的青年的精神就要崩溃的样子，或者她不屑于看见他那倒霉的样子。她的身体协助着她的表情，那一对已经翘得起来的小乳房，那满不在乎的站相儿……都洋溢着一种虚张声势的挑衅。可是，这个修长柔美的裸体凯西，她的阴部却是尚未发育的样子，她那狭窄单薄的骨盆，那平坦的小腹伙同着那稚弱安静的阴部对抗着她那跋扈的头和虚荣的胸，就使她看上去既蛮横又无助，既自信又绝望，既淡漠又热情，既狡黠又率真。她的内心是混乱的，她是她自己的矛盾体。她是需要被拯救的，旁边椅子上的青年也正盼着被她拯救。然而她和那阴郁的青年却无法互相拯救。他看着整个儿的通体放光的她，这个他一生的挚爱，看着这个终归要随旁人而去的少女，却无法夺回。他使我不断想起《呼啸山庄》里凯瑟琳从林淳家做客回来，希斯克利夫对她自卑而又气急败坏的质问："你为什么要穿这件绸衣服你为什么要穿这件绸衣服……"当他们活着就只剩下对童年之爱的顽固回忆时，也许只有诀别才能使他们解脱那疯狂的怀日之心。我不能不感受到一种巨大的慨叹，一种疯魔入迷、想入非非的现实：人们为回到无罪的本初和回到欢乐而耗尽了力气，或将终生耗尽力气。

回到欢乐。

回到欢乐。

让我们接着读《猫照镜》。这里有三幅《猫照镜》，是同一题材同一场景的不同变体。绘画年代跨度，从一九七七年至一九九三年，十六年。

第一幅：起床的裸体少女正倚在床边，一手持梳，一手持镜梳头，当发现蹲在床尾的猫正在看她，就反过镜子请猫照镜。这时少女的神色和身体是自然松弛的，清新柔软的，她请猫照镜子也还带有玩笑、戏谑的成分。

第二幅：少女倚在床头照镜，手中还有一本小书。当发现床尾的猫掩住身子在看她，就反过镜子给猫照。在这幅画上，少女长大了些，表情也多了几分拘谨和任性，并且她是穿了衣服的，一件薄衫，一条长裤。她衣衫整齐地举着镜子给缩在床尾的猫照，仿佛在说，想要观察我吗，还是看看你自己吧。

第三幅：倚在床上的少女，从脸相儿上看是更大了些。她穿着样式烦琐而又保守的裤褂，脸上是一种强忍着的愠怒和蛮横。她把手中的镜子直直地伸向床尾那露出整个儿身子的猫，简直像在说：你凭什么看我，凭什么观察我呀你这个媚态十足、阴险狡诈的东西！这时她的神情态势显然是占了上风的，她已不是那个松弛着裸体轻快地梳头的少女，她早有准备地严密地用衣服包裹好自己，她紧张，而且想战斗。

人是多么怕被观察、被窥测啊，尤其不愿被暗处的同类窥破。当人受到无所不知、无所不在，并时常为此暗自得意的猫的冷眼观望时，那该是一种怎样的不快。人是多么爱照镜子，谁又曾在镜子里见到过那个最真实的自己呢？所有照着镜子的人都有先入为主的愿望，那就是镜中的自己应该是一张好看的脸。因此这样的观照即是遮挡。

观照即是遮挡。

当人恼怒地把镜子伸向猫脸时，人是要看猫的笑话，遮挡自己的不方便的，猫的高压之下的媚态，猫那伺机反叛的阴险心理无不使人恐惧，因此人必须把镜子伸向猫。窥透他人，让他人狼狈才是人心深处最本能的愿望。

猫却没有镜子伸向人脸，猫就是镜子。它永远在暗处眯着貌似困倦的眼，了无声息地与人相依相偎又貌合神离。

巴尔蒂斯的作品中，他那被画对象之间越理越乱的关系，他那趣味高尚、引而不发的控制力令我着迷。有时候我会觉得自己是蜷缩在少女床尾的那只猫，有时候我又觉得我就是那个从裸体的、戏谑着的一直成长到全身武装的愠怒的少女：你凭什么看我、凭什么观察我呀，你这个媚态十足、阴险狡诈的东西！

所有的观照别人都是为了遮挡自己。我们何时才能细看自己的心呢，几乎我们每个人都不忍细看自己。细看会导致我们头昏目眩脚步不稳，可是我们必须与他人相处我们无处可逃，总有他人是我们的镜子。我们越是害怕细看自己，就越是要急迫地审视他人，以审视出的他人的种种破绽来安抚我们自己那无法告人的心。

巴尔蒂斯与二十世纪共始终，却始终远离这个世纪的时尚。有艺术史评论家说，他是一位不属于二十世纪的画家，然而他却是一位能够影响二十一世纪绘画艺术的为数不多的几个大师之一。这话也许武断，却颇耐人寻味。

2002

第 三 辑

怀念孙犁先生

  上世纪六十年代后期，因为时局的不稳定，也因为父母离家随单位去作集体性的劳动改造，我作为一个无学可上的少年，寄居在北京亲戚家。革命正在兴起，存有旧书、旧画报的人家为了安全，尽可能将这些东西烧毁或者卖掉。我的亲戚也狠卖了一些旧书，只在某些照顾不到的地方遗漏下零星的几册，比如床缝之间，或角落里的一张桌子腿儿底下……我的身高和灵活程度很适合同这些地方打交道，不久我便发现了丢落在这些旮旯里的旧书，计有《克雷洛夫寓言》《静静的顿河》电影连环画等等，还有一本书脊破烂、作者不详、没头没尾的厚书，在当时的我看来应属于长篇小说吧。我胡乱翻起这本"破书"，不想却被其中的一段叙述所吸引。也没有什么特别，那只是对一个农村姑娘出场的描写。那姑娘名叫双眉，作者写她"咳咳的笑声"，写她抱着一个小孩用青秫秸打枣，细长身子，乌黑明亮的头发披在肩上，红线白线紫花线合织的方格子上衣，下身是一条短裤，光脚穿着薄薄的新做的红鞋。她仰头望着树尖，脸在太阳地里是那么白，眼睛是那么流动……细看，她脸上擦着粉，两道眉毛那么弯弯的，左边的一道却只有一半，在眼睛上面，秃秃的断了……以我当时的年龄，还看不懂这小说的时代背景是土改时期，不知道这双眉因为相貌出众，因为爱说爱笑，常遭村人的议论。吸引我的是被描绘成这样的一个姑娘本身。特别是她的流动的眼和突然断掉一半的弯眉，留给我既暧昧又神秘的印象，使我本能地感觉这类描写与我周围发生的那场革命是不一致的，正因

怀念孙犁先生

为不一致，对我更有一种"鬼祟"的美的诱惑。那年我大约十一岁。多年以后我才知道这本"破书"的作者是孙犁先生，双眉是他的中篇小说《村歌》里的女主人公。

我产生要当作家的妄想是在初中阶段。我的家庭鼓励了我这妄想。父亲为我开列了一个很长的书目，并四处奔走想办法从已经关闭的市级图书馆借出那些禁读的书。在父亲喜欢的作家中，就有孙犁先生。为了验证我成为作家的可能性，父亲还领我拜会了他的朋友、《小兵张嘎》的作者徐光耀老师。记得有一次徐光耀老师对我说，在中国作家里你应该读一读孙犁。我立即大言不惭地答曰：孙犁的书我都读过。徐光耀老师又问：你读过《铁木前传》吗？我说，我差不多可以背诵。那年我十六岁。现在想来，以那样的年龄说出这样一番话，实在有点不知深浅。但能够说明的，是孙犁先生的作品在我心中的位置。

时至今日，我想说，徐光耀是我文学的启蒙老师，他在那个鄙弃文化的时代里对我的写作可能性的果断肯定和直接指导，使我敢于把写小说设计成自己的重要生活理想；而引我去探究文学的本质、去领悟小说审美层面的魅力，去琢磨语言在千锤百炼之后所呈现的润泽、力量和奇异神采的，是孙犁和他的小说。

那时还没有"追星族"这种说法，况且把孙犁先生形容成"星"也十分滑稽。我只像许多文学青年一样，迷恋他的文字带给我们的所有愉悦，却没有去认识这位大作家的奢望。但是一个机会来了。一九七九年，我从插队的乡村回到城市，在一家杂志做小说编辑，业余也写小说。秋天，百花文艺出版社准备为我出版第一本小说集，我被李克明、顾传菁两位编辑热情请去天津面谈出版的事。行前已故作家韩映山嘱我带封信给孙犁先生。这就是我的机会，而我却面露难色。可以说，这是我没有见过世面的本能反应；也因为，我听人讲起过，孙犁的房间高大幽暗，人很严厉，少言寡语。连他养的鸟在笼子里都不敢乱叫。向我介绍孙犁的同志很注意细节的渲染，而细节是最能给人以印象的。我无法忘记这点：连孙犁的鸟都怕孙犁。韩映山看出了我的为难，指着他家镜框里孙犁的照片说："孙犁同志……你一见面就知道了。"

我带了信，在一九七九年秋日的一个下午，由李克明同志陪同，终于走进了孙犁先生的"高墙大院"。这是一座早已失却规矩和章法的大院，孙犁先生曾在文章里多次提及，并详细描述过它的衰败经过。如今各种凹凸不平的土堆、土坑在院里自由地起伏着，稍显平整的一块地，一户人家还种了一小片黄豆。那天黄豆刚刚收过，一位老人正蹲在拔了豆秸的地里聚精会神地捡豆子。我看到他的侧面，已猜出那是谁。看见来人，他站起来，把手里的黄豆亮给我们，微笑着说："别人收了豆子，剩下几粒不要了。我捡起来，可以给花施肥。丢了怪可惜的。"

他身材很高，面容温厚，语调洪亮，夹杂着淡淡的乡音。说话时眼睛很少朝你直视，你却时时能感觉到他的关注或说观察。他穿一身普通的灰色衣裤，当他腾出手来和我握手时，我发现他戴着一副青色棉布套袖。接着他引我们进屋，高声询问我的写作、工作情况。我很快就如释重负。我相信戴套袖的作家是不会不苟言笑的，戴着套袖的作家给了我一种亲近感。这是我与孙犁先生的第一次见面。

其后不久，我写了一篇名叫《灶火的故事》的短篇小说，篇幅却不短，大约一万五千字，自己挺看重，拿给省内几位老师看，不料有看过的长者好心劝我不要这样写了，说"路子"有问题。我心中偷偷地不服，又斗胆将它寄给孙犁先生，想不到他立即在《天津日报》的《文艺》增刊上发了出来，《小说月报》也很快作了转载。当时我只是一个刚发表几篇小说的业余作者，孙犁先生和《天津日报》的慷慨使我对自己的写作"路子"更加有了信心。虽然这篇小说在技术上有着诸多不成熟，但我一向把它看做自己对文学的深意有了一点真正理解的重要开端，也使我对孙犁先生永远心存感激。

我再次见到孙犁先生是次年初冬。那天很冷，刮着大风。他刚裁出一沓沓粉连纸，和保姆准备糊窗缝。见我进屋，孙犁先生迎过来第一句话就说："铁凝，你看我是不是很见老？我这两年老得特别快。"当时我说："您是见老。"也许是门外的风、房间的清冷和那沓糊窗缝用的粉连纸加强了我这种印象，但我说完很后悔，我不该迎合老人去证实他的衰老感。接着我便发现，孙犁先生两只袄袖上，仍旧套着一副干净的青色套袖，看上去人就洋溢着一种干练的活力，一种不愿停下手、时刻准备工作的情绪。这样的状态，是不能被称作衰老的。

我第三次见到孙犁先生，是和几位同行一道。那天他没捡豆粒，也没糊窗缝，他坐在写字台前，桌面摊开着纸和笔，大约是在写作。看见我们，他立刻停下工作，招呼客人就座。我特别注意了一下他的袖子，又看见了那副套袖。记得那天他很高兴，随便地和大家聊着天，并没有摘去套袖的意思。这时我才意识到，戴套袖并不是孙犁先生的临时"武装"。一副棉布套袖到底联系着什么，我从来就说不清楚。联系着质朴、节俭？联系着勤劳、创造和开拓？好像都不完全。

我没有问过孙犁先生为什么总戴着套袖，若问，可能他会用最简单的话告诉我是为了爱护衣服。但我以为，孙犁先生珍爱的不仅仅是衣服。为什么一位山里老人的靛蓝衣裤，能引他写出《山地回忆》那样的名篇？尽管《山地回忆》里的一切和套袖并无瓜葛，但它联系着织布、买布。作家没有忘记，战争年代山里一个单纯、善良的女孩子为他缝过一双结实的布袜子。而作家更珍爱的，是那女孩子为缝制袜子所付出的真诚劳动和在这劳动中倾注的难以估价的感情，倾注的一个民族坚忍不拔、乐观向上的天性。滋养作家心灵的，始终是这种感情和天性。所以，当多年之后，有一次我把友人赠我的几函宣纸精印的华笺寄给孙犁先生时，会收到他这样的回信，他说："同时收到你的来信和惠赠的华笺，我十分喜欢。"但又说："我一向珍惜纸张，平日写稿写信，用纸亦极不讲究。每遇好纸，笔墨就要拘束，深恐把纸糟蹋了……"如果我不曾见过习惯戴套袖的孙犁先生，或许我会猜测这是一个名作家的"矫情"，但是我见过了戴着套袖的孙犁，见过了他写给我的所有信件，那信纸不是《天津日报》那种微黄且脆硬的稿纸就是邮局出售的明信片，信封则永远是印有红色"天津日报"字样的那种。我相信他对纸张有着和对棉布、对衣服同样的珍惜之情。他更加珍重的是劳动的尊严与德行，是人生的质朴和美丽。

　　我第四次与孙犁先生见面是二〇〇一年十月十六日。这时他已久病在床，住医院多年。我知道病弱的孙犁先生肯定不希望被频频打扰，但是去医院看望他的想法又是那么固执。感谢《天津日报》文艺部的宋曙光同志和孙犁的女儿孙晓玲女士，他们满足了我的要求，细心安排，并一同陪我去了医院。病床上的孙犁先生已是半昏迷状态，他的身材不再高大，他那双目光温厚、很少朝你直视的眼睛也几近失明。但是当我握住他微凉的瘦弱的手，孙晓玲告诉他"铁凝看您来了"，孙犁先生竟很快做出了反应。他紧握住我的手高声说："你好吧？我们很久没有见面了！"他那洪亮的声音与他的病体形成的巨大反差，让在场的人十分惊异。我想眼前这位老人是要倾尽心力才能发出这么洪亮的声音的，这真挚的问候让我这个晚辈又难过，又觉得担待不起。在四五分钟的时间里，我也大声说了一些问候的话，孙犁先生的嘴唇一直嚅动着，却没有人能知道他在说什么。在他身上，盖有一床蓝底儿小红花的薄棉被，这不是医院的寝具，一定是家人为他缝制的吧，真的棉布里絮着真的棉花，仿佛孙犁先生仍然亲近着人间的烟火，也使呆板的病房变得温暖。

这是我最后一次见到孙犁先生。

"我们很久没有见面了！"直至二〇〇二年七月十一日孙犁先生逝世，我经常想起孙犁先生在病床上高声对我说的话。

我想，我已经很久没读孙犁先生的小说了，当今中国文坛很久以来也少有人神闲气定地读孙犁了。春天的时候，我因为写作关于《铁木前传》插图的文章，重读了《铁木前传》。我依然深深地受着感动。原来这部诗样的小说，它所抵达的人性深度是那么刻骨；它的既节制又酣畅的叙述所成就的气质温婉而又凛然；它那清馨而又讲究的语言，以其所呈现的素朴大方使人不愿错过每一个字。当我们回顾《铁木前传》的写作年代，不能不说它的诞生是那个时代的文学奇迹；而今天它再次带给我们的陌生的惊异和真正现实主义的浑厚魅力，更加凸现出孙犁先生这样一个中国文坛的独特存在。《铁木前传》的出版距今四十五年了，在四十五年之后，我认为当代中国文坛是少有中篇小说能够与之匹敌的。孙犁先生对当代文学语言的不凡贡献，他那高尚、清明的文学品貌对几辈作家的直接影响，从未经过"炒作"，却定会长久不衰地渗透在我的文学生活中。

以我仅仅同孙犁先生见过四面的微薄感受，要理解这位大家是困难的。他一直淡泊名利，自寻寂寞，深居简出，粗茶淡饭，或者还给人以孤傲的印象。但在我的感觉里，或许他的孤傲与谦逊是并存的，如同他文章的清新秀丽与突然的冷峻睿智并存。倘若我们读过他为《孙犁文集》所写的前言，便会真切地知道他对自己有着多少不满。因此我更愿意揣测，在他"孤傲"的背后始终埋藏着一个大家真正的谦逊。没有这份谦逊，他又怎能甘用一生的时间来苛刻地磨砺他所有的篇章呢。一九八一年孙犁先生赠我手书"秦少游论文"一帧：

采道德之理述性命之情发天人之奥明死生之变此论理之文如列御寇庄周之作是也别黑白阴阳要其归宿决其嫌疑此论事之文如苏秦之所作是也考同异次旧闻不虚美不隐恶人以为实录此叙事之文如司马迁班固之所作是也

我想，这是孙犁先生欣赏的古人古文，是他坚守的为文为人的准则，他亦坦言他受着这些遗产的涵养。前不久我曾经有集中的时间阅读了一些画家和他们的作品，我看到在艺术发展史上从来就没有自天而降的才子或才女。当我们认真凝视那些好画家的历史，就会发现无一人逃脱过前人的影响。好画家的出众不在于轻蔑前人，而在于响亮继承之后适时的果断放弃。这是辛酸的，但是有欢乐；这是"绝情"的，却孕育着新生。文章之道难道不也如此么。孙犁先生对前人的借鉴沉着而又长久，他却在同时"孤傲"地发掘出独属于自己的文学表达。他于平淡之中迸发的人生激情，他于精微之中昭示的文章骨气，尽在其中了。大师就是这样诞生的吧。在前

　　　　怀念孙犁先生

人留给人类宝贵的文化遗产和丰富的文学遗产面前，我再次感到自己的单薄渺小，也再一次对某些文化艺术界的"狂人"那种前无古人、后无来者的莫名其妙的自大生出确凿的怀疑。

在我为之工作的河北省作家协会，有一座河北文学馆，馆内一张孙犁先生青年时代的照片使很多人过目不忘。那是一张他在抗战时期与战友们的合影，一群人散坐在冀中的山地上，孙犁是靠边且偏后的位置。他头戴一顶山民的毡帽，目光敏感而又温和，他热情却是腼腆地微笑着。对于今天的我们，对于只同他见过四面的我，这是一个遥远的孙犁先生。然而不知为什么，我越来越相信病床上那位盖着碎花棉被的枯瘦老人确已离我们远去，近切真实、就在眼前的，是这位头戴毡帽、有着腼腆神情的青年和他的那些永远也不会颓败的篇章。

2002

温暖孤独旅程

有一个冬天，在京西宾馆开会，好像是吃过饭出了餐厅，一位个子不高、身着灰色棉衣的老人向我们走来。旁边有人告诉我，这便是汪曾祺老。

当时我没有迎上去打招呼的想法。越是自己敬佩的作家，似乎就越不愿意突兀地认识。但这位灰衣老人却招呼了我。他走到我的跟前，笑着，慢悠悠地说："铁凝，你的脑门上怎么一点儿头发也不留呀？"他打量着我的脑门，仿佛我是他久已认识的一个孩子。这样的问话令我感到刚才我那顾忌的多余。我还发现汪曾祺的目光温和而又剔透，正如同他对于人类和生活的一些看法。

不久以后，我有机会去了一趟位于坝上草原的河北沽源县。去那里本是参加当地的一个文学活动，但是鼓动着我对沽源发生兴趣的却是汪曾祺的一段经历。他曾经被下放到这个县劳动过，在一个马铃薯研究站。他在这个研究马铃薯的机构，除却日复一日的劳动，还施展着另一种不为人知的天才：描绘各式各样的马铃薯图谱——画土豆。汪曾祺从未在什么文字里对那儿的生活有过大声疾呼的控诉，他只是自嘲地描写过，他如何从对于圆头圆脑的马铃薯无从下笔，竟然到达一种"想画不像都不行"的熟练程度。他描绘着它们，又吃着它们，他还在文中自豪地告诉我们，全中国像他那样，吃过这么多品种的马铃薯的人，怕是不多见呢。我去沽源是个夏天，走在虽然凉快，但略显光秃的县城街道上，我想象着当冬日来临，塞外蛮横的风雪是如何肆虐这里的居民，而汪曾祺又是怎样挨过他的时光。我甚至向当地文学青年打听了有没有一个叫马铃薯研究站的地方，他们茫然地摇着头。马铃薯和文学有着多么遥远的距离呀。我却仍然体味着：一个连马铃薯都不忍心敷衍的作家，对生活该有怎样的耐心和爱。

一九八九年春天，我的小说《玫瑰门》讨论会在京召开，汪曾祺是被邀请的老作家之一。会上谌容告诉我，上午八点半开会，汪曾祺六点钟就起床收拾整齐，等待作协的车来接了。在这个会上他对《玫瑰门》谈了许多真实而细致的意见，没有应付，也不是无端地说好。在这里，我不能用感激两个字来回报这些意见，我只是不断地想起一位著名艺术家的一本回忆录。这位艺术家在回忆录里写到当老之将至时，他害怕变成两种老人，一种是俨然以师长面目出现，动不动就以教训青年为乐事的老人；另一种是唯恐被旁人称"老"，便没有名堂地奉迎青年，以证实自己青春常在的老人。汪曾祺不是上述两种老人，也不是其他什么人，他就是他自己，一个从容地"东张西望"着，走在自己的路上的可爱的老头。这个老头，安然迎送着每一段或寂寥或热闹的时光，用自己诚实而温暖的文字，用那些平凡而充满灵性的故事，抚慰着常常是焦躁不安的世界。

我常想，汪曾祺在沽源创造出的"热闹"日子，是为了排遣孤独，还是一种难以排解的孤独感使他觉得世界更需要人去抚慰呢？前不久读到他为一个年轻人的小说集所作的序，序中他借着评价那年轻人的小说道出了一句"人是孤儿"。

我相信他是多么不乐意人是孤儿啊。他在另一篇散文中记述了他在沽源的另一件事：有一天他采到一朵大蘑菇，他把它带回宿舍，精心晾干(可能他还有一种独到的晾制方法)收藏起来。待到年

1988 年写作第一部长篇小说《玫瑰门》时

节回京与家人作短暂的团聚时，他将这朵蘑菇背回了北京，并亲手为家人烹制了一份鲜美无比的汤，那汤给全家带来了意外的欢乐。

于是我又常想，一个囊中背着一朵蘑菇的老人，收藏起一切的孤独，从塞外寒冷的黄风中快乐地朝着自己的家走着，难道仅仅为了叫家人盛赞他的蘑菇汤？

这使我不断地相信，这世界上一些孤独而优秀的灵魂之所以孤独，是因为他们将温馨与欢乐不求回报地赠予了世人吧？用文学，或者用蘑菇。

1992.2

您的微笑使我年轻

当旧的一年老去、新的一年赶来的时候，我的心中总有愿望。我盼望自己事事如意，也盼望给所敬重的长者、亲朋以诚实的祝福。我常想，年关是不该缺少这诚实的祝福的，平日我们都极少通信、极少谋面。这时寄上一纸贺卡，几句短话，就什么都有了。纵然在新的一年我们仍旧很少通信、很少谋面，但我们却有年初的祝福相伴。于是我明白了年关是什么日子，年关是亲朋互相祝福的日子。

我曾经在一篇关于选择贺卡的文章里提到，我特别害怕那种将温柔热烈而又不着边际的空话印满纸面的贺卡，比如"心儿悄悄地飞向你"，比如"启开这卡片的乐曲声愿人生的美丽与你同在"……机器里滚出来的句子总缺少具体的真诚，将它们寄至亲友好像不是祝福，反倒成了敷衍。有时你因为接到这样的卡，还会生出一丝尴尬。在我们的日子里，已经有了不少的敷衍和尴尬。

每逢年关我总是愿意亲手做些贺卡寄亲朋，哪怕做得再拙劣、再粗糙。

羊年在即，我开始动手制作"羊"卡。它不过是一张对折起来的巴掌大的白色卡片纸，封面"印"了一个古写的"羊"字。这所谓的"印"，是用硬纸刻成一个羊字"漏板"，用棉花球蘸点红色绿色，把那字"乱乱乱"地乱在那个巴掌大的卡片纸上。里面留一片空白，预备我去写我要说的话。

羊卡做成了，我便打算毫不畏缩地将它们寄给我要寄的人，第一个想到的便是冰心先生。

在从前的数年里，每年我都会接到冰心先生的贺卡。我珍重这些贺卡，更珍重先生亲笔写在贺卡上的话。话都不长，有的短到仅四个字："铁凝，想你！"在我年年月月的生活中，几个字随时都在心中闪现。谁能言尽这话里有多少文学前辈对后来人的爱心呢。

我将我的羊卡寄上，很快就收到了冰心先生给我的贺卡。我要说，这是一份令我意外且又欣喜之极的礼物：一张冰心先生的彩色近照。先生在照片的背面写道：

铁凝：

你真行！会写文章还会画画。这是我外孙陈钢照的相，他让我把它作为贺片。我还好，什么时候再到北京来呢。匆祝新年好！

冰心

照片右下角还有"陈钢摄影"的印记，本是赵朴初先生的手迹。

这是一张拍摄得非常精美的头像，作者运用的微距和自然光，将冰心先生的面孔表现得真实而近切：一头细柔的银发梳向脑后，嘴唇却是少女般新鲜的淡红，皮肤呈现出历练了人生风雨之后的润泽。她微笑着，视线稍稍向上，仍是她那常有的宁静而又充满希望的目光，叫人觉得前面的生活总有无限的美好。

我长久地注视照片上的冰心先生，她给予了我从未有过的温暖和明澄，向我展示了一种至美的境界。这境界早已战胜了岁月的销蚀，超越了年龄的限制，在这位近九十一岁高龄的老人身上，焕发着无可比拟的生命魅力。

我再一次想到年关是什么日子呢？年关是所有成年人都惧怕的日子。因为我们又要添加一岁，不知何时白发和皱纹将武装我们的头和脸。而我们的种种惧怕却又无时不在加速着我们的衰老，使我们不安。

我再一次注视照片上的冰心先生，唯有这照片使我获得了即使在少男少女面前也未曾感染上的青春激情。照片上的您似乎正在说些什么。您是说：为什么总为自己的年龄而不安？您是说：为什么不去坦然迎接每个年关之后那些新的美好呢？

假如我曾经不安过，假如我的心境曾经比您的年龄还要苍老过，是您的微笑照耀了我的日子，您的微笑使我年轻。

1991

1991 年，冰心老人在赠给铁凝的书上签名

天籁之声，隐于大山

　　贾大山是河北省新时期第一位获全国优秀短篇小说奖的作家。一九八〇年，他在短篇小说《取经》获奖之后到北京中国作协文学讲习所学习期间，正在文坛惹人注目。那时还听说日本有个"二贾研究会"，专门研究贾平凹和贾大山的创作。消息是否准确我不曾核实，但已足见贾大山当时的热闹景象。

　　当时我正在保定地区的一个文学杂志任小说编辑，很自然地想到找贾大山约稿。好像是一九八一年的早春，我乘长途汽车来到正定县，在他工作的县文化馆见到了他。已近中午，贾大山跟我没说几句话就领我回家吃饭。我没有推辞，尽管我与他并不熟。

　　我被他领着来到他家，那是一座安静的狭长小院，屋内的家具不多，就像我见过的许多县城里的居民家庭一样，但处处整洁。特别令我感兴趣的是窗前一张做工精巧的半圆形硬木小桌，与四周的粗木桌椅比较很是醒目。论气质，显然它是这群家具中的"精英"。贾大山说他的小说都是在这张桌子上写的，我一面注意这张硬木小桌，半开玩笑地问他是什么出身。贾大山却一本正经地告诉我，他家好几代都是贫下中农。然后他就亲自为我操持午饭，烧鸡和油炸馃子都是现成的，他只上灶做了一个菠菜鸡蛋汤。这道汤所以给我留下了很深的印象，是因为大山做汤时程序的严格和那成色的精美。做时，他先将打好的鸡蛋泼入滚开的锅内，再把菠菜撒进锅，待汤稍沸锅即离火。这样菠菜翠绿，蛋花散得地道。至今我还记得他站在炉前打蛋、撒菜时那潇洒、细致的手势。后来他的温和娴静的妻子下班回来了，儿子们也放学回来了。贾大山陪我在里屋用餐，妻儿吃饭却在外屋。这使我忽然想起曾经有人告诉我，贾大山是家中的绝对权威，还告诉我妻儿与这"权威"配合得是如何的默契。甚至有人把这默契加些演绎，说贾大山召唤妻儿时就在里屋敲墙，上茶、送烟、添饭都有特定的敲法。我和贾大山在里屋吃饭没有看见他敲墙，似乎还觉出几分缺欠。有一点是毫无疑问的，贾大山有一个稳定、安宁的家庭，妻子与他同心同德。

那一次我没有组到贾大山的稿子，但这并不妨碍贾大山给我留下的初步印象，这是一个宽厚、善良，又藏有智慧的狡黠和谋略、与乡村有着难以分割的气质的知识分子，他嘴阔眉黑，面若重枣，神情的持重多于活跃。

他的外貌也许无法使你相信他有过特别得宠的少年时代。在那个时代里他不仅是历选不败的少先队中队长，他的作文永远是课堂上的范文，而且办墙报、演戏他也是不可少的人物。原来他自幼与戏园子为邻，早就在迷恋京剧中的须生了。有一回贾大山说起京剧忍不住站起来很帅地踢了一下腿，脚尖正好踢到鼻梁上，那便是风华少年时的童子功了。他的文学生涯也要追溯到中学时代在地区报纸上发表小说时。如果不是一九五八年在黑板报上发表了一首寓言诗，很难预料这个多才多艺的男孩子会有怎样的发展。那本是一首慷慨激昂批判右派的小诗，不料这诗一经出现，全校上至校长下至教师却一致认为那是为右派鸣冤叫屈、企图颠覆无产阶级专政的反动寓言。十六岁的贾大山蒙了，校长命他在办公室门口的小榆树下反省错误，那天下了一夜的雪，他站了一夜。接着便是无穷尽的检查、自我批判、挖反动根源等等，最后学校以警告处分了结了此案。贾大山告诉我，从那时起他便懂得了"敌人"这个概念，用他的话说："三五个人凑在一块儿一捏鼓你就成了阶级敌人。"

　　他辉煌的少年时代结束了，随之而来的是因病辍学，自卑，孤独，以及为了生计的劳作，在砖瓦厂的石灰窑上当临时工，直到一九六四年响应号召作为知青去农村。也许他是打算终生做一名地道的正定农民的，但农民却很快发现了他有配合各种运动的"歪才"。于是贾大山在顶着太阳下地的业余时间里演起了"乐观的悲剧"。在大队俱乐部里他的快板能出口成章："南风吹，麦子黄，贫下中农收割忙……"后来沿着这个"快板阶梯"他竟然不用下地了，他成为村里的民办教师，接着又成为入党的培养对象。这次贾大山被吓着了——使他受到惊吓的是当时的极"左"路线：入党则意味着被反复地、一丝不苟地调查，说不定他十六岁那点陈年旧账也得被翻腾出来。他的自尊与自卑强烈主宰着他不愿被人去翻腾。那时的贾大山一边做着民办教师，一边用他的编写才华编写着那个时代，还编出了"好处"。他曾经很神秘地对我说："你知道我是怎么由知识青年变成县文化馆的干部么？就因为我们县的粮食'过了江'。"

　　据当时报载，正定县是中国北方第一个粮食"过江"的县。为了庆祝粮食"过江"，县里让贾大山创作大型剧本，他写的剧本参加了全省的汇演，于是他被县文化馆"挖"了上来。"所以，"贾大山停顿片刻告诉我，"你可不能说文艺为政治服务不好，我在这上边是沾了大光的。"说这话时他的眼睛超乎寻常地亮，他那两只狭长的眼睛有时会出现这种超常的光亮的，那似是一种有重量的光在眼中的流动，这便是人们形容的犀利吧。犀利的目光，严肃的神情使你觉得你是在听一个明白人认真地讲着糊涂话。这个讲着糊涂话的明白人说："干部们就愿意指挥种树，站在你身边一个劲儿

169

叮嘱:'注意啊注意啊,要根朝下尖朝上,不要尖朝下根朝上啊!'"贾大山的糊涂话讲得庄重透彻而不浮躁,有时你觉得天昏地暗,有时你觉得唯有天昏地暗才是大彻大悟。

一九八六年秋天我又去了正定,这次不是向大山约稿,是应大山之邀。此时他已是县文化局长——这似乎是我早已料到的,他有被重新发现、重新"挖"的苗头。

正定是河北省著名的古城,千余年来始终是河北重镇之一。曾经,它虽以粮食"过江"而大出过风头,但最为实在的还是它留给当今社会的古代文化。面对城内这"檐牙高啄""钩心斗角"的古建筑群,这禅院寺庙,做一名文化局长也并非易事。局长不是导游,也不是只把解说词背得滚瓜烂熟就能胜任的讲解员,至少你得是一名熟悉古代文化的专门家。贾大山自如地做着这专门家,他一面在心中完整着使这些祖宗留下的珍贵遗产重放光彩的计划,一面接应各路来宾。即使面对再大的学者,专家贾大山也不会露"怯",因为他的起点不是只了解那些静穆着的砖头瓦块,而是佛家、道家各派的学说和枝蔓。这时我作为贾大山的客人观察着他,感觉他在正定这片古文化的群落里生活得越来越稳当妥帖,举止行动如鱼得水。那些古寺古塔仿佛他的心爱之物般被他摩挲着,而谈到他和那些僧人、住持的交往,你在夏日习习的晚风中进一趟临济寺便一目了然了,那时十有八九他正与寺内住持焦师父躺在澄灵塔下谈天说地,或听焦师父演讲禅宗祖师的"棒喝"。

几年后大山又任县政协副主席。他当局长当得内行、自如,当主席当得庄重、称职。然而贾大山仍旧是个作家,可能还是当代中国文坛唯一只写短篇小说的作家,且对自己的小说篇篇皆能背诵。在和大山的交往中,他给我讲了许多农村和农民的故事,那些故事与他的获奖小说《取经》已有绝大的不同。如果说《取经》这篇力作由于受着当时文风的羁绊，或许仍有几分图解政策的痕迹，那么这时贾大山的许多故事你再不会漫不经心地去体味了。虽然他的变化是徐缓的，不动声色的，但他已把目光伸向了他所熟悉的底层民众灵魂的深处，于是他的故事便构成了一个贾大山造就的世界。在那个世界里有乐观的辛酸，优美的丑陋，诡谲的幽默，愚钝的聪慧，冥顽不化的思路和困苦中的温馨……

贾大山讲给我的故事陆续地变成了小说。比如一位穷了多半辈子终于致富的老汉率领家人进京旅游，当从未坐过火车的他发现慢车票比快车票便宜时居然不可思议地惊叹："慢车坐的时候长，怎么倒便宜?"比如"社教"运动中，某村在阶级教育展览室抓了一个小偷，原来这小偷是在偷自己的破棉袄，白天他的棉袄被作为展品在那里展览，星夜他还得跳进展览室将这棉袄(他爷爷讨饭时的破袄)偷出御寒。再比如他讲的花生的故事：贾大山当知青时花生是中国的稀有珍品，那些终年不见油星的百姓趁队里播种花生的时机，发了疯似的带着孩子去地里偷花生种子解馋。生产队长恪守着职责搜查每一个从花生地里出来的社员，当他发现他八岁的女儿嘴里也在嚅动时，便一个耳光打了过去。一粒花生正卡在女儿气管里，女儿死了。死后被抹了一脸锅底黑，又让人在脸上砍了一斧子。抹黑和砍脸是为了吓唬鬼，让这孩子在阴间不被鬼缠身。

很长一段时间里我读贾大山小说的时候，眼前总有一张被抹了黑又被砍了一斧子的女孩子的脸。我想，许多小说家的成功，大约不在于他发现了一个孩子因为偷吃花生种子被卡死了，而在于她死后又被亲人抹的那一脸锅底黑和那一斧子。并不是所有小说家都能注意到那锅底黑和那一斧子的。后来我读大山一篇简短的《我的简

天籁之声，隐于大山

历》，写道："一九八六年秋天，铁凝同志到正定，闲谈的时候，我给她讲了几个农村故事。她听了很感兴趣，鼓励我写下来，这才有了几篇'梦庄记事'。"今天想来，其实当年他给我讲述那些故事时，对"梦庄记事系列"已是胸有成竹了。而让我永远怀念的，是与这样的文坛兄长那些不可再现的清正、有趣、纯粹、自然的文学"闲谈"。在二十一世纪的当下，这尤其难得。

　　一些文学同行也曾感慨为什么贾大山的小说没能引起持续的应有的注意？可贾大山仿佛不太看重文坛对他的注意与否。河北省曾经专门为他召开过作品讨论会，但是他却没参加。问他为什么，他说："多一事不如少一事。"小说发表时他也不在乎大报名刊，写了小说压在褥子底下，谁要就由谁拿去。他告诉我说："这褥子底下经常压着几篇，高兴了就隔着褥子想想，想好了抽出来再改。"在贾大山看来，似乎隔着褥子比面对稿纸更能引发他的思路。隔着褥子好像他的生活能够沉淀得更久远、更凝练、更明晰。隔着褥子去思想还能使他把小说越改越短。这让我想起了不知是谁的名句："请原谅我把信写得这么冗长，因为我没有时间写得简短。"

　　写得短的确需要时间需要功夫，需要世故到极点的天真，需要死不改悔地守住你的褥子底下（独守寂寞），需要坦然面对长久的不被注意。贾大山发表过五十多篇小说，生前没有出版过一本小说集，在二十世纪九十年代已不能说是当红作家。但他却不断被外省文友们打听询问。在"各领风骚数十天"的当今文坛，这种不断地被打听已经证明了贾大山作品留给人的印象之深。他一直住在正定城内，一生只去过北京、保定、石家庄、太原。一九九三年到北戴河开会才第一次——也是唯一一次看见了海。北戴河之后的两年里，我没有再见贾大山。

一九九五年秋天，得知大山生了重病，我去正定看他。路上想着，大山不会有太重的病。他家庭幸福，生活规律，深居简出，善以待人，他这样的人何以会生重病？当我在这个秋天见到他时，他已是食道癌（前期）手术后的大山了。他形容憔悴，白发很长，蜷缩在床上，声音暗哑且不停地咳嗽。疾病改变了他的形象，他这时的样子会使任何一个熟识从前的他的人难过。只有他的眼睛依然如故，那是一双能洞察世事的眼：狭长的，明亮的。正是这双闪着超常光亮的眼使贾大山不同于一般的重病者，它鼓舞大山自己，也让他的朋友们看到一些希望。那天我的不期而至使大山感到高兴，他尽可能显得轻快地从床上坐起来跟我说话，并掀开夹被让我看他那骤然消瘦的小腿——"跟狗腿一样啊"，他说，他到这时也没忘幽默。我说了些鼓励他安心养病的话，他也流露了许多对健康的渴望。看得出这种渴望非常强烈，致使我觉得自己的劝慰是如此苍白，因为我没有像大山这样痛苦地病过，我其实不知道什么叫健康。

　　一九九六年夏天，蒋子龙应邀来石家庄参加一个作品讨论会，当我问及他想看望哪些朋友时，蒋子龙希望我能陪他去看贾大山，他们是中国作协文讲所的同学。是个雨天，我又一次来到正定。蒋子龙的到来使大山显得兴奋，他们聊文讲所的同学，也聊文坛近事。我从旁观察贾大山，感觉他形容依然憔悴，身体更加瘦弱。但我却真心实意地说着假话，说着看上去他比上次好得多。病人是需要鼓励的，这一日，大山不仅下床踱步，竟然还唱了一段京剧给蒋子龙。他强打着精神谈笑风生，他说到对自己所在单位县政协的种种满意——我用多贵的药人家也不吝惜，什么时候要上医院，一个电话打过去，小车就开到楼门口来等。他很知足，言语中又暗暗透

天籁之声，隐于大山

着过意不去。他不忍耽误我们的时间，似又怕我们立刻离去。他说你们一来我就能忘记一会儿肚子疼；你们一走，这肚子就疼起来没完了。如果那时癌细胞已经在他体内扩散，我们该能猜出他要用多大毅力才能忍住那难以言表的疼痛。我们告辞时他坚持下楼送我们。他显然力不从心，却又分明靠了不容置疑的信念使步态得以轻捷。他仿佛以此告诉人们，放心吧，我能熬过去。

贾大山是自尊的，我知道在他生命的最后时刻，当着外人他一直保持着应有的尊严和分寸。小梅嫂子(大山夫人)告诉我，只有背着人，他才会为自己这迟迟不好的病体焦急万分地打自己的耳光，也擂床。

一九九七年二月三日(农历腊月二十六)，是我最后一次见到贾大山。经过石家庄和北京两所医院的确诊，癌细胞已扩散至大山的肝脏、胰脏和腹腔。大山躺在县医院的病床上，像每次一样，见到我们立即挣扎着从床上坐起来。这时的大山已瘦得不成样子，他的病态使我失去了再劝他安心养病的勇气。以大山审时度势的聪慧，对自己的一切他似亦明白。于是我们不再说病，只不着边际地说世态和人情。有两件事给我留下深刻的印象，一件是大山讲起某位他认识的官员晚上出去打麻将，说是两里地的路程也要乘小车去。打一整夜，就让司机在门口等一整夜。大山说："你就是骑着个驴去打麻将，也得喂驴吃几口草吧，何况司机是个人呢！"说这话时他挥手伸出食指和中指指着一个什么地方，义愤非常。我未曾想到，一个病到如此的人，还能对一件与他无关的事如此认真。可谁又敢说这事真的与他无关呢？作为作家的贾大山，正是这种充满着正义感和人性尊严的情感不断成就着他的创作。他的疾恶如仇和清正廉洁，在生他养他的正定城有口皆碑。我不禁想起几年前那个健康、幽默、出口成章的贾大山，他曾经告诉我们，有一回，大约在他当县文化局长的时候，局里的话务员接到电话通知他去开一个会，还问他开那么多会真有用的有多少，有些会就是花国家的钱吃吃喝喝。贾大山回答说这叫"酒肉穿肠过，工农留心中"。他是在告诫自己酒肉穿肠过的时候别忘了心中留住百姓呢，还是讥讽自己酒肉穿肠过的时候百姓怎还会在心中留呢？也许告诫、讥讽兼而有之，不经意间透着沉重，正好比他的有些小说。

一九九七年二月三日，与大山的最后一次见面，还听他讲起另一件事：几个陌生的中学生曾经在病房门口探望他。他说他们本是来医院看同学的，他们的同学做了阑尾炎手术，住在贾大山隔壁。那住院的同学问他们，你们知道我隔壁住着谁吗？住着作家贾大山。几个同学都在语文课本上读过贾大山的小说，就问我们能不能去看看他。这同学说他病得重，你们别打扰，就站在门口，从门上的小窗户往里看看吧。于是几个同学轮流凑到贾大山病房门前，隔着玻璃看望了他。这使大山心情很不平静，当他讲述这件事时，他的嗓音忽然不再喑哑，他的语气十分柔和。他不掩饰他的自豪和对此事的在意，他说："几个陌生的中学生能想到来看看我，这说明我的作品对人们还是有意义的，你说是不是？"他的这种自豪和在意使我忽然觉得，自一九九五年他生病以来，虽有远近不少同好亲友前来看望，但似乎没有谁能抵得上几个陌生的中学生那一次短暂的隔窗相望。寂寞多年的贾大山，仿佛只有从这几个陌生的孩子身上，才真信了他确有读者，他的作品的确没被遗忘。

一九九七年二月二十日(正月十四)大山离开了我们，他同疾病抗争到最后一刻。小梅嫂子说，他正是在最绝望的时候生出了比以往任何时候都大的希望，他甚至决心在春节过后再去北京治病。

天籁之声，隐于大山

他的渴望其实不多，我想那该是倚仗健康的身体，用明净的心，写好的东西。如他自己所期望的："我不想再用文学图解政策，也不想用文学图解弗洛伊德或别的什么。我只想在我所熟悉的土地上，寻找一点天籁之声，自然之趣，以娱悦读者，充实自己。"虽然他已不再有这样的可能，但是观其一生，他其实一贯是这样做的。他这种难能可贵的"一贯"，使他留给文坛、留给读者的就不仅是独具气韵的小说，还有他那令人钦佩的品性：善意的，自尊的，谨慎的，正直的。他曾在一篇小说中借着主人公——一个鞋店掌柜的嘴说过："人也有字号，不能倒了字号。"文章至此，我想说，大山的作品不倒，他人品的字号也不倒。

贾大山作品所传递出的积极的道德秩序和优雅的文化价值，相信能让并不熟知他的读者心生欢悦，让始终惦念他的文学同好们长存敬意。

2014. 2

碧树苍生

　　春节过后，收到河北作家闻章来信和他的一部书稿《小兵张嘎之父》。这是闻章用两年时间所著的老作家徐光耀的传记，闻章希望我能够为其作序。

　　近半个世纪前，徐光耀的小说《小兵张嘎》和同名电影一经问世便轰动中国。今天这部小说的总发行量已经达到千万册，电影《小兵张嘎》亦久映不衰。徐光耀创造的"嘎子"这一让人难忘的形象，这个浑身嘎气、纯净生动的八路军小英雄感染着几代读者和观众。世事的更迭也许使很多人不再记得"嘎子"的创造者徐光耀，我就经历过这样的事：在某个场合，我把前辈徐光耀介绍给一些年轻人，他们听着这位作家的名字，多是客气而茫然地点着头。当我补充说他就是《小兵张嘎》的作者时，人们的脸上才立刻出现既惊异又敬仰的神情。那时我再看徐光耀，他不尴尬也不过喜，年逾八十，饱经人间炼狱，他真正是宠辱不惊了。我不由心生感慨：一个作家终其一生，能够创造出几个让万千读者记住的人物实为不易。若是做到了，那便是文学对其最奢侈的回报吧？在当代中国文学的人物画廊里，小兵张嘎已是一个无可争议的经典的孩子。如此说，历经坎坷的徐光耀是幸福的。虽然更多的读者不知道徐光耀写作《小兵张嘎》时的生命背景，不知他那时犹如身在悬崖的危难，就如同当年无知的我，只是不断地感谢命运让我认识了徐光耀。

　　徐光耀是我文学的启蒙老师，1972年冬天，正在读初中的我，由我的父亲领着，第一次拜会了他。我曾在一篇记述青春岁月的文字中对此有过如下描述：保定有座名胜古迹叫做古莲池，面积不大，有亭台楼榭，有很好的碑文，米芾、怀素、乾隆都有。这里明时为书院，清时曾做过行宫，几经沉浮的作家徐光耀就住在它的一个角落里。他似是刚被从农村召回，参加一个报告文学集的编写……他被安置在古莲池一个荒芜的角落里，房子大约只八平米吧，但门前有影壁，有几丛微黄的毛竹和营养不良的玉簪。我第一次走进那里，总觉着是走进了"聊斋"，后来仍然能从那里联想到《聊斋志异》那些神秘伤感的故事……我揣着两篇作文，由我父亲带领来拜见徐光耀了。我盼望从他那里得到什么是小说、怎样写小说的答案，父亲则更多地希望他为我的作文（我的文学才能吧）作出些鉴别。我向徐光耀出示了我的作文，他有些漫不经心地把它们搁置在一张大而坚实的写字台上，然后就和父亲谈起了别的，关于时局发展的预测，还有郑板桥和陈老莲什么的。我只盯着那块被作为写字台面的大理石，和桌下那块与写字台可分可合的镂花踏板，想着历尽沧桑的徐光耀是怎样保护下他这张桌子的。我盯的时间越长，就更能证明我是被冷落一旁的。为了引起他的注意，我请求为他朗诵我那作文，却被他不客气地拒绝——他说他从来不习惯听别人念自己的作品。幸好他没有让我把作文带走，于是才有了第二次的见面。这次他谈话的中心是我的作文，他非常激动，连着说了两个"没想到"，还说"你不是问什么是小说吗？我可以告诉你，你写的已经是小说了"。我受了一位大作家毫不含糊的肯定，十五岁的心被激荡起来，那晚在古莲池里故意多穿几个亭台走着，斗胆梦想着成为一个作家，并发誓去追求作家所应具备的一切，包括毕业后去农村"深入生活"什么的，唯独没有想到在那个年代我这追求的冒险性。很多年之后徐光耀对我讲起当年我去农村之前，他内心深处不便讲出的担忧——一个经历简单的中学生不可能理解的担忧。他担忧的并非乡村，而是在那样一个鄙视文化的年代，我非要与文学发生联系不可的狂想。

也是在很多年之后，我才知道徐光耀为什么要写《小兵张嘎》。关于这部作品的写作过程，闻章在传记中有详尽叙述。也是读了这部传记，我才知道第一次拜访徐光耀走进的他那间小屋，曾是附近公园用来寄养一只生病的虎崽的。

《小兵张嘎之父》是作者多次采访徐光耀，在阅读了他所有作品和几十年的日记的基础上，费时两年完成的。这里有徐光耀八十余载跌宕人生，这人生有令人窒息的苦闷，有肉体和灵魂的挣扎，有可叹惋的自我轻贱，亦有高贵的生命告白；有难与外人道的奇特遭遇，有苦难缝隙中的真诚微笑；有生命再生时的大喜，亦有晚年回首往事，反思人为的政治险境、巨大的民族灾难时明澈的肺腑真言。这是一次准备充分，踏实而认真的写作，侧重传主的命运遭际，连带写出他不同阶段的文学脉络。作为文学晚辈的闻章，和徐光耀有过多年交往。这样的关系，在这样的写作中往往容易掺杂过多的个人情感，目光更多的是仰视。但闻章的感情是严肃、温和、克制的，文笔亦朴素、简洁。更为重要的是，在涉及一些历史事件时表述的严谨和准确，这得益于徐光耀本人对历史、对自己、对他人的严谨和负责任。不虚美，不雕饰，即使精神和生命曾数次被荒诞的时代不容分说地无情践踏，他仍然严厉地将自己摆进历史……唯其如此，读者才可能从中真正认识这位战士出身的作家让人感奋的情怀。

徐光耀是一名战士。因为母亲早逝，他不记得自己的生日，成人之后就把"八一"建军节确定为生日。他十三岁参加八路军，当年加入中国共产党，亲历抗日战争、解放战争、抗美援朝战争，参加大小战斗100余次，多次死里逃生。他有过短暂的"人生得意"：1950年他的第一部长篇小说《平原烈火》出版后即引起反响，得到文坛大家丁玲的格外看重。他年轻勤奋，历史鲜红，成名甚早，事业蓬勃。又京城安居，是军队的专职作家，和未婚妻在朝鲜战场的爱情之花亦结出圆满的婚姻之果。正是"海阔凭鱼跃"的光景，他突然成了党和人民的对立面。这个从来视政治生命为个人第一生命的战士的确是蒙了。他也的确有发疯的可能。恰是在这种突如其来的巨大打击之下，他以常人难以想象的力量开始了《小兵张嘎》的写作。那不是一次为了发表的创作，因为他已经没有了发表作品的资格。他写作是为了抑制自杀的念头。从这个意义上说，文学于他是有着救命之恩的。他用他的笔让嘎子活了，而被他创造的嘎子也让他活了下去。他们在一个非常时刻相互成全了彼此。却原来，在这个嘎孩子、这个中国人那样喜爱的小老百姓身上，承载着徐光耀心中如此沉重而又辛酸的真善美！风雨摧残的碧树就因此没有枯萎，因为他扑向了苍生——那些从来就养育着他的老百姓。

这里我想到传记中的一个细节：抗日战争中，年仅十三岁的徐光耀曾经在行军途中发高烧病在一位房东大娘家里。那位大娘摸着这孩子长满冻疮的冰凉的手脚，非要拉他睡在自己的被窝里，要用自己的身体把他焐热。那时他难为情地拒绝了。许多年之后，当命运将他从高空抛向泥沼时，痛苦而绝望的他没有再企求被更多的人理解，他只不断想到一个人，即那位平原乡村陌生的大娘。他在想象中无数次与这位亲人重逢，她是苍生，是百姓，是母亲，是生养万物的大地，在她坚实的怀抱里，他才可能找到温暖和安全。

1999年，七十四岁的徐光耀开始写作长篇纪实文学《昨夜西风凋碧树》。这是二十世纪将尽的时候，徐光耀的政治生命和个人生活均已恢复了正常和安稳。但他仍然选择了山上一处农民废弃的小屋，来进行这部在他的晚年十分重要、于中国文坛亦有位置的作品的写作。他在山上一住几个月，自己担水、烧火、做饭。他好像非常适应这样的屋子，他有预谋地把自己逼至这里，仿佛这里才真正让他放松并放心。我曾经去过他这山上的小屋，说它是一眼小窑洞更合适：干打垒的土墙，门极窄小，需猫腰才可进屋。但徐光耀是快乐的，他指给我看屋前的花椒，还有房后坡上的山杏。他这一生，住过破庙，住过养虎崽的小屋，住过农民废弃的窑洞，他没有为此抱怨过什么。而他最重要的作品，仿佛都是在局促、破败的房子里写成。

闻章的这部传记在详述徐光耀命运沉浮的同时，也书写了他的命运在不同历史时期与文学的接头。其中还包括了新时期以来，他对一批河北青年作家热情有加的鼓励和关注。作为文学晚辈，我特别看重徐光耀二十世纪九十年代开辟的小说写作"我的喜剧系列"。这个阶段，他从描绘人的战争生活自觉进入书写战争中人的生活。我们在他早年作品中领略了机关枪何以会"嘎嘎大笑着"扫向敌人；侵略者的钢炮和榴霰弹怎样狂击八路军，"子弹如飞蝗过野，地面被打得土泡噗噗乱冒，恰似煮粥。那才真叫枪林弹雨"。在徐光耀不凡的描绘中，读者好似亲历那惨烈的战场。"我的喜剧系列"的背景仍然多是抗日战争，但作者下笔的重心却转向了战争中人的更为复杂的、被遮蔽的精神深处。比如《我的第一个未婚妻》《杀人布告》《跳崖壮士》等篇章，无不体现着徐光耀在遭逢了诸种人生苦难之后，对自己所拥有的写作资源重新郑重的打量，以及由此引发的勇敢而有效的探索。可以看做这是他的命运与文学反复接头后一次新的飞跃。他的这些探索，不单对当时的河北文坛，放在当时的中国文坛，也是醒目的。窃以为，闻章这部传记如果能够就此再多些具体阐述和发掘，则全书更显饱满。一棵碧树怎样因了苍生的底蕴而最终再繁新枝，也就有了专属于这部作家传记的深层意义。

如果说，变美是痛苦所能达到的最高境界，徐光耀以他九十年代以来的写作向读者展示了这样的境界。怀抱着不死的文学之心，他只是一次又一次坦荡地向大地、苍生俯下身去。他甚至羞于总结自己的文学，只朴素地说："……汤镬炼骨，魔焰炼魂，几番地脱胎换骨。但你经验过、奋斗过，也慷慨豪迈过，在大灾大难面前，不曾毁坏良心，落个体完神清，这也就很值。"德国作家马丁·瓦尔泽借了他小说中一个人物的话说过："生活不是为了打分的，生活是用来生活的。"

是啊，生活不是用来打分的，生活是用来生活的。这也正是徐光耀的人生态度吧。也因此，《小兵张嘎之父》这部传记便也不去刻意为这位老作家的文学和人生打分。而读过这部传记的读者，却一定能够从中感悟出正义、良知和"体完神清"对于一个穿越过那么多人生风暴的作家的分量。这样的分量也让我不断提醒自己，收敛起一己的小悲欢，扩展胸怀去凝望满世间的山高水长。

2010. 7. 7

马识途老的两件事

在马识途百岁书法展上，我作为文学晚辈，同大家一起欣赏马老的书法艺术。这位历经沧桑而一直怀有赤子之心的长者，热情、幽默、亲切、睿智，笔墨落在纸上，又是这样的大气磅礴，端严峥嵘。今天站在这个展厅，我想起自己还曾有幸从马老的文学品格和书法艺术之外，见识他的人格魅力。比如天对他不好的时候，他是怎么样呢？我这里说的天，是指发生自然灾害的时候。比如人对他不好的时候，他又是怎么样呢？我亲历了两件事情，至今给我留下非常深刻的印象。

第一件事是天对他不好的时候。2008 年 5 月汶川大地震之后，我和时任中国作协党组书记的金炳华同志以及中国作协的几位同事一道去成都给灾区送一些帐篷和钱，同时去看望几位老作家。那时候有一件事让我们非常吃惊，也非常感动：当时马老和他的哥哥两位老人正在同时住院，但当他们听说灾区来的伤员在成都医院都已经挤满了，病床非常紧缺的时候，两位老人一商量，不顾医生的劝阻，坚持要求同时出院回到家里。这件事情当时在社会上引起挺大的反响，读者们都为之感动。那天是中午午休的时候，我们和四川省作协领导一起，到马老家。我记得马老家住在 9 楼，我们上了 9 楼，马老在做什么呢？他没有闭目养神，也没有不安地来回地走动，他正握着毛笔在写字呢。他的淡定和处变不惊，让我真正见识到这位老战士、老作家的风采。我们和马老没讲几句话，忽然房子又开始动起来了，四川省作协的领导说："不行，你们快走吧，预报还有余震。"马老仍然很镇定，却强行地把我们"轰"走，对我们说"你们快走吧，我没事"，自己又扭回头去继续写字。

第二件事也是我亲历的。人对他不好的时候，他是怎样的呢？2011年第八次作代会在北京召开，马老也专程到会。但是马老有点感冒发烧，我知道以后就和同事一起去房间看望马老。我们推门进去的时候，正好有一位会议医务组的年轻女护士，这位女护士应该是北京姑娘，正在"呲打"马老，大意是说你自己带着中药，也不吃我们开的药。马老坐在沙发上一脸平和，不着急，不动怒，也不搭腔。但是我就忍不住了，说："你怎么能这样对待一位老人呢？"护士说："你是谁啊？"我说："我是一起开会的同事。"护士的态度缓和了一些，但我还是不甘心，接着说"这位老人不是一般的老人"，护士说："他有什么不一般的呢？"我说："这是一位大作家。"护士说"哦"，但还是比较冷淡。我仍然不甘心，心想她对老人、对作家都无所谓，我要是给她介绍马老的作品估计她也不知道。我就进而说："你知道《让子弹飞》这部电影吗？"这部电影当时正在热映，护士说："当然知道。"我说："这部电影就是根据这位老爷子的小说改编的。""哦！"这位北京小女孩拖着长音说，"是——吗?!"这个时候她特别高兴，就笑了。那种笑很灿烂，应该说不是假笑，是真诚的笑。

这两件事让我领受到马老的风范，至今仍然那么生动。

2014.5

2011 年 11 月，与马识途老人在第八次作代会上

我看青山多妩媚

　　最初认识张洁，是从她的文学开始。从《捡麦穗》到《无字》，近四十年的文学生涯，她的天生丽质、敏感、优雅的文字，她那炉火纯青的流淌着微妙节奏感的叙述才能，她对人性、苦难、爱、背叛、理想、希冀、庸俗、纯真的刻骨描绘，是如此地撞击人心，即便写于三十年前的短小散文，三十年后再读，我依然胸口发热。而她在最重要的作品中，对现实、历史、民族、革命、社会、文化的开阔、奇峻的视野，正派、独到的见地，"较真儿"的敏锐表达和不屈追溯，无不让人心生敬意。她的文学始终是灵魂在场的文学，她如冰似火，细腻而又憨直，"愚钝"而又犀利，泼辣而又脆弱，孤高而又虔诚，那是一种不可复制的气象，一种欲说还休的斑驳。我就问自己：你真的认识这位"从森林里来的孩子"吗？

　　后来认识张洁，是从她的摄影作品开始。不久前出版的《流浪的老狗》一书，有张洁独自旅行拍摄的百余幅照片，配以她为这些照片所写下的文字。张洁不把这些照片称为摄影作品，也不曾为自己配备专业摄影器材，简单的行囊里仅一架"傻瓜"相机而已。她喜欢的是行走本身。"有人生来似乎就是为了行走。他们行走，是为了寻找。寻找什么，想来他们自己也未必十分清楚，也许是为了寻找心之所依，也许是为了寻找魂之所系……只有在行走中，在用自己的脚步叩击大地，就像地质队员用手中的小铁锤探听地下宝藏那样，去探听大地的耳语、呼吸、隐秘的时候，或自己的瞳孔聚焦于天宇，并力图穿越天宇，去阅读天宇后面那本天书的时候，他的心才会安静下来。"张洁说。也因此，张洁的拍摄是朴素天真的，自由放松的，幽默亦开怀。文学造化、艺术修养、审美趣味的浸润，使她的镜头有一种天然的对朴素风景的热忱与兴致。而她对构图、对光的自觉取舍和捕捉，又仿佛受过专业训练。她拍欧洲老火车站台上油漆剥落的木椅，即将进站的大巴，小镇教堂，乡村旅店，街灯，老屋，厕所，拴马环，"自视甚高的树"，庞贝，雪中的书亭，令人叫绝的劈柴堆里的雌雄木桩，小角落里常见大气势。她拍西班牙海岸的白浪，德国的森林，希腊奥林匹克老赛场那块阅尽沧桑的大理石领奖台。她坦言：喜欢那些老而弥坚的味道。尽管破败，却依然从容；尽管没有当世的浮华，却处处散发着历史、文化悠远的气息。这样的喜欢，也就让人理解了为什么她会把一张石头砌就、窗棂残缺的拱形空窗起名为"不动声色的震慑"。华沙街上一辆童话般漂亮的马车，马车上载一只带雕花铁饰的精美木箱，原来是这城市的普通垃圾车。张洁让读者见识了如此艺术的垃圾车，她同时还把镜头伸向（她常自叹因为机器是"傻瓜"，她无法将镜头"伸"得更理想）宛若巨狮与人拥抱的山岩，更还有貌似凌厉、冷峻的一群巨石在呵护脚下一蓬巴掌大的小草。有一张照片是草丛里两只恋爱中的螳螂，张洁拍到了它们觉察被打搅时那瞬间的恼怒表情——千载难逢的昆虫表情，使我想起法布尔在《昆虫记》里对身材纤细、本性凶狠的螳螂的神奇描绘。这位独立不羁的行者张洁，却原来对小生灵有着如此谦卑的照应，要不然，她何以会对山间给过她纯净注视的几只羊久久不能忘怀呢？在高高的山岗上有她每一次远行的追寻，若心灵引导她匍匐于小草，她亦绝不敷衍。我就问自己：你真的认识这位"从森林里来的孩子"吗？

　　新近认识张洁，是从她的绘画开始。如果摄影是她的兴致所至，信手拈来，随心所欲，绘画却被她看做第二职业。她选择了油画，并拜专业画家为师，足见其郑重的态度。这有点冒险，却符合张洁的性格。她表示过在艺术上不喜欢重复别人和自己，甚至不喜欢风格的"定格"。这需要勇敢和强大的行动力，需要过人的艺术感觉和造型能力，而这几样张洁都不缺少。近两年冬天，张洁由美国回到北京小住时，我曾去她的寓所拜访。在虽已搬空，却仍散发着典雅气质的几个空房间里，弥漫着画布、乳胶、油画颜料和调色油的强烈气味。一只松木画架支在从前的书房中央，架上是刚起轮廓的新画。其余房间，墙上均是她的画作。有时她就身穿沾着油彩的深蓝色卡其布工作服见客，让我惊异这就是那位对生活细节和品位既严格又挑剔的，有着那么多"风姿绰约"的时光的，获过国内国际数十种大奖和荣誉的张洁么？我看着面前不再年轻的张洁，她洒脱，淡定，一个心无旁骛的艺术劳动者，她的容颜正焕发出仅凭年轻还不配拥有的老象牙般的光华，真正是"豪华落尽见真淳"了。她不再是花朵，她更似坚果：润泽，沉实，劲道，淳厚。我想起苏联著名芭蕾舞艺术家乌兰诺娃，为什么在近六十岁还能担纲出演《天鹅湖》中的少女奥薇丽塔，那是她的打不倒的功力与技巧所赐，更是她见识、体味过花开花落，才有资格更准确、更深刻地诠释花开的绚丽与夺目，花落的辛酸与凛然。

　　我没有问过张洁为什么下如此功夫研习油画，窃以为这样的提问是愚蠢的。她曾在书中不经意间流露，摄影的收获是让她一脚踏进了别人看不见的色彩。绘画何尝不是如此，想来张洁心中正发生着必由绘画才能描述的景象。她的画大多没有命名，选材亦无约束，不似有些职业大画家比如塞尚，一辈子画过那么多家乡的圣维克多山也不腻烦。张洁更在乎所画对象最初给她的转瞬即逝的强烈触动或震动。虽然她好像没有受过太多"流派"或"主义"的影响，但和写实主义相比，张洁显然更倾心于表现主义。她画深水、苍云、白桦、旧屋、老车、夕阳，也画女人、神马、雪豹、远山。有一幅构图"出格"的女性头像，我称之为油画写意：一尘不染的天蓝色背景占据画面大半，迎候一个线条简练、不计较多余细节的女人侧脸的闯入。她那蜜蜡般的肤色，微垂眼睑的矜持与洞悉世事般的超然疑似对作者心绪的某种泄露。

一帧画于 2008 年的豹子，我愿意把它叫做雌性的雪豹。画中雪豹正在回眸，被绸缎般亮丽而又锋利的阔叶草簇拥。那柔韧、结实的颈部与修长、矫健身躯所构成的优美曲线，衬着层次丰富的橙黄色炫目背景，使整个画面充满弹性的紧张感。逆光中的雪豹，当它的脖颈被一团侧光照耀时，作者有意凸显的这个局部就焕发出糅杂着淡紫罗兰色的高贵。接着你会被雪豹的眼神吸引：孤傲、警觉，又充溢着湿润的忧郁，一种不打扰同类亦不打扰人类的自尊。我被这豹子的眼神所打动，强烈的主观刻画刹那间连接了动物和人心的沟通。对照那幅"写意"的侧脸女人，与这雪豹竟有一种灵魂与气质上莫名的神似。在张洁的画作里，与生俱来一种人与动物、动物与风景之间的平等和信任。在她心中的风景里，也说不定动物比人更像人。我不能说这幅作品在艺术上达到何样高度，但我可以说，张洁已显示出她作为一个艺术家所必备的锐利眼光、表现能力和叛逆之心。她的画面常大胆运用橙黄、橙红、橘黄等颜色，亦有大面积绿色入画，更证实了她对色彩的自觉训练与胸有成竹的把控。黄和绿是油画颜料里最容易被"画脏"的颜色，张洁呈现给观众的是热烈的明澄和清透的丰富。

我也喜欢那幅《门》，尽管张洁认为这不是她最心仪的作品。

一扇打开的旧门，半面封闭的白窗，有纵深感的两个空房间被居中的淡灰色门框隔开，使画面交织成一种既错落又稳定的透视关系。我喜欢它不是因为它空，是因为画家能把空旷表现得如此饱满。陈旧的灰色水泥地面与外间橙红、锈红相杂的墙壁形成的反差，与里间海蓝色墙壁形成的对比，栗色门板上的几块青柠颜色借这一切做着并不刺眼的跳跃。被门框遮住大半的里间空房，因为一束柔光的透进，顿时带给人视觉上的依恋，所有的颜色安排都因之活跃起来，正所谓没有光就没有颜色。而房间里每个角落的气味也被搅动起来，这空屋旧门，一座房子的神秘呼吸，这故事结束的地方，在不同观众的眼里，又会引诱出多少不不同的开始呢。

曾经听过这样的说法：画是无声的诗，诗是有声的画。我对这种比喻持保留态度，它轻而易举地混淆并冲淡了文学和绘画各自独立的艺术价值。比如俄罗斯艺术中的一些"情节性绘画"，往往受着太多的文学的"羁绊"，画家在那些作品里努力想要完成的，本应交给作家去做。夏加尔曾说："油画中往往隐藏着更多的话语、寂静和疑惑。这些话语一经说出就会削弱本质性的东西，把人们引向别的道路。"立体主义和抽象主义对艺术史的介入，能够证实上述道理。它改变了观念和观察世界的方式，解放的是人们感觉的局限。画就是画，诗就是诗，如果诗已经是有声的画，张洁就不会再有拿起画笔的冲动。在作家笔下无法发生的事，在不拘一格的画家笔下什么都有可能发生。这是绘画的魅力，也是为什么会有优秀的作家非要暂时放下文学，拿起画笔不可。那是一种不掺水的生命的本能，一种令人艳羡的充沛的艺术才情。在画布和画框的局限中，她的绘画、文学和摄影正自由地遥相呼应。

"我见青山多妩媚，料青山见我应如是。"读张洁的画，我会想起辛弃疾的佳句。那里有人与大自然浑然天成的相互倾慕，有天下大同的欢悦情怀。张洁如"孤侠"行走天下，是满目青山不断呼唤出她在艺术表达中的大不安分与大自在。至于青山见她是否"应如是"，就我对张洁的粗疏理解，这或许根本不在她的料想中。她已超越了对相看两不厌的期待，也因此她更彻底，更决绝。我于是发现了自己对张洁更多的未知，便更要问我，你真的认识这位从森林里来的孩子吗？

让我们静心读一读张洁的画。说到底，每一次对艺术和文学的欣赏，其实都是为了更深入地认识和理解我们自己，更响亮地开掘我们灵魂深处那些尚未醒来的颜色和表情。这便是艺术和文学于人类世界的隐性意义。

我看青山多妩媚，艺术真在，青山即在。

2014.9.1

（本文是作者为张洁画册所作序言）

1985 年，和作家张洁在一次文学晚会上

"何不就叫杨绛姐姐？"

——我眼中的杨绛先生

五月二十七日晨，在协和医院送别杨绛先生。先生容颜安详、平和，一条蓝白小花相间的长款丝巾熨帖地交叠于颈下，漾出清新的暖意，让人觉得她确已远行，是回家了，从"客栈"返回她心窝儿里的家。

二○一四年夏末秋初，《杨绛全集》九卷本由人民文学出版社出版。二百六十八万字，涵盖散文、小说、戏剧、文论、译著等诸多领域，创作历程跨越八十余年。其时，杨绛先生刚刚安静地度过一百零三岁生日。

这套让人欣喜的《杨绛全集》，大气，典雅，厚重，严谨，是热爱杨绛的出版人对先生生日最庄重的祝福，也是跨东西两种文明之上的杨绛先生，以百余岁之不倦的创造力和智慧心，献给读者的宝贵礼物。现在是二○一六年的七月，我把《杨绛全集》再次摆放案头开始慢读，我愿意用这样的方式纪念这样一位前辈。这阅读是有声的，纸上的句子传出杨绛先生的声音，慢且清晰，和杨绛先生近十年的交往不断浮上眼前。

1

作为敬且爱她的读者之一，近些年我有机会十余次拜访杨绛先生，收获的是灵性与精神上的奢侈。而杨绛先生不曾拒我，一边印证了我持续的不懂事，一边体现着先生对晚辈后生的无私体恤。后读杨绛先生在其生平与创作大事记中写下"初识铁凝，颇相投"，略安。

二〇〇七年一月二十九日晚，是我第一次和杨绛先生见面。在三里河南沙沟先生家中，保姆开门后，杨绛亲自迎至客厅门口。她身穿圆领黑毛衣，锈红薄羽绒背心，藏蓝色西裤，脚上是一尘不染的黑皮鞋。她一头银发整齐地拢在耳后，皮肤是近于透明的细腻、洁净，实在不像近百岁的老人。她一身的新鲜气，笑着看着我，我有点拿不准地说：我该怎么称呼您呢？杨绛先生？杨绛奶奶？杨绛妈妈……只听杨绛先生略带顽皮地答曰："何不就叫杨绛姐姐？"

我自然不敢，但那份放松的欢悦已在心中，我和杨绛先生一同笑起来，"笑得很乐"——这是杨绛先生在散文里喜欢用的一个句子。

那一晚，杨绛先生的朴素客厅给我留下难忘印象。未经装修的水泥地面，四白落地的墙壁，靠窗一张宽大的旧书桌，桌上堆满了文稿、信函、辞典。沿墙两只罩着米色卡其布套的旧沙发，通常客人会被让在这沙发上，杨绛则坐上旁边一只更旧的软椅。我仰头看看天花板，在靠近日光灯的地方有几枚手印很是醒目。杨绛先生告诉我，那是她的手印。七十多岁时她还经常将两只凳子摞在一起，然后演杂技似的蹬到上面换灯管。那些手印就是换灯管时手扶天花板留下的。杨绛说，她是家里的修理工，并不像从前有些人认为的，是"涂脂抹粉的人"，"至今我连陪嫁都没有呢。"杨绛先生笑谈。后来我在一次接受媒体采访时描述过那几枚黑手印，杨绛先生读了那篇文章说："铁凝，你只有一个地方讲得不对，那不是黑手印，是白手印。"我赶紧仰头再看，果然是白手印啊。岁月已为天花板蒙上一层薄灰，手印嵌上去便成白的了。而我却想当然地认定人在劳动时留下的手印必是黑的，尽管在那晚，我明明仰望过客厅的天花板。

　　我喜欢听杨绛先生说话，思路清晰，语气沉稳。虽然形容自己"坐在人生的边上"，但情感和视野从未离开现实。她读美国《国家地理》，也看电视剧《还珠格格》，知道前两年走俏日本的熊人玩偶"蒙奇奇"，还会告诉我保姆小吴从河南老家带给她的五谷杂粮，这些新鲜粮食，保证着杨绛饮食的健康。跟随钱家近二十年的小吴，悉心照料杨绛先生如家人，来自乡村的这位健康、勤勉的中年女性，家里有人在小企业就职，有人在南方打工，亦有人在大学读书，常有各种社会情状自然而然传递到杨绛这里。我跟杨绛先生开玩笑说您才是"接地气"呢，这地气就来自小吴。杨绛先生指着小吴说，"在她面前我很乖。"小吴则说："奶奶（小吴对杨绛先生的称呼）有时候也不乖，读书经常超时，我说也不听。"除了有时读书超时，杨绛先生起居十分规律，无论寒暑，清晨起床后必先做一套钱锺书先生所教八段锦，直至春天生病前，弯腰双手可轻松触地。我想起杨绛告诉我钱先生教她八段锦时的语气，极轻柔，好像钱先生就站在身后，督促她每日清晨的健身。那更是一种从未间断的想念，是爱的宗教。杨绛晚年的不幸际遇，丧女之痛和丧夫之痛，在《我们仨》里，有隐忍而克制的叙述，偶尔一个情感浓烈的句子跳出，无不令人深感钝痛。她写看到爱女将不久于人世时的心情："我觉得我的心上给捅了一下，绽出一个血泡，像一只饱含着热泪的眼睛"，送别阿圆时，"我心上盖满了一只一只饱含热泪的眼睛，这时一齐流下泪来。"但是这一切并没有摧垮杨绛，她还要"打扫现场"，从"我们仨"的失散到最后相聚，杨绛先生独自一人又明澄勇敢、神清气定地走过近二十年。这是一个生命的奇迹，也是一个爱的奇迹。

我还好奇过杨绛先生为什么总戴着一块圆形大表盘的手表，显然这不是装饰。我猜测，那是她多年的习惯吧，让时间离自己近一些，或说把时间带在身边，随时提醒自己一天里要做的事。在《我们仨》中杨绛写下这样的话："在旧社会我们是卖掉生命求生存，因为时间就是生命。"如今在家中戴着手表的百岁杨绛，让我看到了虽从容，却严谨的学者风范。而小吴告诉我的，杨绛先生虽由她照顾，但至今更衣、沐浴均是独自完成，又让我感慨：杨绛先生的生命是这样清爽而有尊严。

2

有时候我怕杨绛先生戴助听器时间长了不舒服，也会和先生"笔谈"。我从茶几上拿过巴掌大的小本子，把要说的话写在上面。这样的小本子是杨绛用订书器订成，用的是写过字的纸，为节约，反面再用。我在这简陋的小本子上写字，想着，当钱锺书、杨绛把一生积攒的版税千万余元捐给清华大学的学子们，是那样的毫不吝啬。我还想到作为文学大家、翻译大家的杨绛先生，当怎样地珍惜生命时光，靠了怎样超乎常人的毅力，才有了如此丰厚的著述。为翻译《堂吉诃德》，她四十七岁开始自学西班牙语，伴随着各种运动，七十二万字，用去整整二十年。一九七八年六月十五日，杨绛参加了邓小平为西班牙国王胡安·卡洛斯一世和王后举行的国宴，邓小平将《堂吉诃德》中译本作为国礼赠送给贵宾，并把译者杨绛介绍给国王和王后。杨绛先生说，那天她无意中还听到两位西班牙女宾对她的小声议论，她们说："她穿得像个女工"。"她们可能觉得我听不见吧，我呢，听见了。其实那天我是穿了一套整齐的蓝毛料衣服的。"杨绛说。

有时我会忆起一九七八年的国宴上西班牙女宾的这句话："她穿得像个女工。"初来封闭已久、刚刚打开国门的中国，西班牙人对中国著名学者的朴素穿着感到惊讶并不奇怪，那时的中国知识分子，单从穿着看去，大约都像女工或男工。经历了太多风雨的杨绛，坦然领受这样的评价，如同她常说的"我们做群众最省事"，如同她反复说的，她是一个零。她成功地穿着"隐身衣"做大学问，看世相人生，哪怕将自己隐成一位普通女工。在做学问的同时，她也像那个时代大多数中国女性一样，操持家务，织毛衣烧饭，她常穿的一件海蓝色元宝针织法的毛衣就是在四十多年前织成。我曾夸赞那毛衣针法的均匀平展，杨绛脸上立刻浮现出天真的得意之色。

记得有一次在北京和台湾"中央研究院"一位年轻学者见面，十几年前她在剑桥读博士，写过分析我的小说的论文。但这次见面，她谈得更多的是杨绛，说无意中在剑桥读了杨先生写于上世纪四十年代的两部话剧《称心如意》《弄真成假》，惊叹杨先生那么年轻就展示出来的超拔才智、幽默和驾驭喜剧的控制力。接着她试探性地问我可否引荐她拜访杨先生，就杨先生的话剧，她有很多问题渴望当面请教。虽然我了解杨绛多年的习惯：尽可能谢绝慕名而来的访客，但受了这位学者真诚"问学"的感染，还是冒失地充当了一次引见人，结果被杨绛先生简洁地婉拒。我早应知道会是这个结果，这个结果只让我更切实地感受到杨绛先生的"隐身"意愿，学问深浅，成就高低，在她已十分淡远。任何的研究或褒贬，在她

　　　　　　"何不就叫杨绛姐姐？"

亦都是身外之累吧。自此我便更加谨慎，不曾再做类似的"引见"。

二〇一一年七月十五日，杨绛先生百岁生日前，我和作协党组书记李冰前去拜望，谈及她的青年时代，我记得杨绛讲起和胡适的见面。胡适因称自己是杨绛父亲的学生，曾经去杨家在苏州的寓所拜访。父亲的朋友来，杨绛从不出来，出来看到的都是背影。抗战胜利后在上海，杨绛最好的朋友陈衡哲跟她说，胡适很想看看你。杨绛说我也想看看他。后来在陈衡哲家里见了面，几个朋友坐在那儿吃鸡肉包子，鸡肉包子是杨绛带去的。我问杨绛先生：鸡肉包子是您做的吗？杨绛先生说："不是我做的。一个有名的店卖，如果多买还要排队。我总是拿块大毛巾包一笼荷叶垫底的包子回来，大家吃完在毛巾上擦擦手。"讲起往事，杨绛对细节的记忆十分惊人。在她眼中，胡适口才好，颇善交际。由胡适讲到"五四"，杨绛先生说："我们大家讲五四运动，当时在现场的，现在活着的恐怕只有我一个了，我那时候才八岁。那天我坐着家里的包车上学，在大街上读着游行的学生们写在小旗子上的口号：'恋爱自由，劳工神圣，抵制日货，坚持到底！'我当时不认识'恋'字，把恋爱自由读成'变爱自由'。学生们都客气，不来干涉我。"杨绛先生还记得，那时北京的泥土路边没有阴沟，都是阳沟，下雨时沟里积满水，不下雨时沟里滚着干树叶什么的，也常见骆驼跪卧在路边等待装卸货。汽车稀少，讲究些的人出行坐骡车。她感慨那个时代那一代作家。"今天，我是所谓最老的作家了，又是老一代作家里最年轻的。"那么年轻一代中最老的作家是谁呢？——我发现当我们想到一个人时，杨绛先生想的是一代人。

3

　　杨绛先生有时候也会以过来人的幽默调侃老年人，一次她问我人老了最突出的标志是什么，接着自己总结说："人老了就是该鼓的地方都瘪了，该瘪的地方都鼓了。"说得在场的人大笑起来，杨绛先生也笑——笑得很乐。在生命的暮年，杨绛仍然葆有着对生活的体贴，对他人的细心同情，对人所给予的善意的珍视。有几年的冬天我去看她时，见客厅地上总立着一棵二十厘米高的小小的圣诞树，若是晚上，圣诞树上那些豆大的小彩灯便会亮起来，闪烁着并不耀眼的光。我问起这棵小精灵般的圣诞树，杨绛先生告诉我，那是有一年她在协和医院住院，正逢圣诞节，医生特意送到她病房的礼物，出院时她就把这棵小树带回了家。在略显空旷和冷清的房间里，这棵站在水泥地上的小树让我感到温馨而又酸楚，杨绛先生是看重这树的，才会每年冬天都要把它搬出来点亮，她更看重的是协和医院医生护士们的美好情谊。

　　在杨绛先生家里我们拍过一些照片，一次我把拍好的照片洗印出来请人给杨绛送上，先生收到照片后还特别写信致谢。信纸末端有一滴绿豆大的斑痕，杨绛在那斑痕旁边注明："这是小吴不小心滴上的酱油，不是我滴的。"一句话道出了杨绛先生和小吴的融洽关系，也让我体会到一代大家对信函书写的讲究。这古典的、即将失传的讲究里洋溢着结实的人间滋味。

　　有一年春节我去杨绛先生家拜年，临别时，杨绛先生说要送我一样东西，然后起身走进她的小书房——那是走廊尽头一个阴面房间，杨绛先生曾领我去过。当时她告诉我，她曾多年在这个房间写

　　"何不就叫杨绛姐姐？"

作。书桌一头临着靠北的窗户，冬天，从窗缝挤进来的冷风吹在她伏案的左臂上，当时不知不觉，但经年如此，左臂关节常常疼痛，后才搬到向阳的客厅工作。我正想着北京冬天北风的"贼冷"，杨绛先生脚步轻快地返回客厅，手里拿着一只鸽灰色工字纹织锦做面的考究纸盒。她把盒子放在我眼前的茶几上说，"这不是新东西，是件旧物，也许你用得着。"接着她怕我不接受似的指着盒子边角一块泛黄的印迹说，"你看，真是件旧物，雨水淋过呢。"我打开纸盒，原来里面盛着一只造型简约、做工极为精美的长方形黑檀木盒，木质如缎似玉，天然纹理深沉大气，盒盖中央镂刻出铜钱薄厚的两眼小孔，一块扎着细密明线的小牛皮穿孔而过，合拢后凸起在盒盖上，成为这盖子的手柄。我小心捏住这牛皮手柄掀起盒盖，见盒内由洋红色瓦楞纸作衬，整齐地排列着五支黑色铅笔。三棱形纯黑笔杆的握笔处凸起着几排防滑的细密小圆点，笔杆尾部有 Faber-Castell 的著名标志，是德国辉柏嘉品牌。辉柏嘉是欧洲最古老的工业企业之一，一七六一年生产出世界上第一支铅笔，二百五十多年来始终倡导无毒环保。

我接受了这样的礼物，这样一只特别的铅笔盒，没有对杨绛先生说过谢谢，觉得仅一声谢谢也许反而太过轻浮。在以后的日子里，我经常将这铅笔盒仔细端详，在散发着幽远暗香的黑檀木盒底上，一方略显陈旧的银色卡片，印有对这只盒子的繁体字介绍。这是原产于印尼苏拉威西岛的顶级黑檀木，以纯手工做法完成。这工匠认为，千百年来唯一能觉醒生活的，仅是一种简单却独特的味道。让朴拙取代繁复，自由带走束缚，透过人与木的对话，让一切回归自然。我琢磨木盒上那枚小牛皮手柄，它那仿佛"包浆"似的油润，有一种长久被人手抚摩的可喜的温软，必是主人的身边爱物。它和杨绛先生那间朝北的小书房，本是一体的吧。时间再往前推，它又和杨绛在不同"场景"的家里共度过多少时光？我把五支铅笔从黑檀木盒中取出排列在书桌上，这是五支削好的、从未使用过的辉柏嘉铅笔。我无以判断生产它的年代，但它古典而内敛的气质和通身的静谧遥远滋味，让我相信，它们的年龄应在一个甲子之上。这无疑是杨绛先生最喜欢的铅笔，她才会用贵重的黑檀木盒装了它们赠予我。也许在杨绛看来，再珍贵的黑檀，也比不过最好用的笔吧，虽然它们只是几支铅笔。我愈加感受到杨绛先生这馈赠的深情厚谊，她的别致典雅，她无言的期待和祝福，如深谙世间冷暖的明智长者，或是可以畅叙闺中喜忧的"杨绛姐姐"？

4

二〇一三年夏天，年逾百岁的杨绛经历了一场因私人书信被拍卖而引发的官司。杨绛先生决定依法维权并公开发表了声明。她在声明中说："近来传出某公司很快要拍卖钱锺书和我及钱瑗私人信件一事，媒体和朋友很关心，纷纷询问，我以为有必要表明态度，现郑重声明如下……"杨绛先生谈到此事让她很受伤害，极为震惊。她表示对此坚决反对，希望有关人士和拍卖公司尊重法律，尊重他人的权利，否则她会亲自走向法庭，维护自己和家人的合法权利。

得知这一消息，我惊讶和钦佩杨绛先生以百岁之躯毅然维权的决心，又十分担心她的身体。记得我赶去杨绛先生家时，看见她面色稍显憔悴，但讲到维权事，叙述有力，神情倔强，一扫平日之淡然。我忽然不敬地想到，若钱先生在世，怕都不见得有这样一份果敢。也才更加具体地领略到钱先生每遇生活难处为什么只要听见杨绛说"不要紧，我会修"，"不要紧，我会洗"便踏实、安心。

我在杨绛家了解到事情全过程，我站在杨绛先生一边。当年五月三十日，我接受了《文汇报》记者关于钱锺书、杨绛私人书信被拍卖一事的采访。我同意《文汇报》载一些法学家的看法：这一行为侵犯了他人的隐私权。我认为，私人间的通信是建立在互相尊重、信任的基础上的，利用别人的信任，为了一己之私，公开和出售别人的隐私，有悖于社会公德与人们的文化良知。在当事人坚决反对的情况下，如还执意要这样做，是对当事人更深的伤害。我对记者说，钱锺书和杨绛是我国著名的文学大家、翻译大家，深受国内外众多读者的喜爱，对中国文学乃至中国文化产生了重要影响。杨绛先生是亲历五四运动唯一仍在世的中国作家。钱、杨二人把一生的全部稿费和版税捐赠给母校清华大学设立"好读书奖学金"，至今捐款计逾千万元，受益者已达数百位学子。如今一百零二岁的杨绛精神矍铄，身体康健，这是中国文学界和文化界的幸事和喜悦之事。拍卖事让这位年逾百岁的老人在安宁和清静中被打扰，她的情感、精神受伤害。让这样一位老人决意亲自上法庭，一定是许多喜爱钱锺书、杨绛作品的读者不希望看到的，一定也是善良的国人不乐意看到的。人心的秩序，人际关系中信任、坦诚这些美好词汇万不可变得如此脆弱和卑微。

杨绛先生的愤怒维权，得到社会众多方面的关注与支持，曾同我一道拜访过杨绛的李冰同志倾力相助，中国作家协会权保会也同有关方面积极沟通。经多方共同努力，持续将近一年的案件，终以法院判决杨绛胜诉而告一段落。

就此，我也感受到这位瘦小的老人胸中的硬气，她对著作权、隐私权，对丈夫、亲人和家庭义无反顾的捍卫。她的超然从容为她抵挡了学问著述之外的嘈杂，她的不妥协、不原谅则把她还原为一个常人而不是超人。身着隐身衣并非躲闪与逃避，也不是将自己低到尘埃里去。真正的隐身是需要大智慧大勇气的，在人所不见的地方，以远离虚名浮利的坚忍意志，定心明察，让灵性和思想的傲骨开出忧世且向善的花。

5

一次杨绛先生问到我的个人生活，说什么时候想要见见我先生。二〇一三年春节前，我和先生同去杨绛先生家拜年。杨绛仔细端详着我的先生，扭头笑盈盈地对我说了夸奖逗趣他的话，那慈爱的神情，就像我的娘家人一样。我们聊了一些家事，还讲到我们的女儿。杨绛先生嘱咐说，"下次来，送给我一张你们的全家福吧，照片背面要写上字呢。"二〇一四年四月，我和先生再次拜访了杨绛。杨绛先生在生平与创作大事记中记录了这次见面："下午铁凝、华生同志来，说说笑笑，很高兴。"那确是一次轻松快乐的见面，杨绛先生维权胜诉后身心放松的平静心绪感染着我们，闲聊中只有凡俗的家常气。这些年，越是和杨绛先生见面，就越是感受到她身上的家常气。柴米油盐和学问著述从未在她这里成为对立。杨绛对亲人和家庭孜孜不倦的爱和护卫，则处处洋溢着她教养不凡的生活情趣和生活智慧。这样的情趣和智慧，在某种意义上以并不低于学问本身的魅力，伴她渡过难关，清明而无乖戾，宁静而不萎靡。我们遵嘱送给杨绛先生一张全家福照片，她看着照片上的女儿，叫着孩子的名字，好像孩子已经站在她的眼前。杨绛先生比我

"何不就叫杨绛姐姐？"

们的女儿整整大了一百岁，当她看着照片上的孩子时，仿佛时光倒流，她的神情刹那间呈现出稚童样的活泼。

我和我的先生不忍更多打扰杨绛，更不曾想到让孩子前去打扰。但我在今年春节前给杨绛先生拜年时（这也是我和杨绛最后一次在三里河家中见面），刚刚坐在她的身边，面容已显出疲惫、形态也显出虚弱的杨绛先生，开口便先问起了我们的孩子。她清楚、准确地叫着女儿的名字说："豆豆好吗？"这让我意外而又感动。时隔一年多之后，她还记得一个未曾见面的孩子。我相信，一百零五岁的杨绛，她爱的是天底下所有的孩子，这爱从来没有因为自己爱女的不幸离世而枯萎。她说过老人的眼睛是干枯的，只会心上流泪。她的心上"盖满了一只一只饱含热泪的眼睛"，她的眼光越过我们，祝福的是一个新世纪里更新的一代。我不愿相信，这是一位真正走到人生边上的世纪老人，对一个不谙世事的孩子最后一声问候。

读《杨绛全集》，杨绛写她和钱先生沦陷上海期间，"饱经忧患，也见到世态炎凉。我们夫妇常把日常的感受，当作美酒般浅斟低酌，细细品尝。这种滋味值得品尝，因为忧患孕育智慧。"在写到那段时间有人曾许给钱锺书一个联合国教科文的什么职位，被钱先生立即辞谢。"我问锺书：'联合国的职位为什么不要？'他说：'那是胡萝卜！'当时我不懂'胡萝卜'与'大棒'相连。压根儿不吃'胡萝卜'，就不受'大棒'驱使。"她写在当时的上海，谣言满天飞、人心惶惶的气氛中，"我们并不惶惶然"。"我们如要逃跑，不是无路可走。可是一个人在紧要关头，决定他何去何从的，也许总是他最基本的感情……我国是国耻重重的弱国，跑出去仰人鼻息，做二等公民，我们不愿意。我们是文化人，爱祖国的文化，爱祖国的文字，爱祖国的语言。一句话，我们是倔强的中国老百姓，不愿做外国人。我们并不敢为自己乐观，可是我们安静地留在上海，等待解放。"

读《杨绛全集》，我想起杨绛八十岁生日时夏衍先生所赠亲笔短诗："无官无位，活得自在，有才有识，独铸伟词。"其后，杨绛在九十六岁开始讨论哲学，自问灵魂去向，深思生死边缘的价值；九十八岁续写《洗澡》，成文《洗澡之后》。于是，《杨绛全集》便呈现出一种开放的、且读且新的气质。

我珍视和杨绛先生的每一次见面，也许是因为我每每看到这个时代里一些年轻人精致的俗相，一些已不年轻的人精致的俗相，甚至我自身偶尔冒出的精致的俗相，以及一些不由分说的尖刻和缺乏宽容、理性的暴戾之社会情绪，正需要经由这样的先行者，这样的学养、见识、不泯的良知去冲刷和洗涤。

一个不断崛起、日益被世界瞩目的民族，她的风骨、情怀与人文生态，仍然需要一代隐于人海的文化大家的长久滋养。我们的下一代，更下一代，当永怀赤子之心，真诚生活，才配得上这些秉持着智慧之烛，光照后辈的先贤们的问候和祝福。

在杨绛先生一百零五岁诞辰之际，我写下以上文字，以表达对先生深切的怀念。

2016.7.17

　　　　　"何不就叫杨绛姐姐？"

2013 年春节，与先生华生一起探望杨绛先生

第 四 辑

优待的虐待及其他

一九八八年将近八月的时候，我完成了第一部长篇小说《玫瑰门》。写作后期，我常有尽快完结这小说的念头，我想只有了结笔下的这些人，我才能够得到解脱。但小说真的写就，我却又不忍心将这些人物放走。尽管我造就他们俯视他们对他们有着诸多的看法和说法，小说的完成之日仍然使我觉得是他们抛弃我之时，我觉得我被我的人物所遗弃。

这是在从前的体验中所没有的。

我的感觉不玄虚也不卑琐——也许这是人之常情：一个人与他的小说生活了一段时间之后的必然。也许有人能将这心情概括为四个字：自作多情。文坛并不少见专事热闹旁人眼睛和耳朵的尖酸的嘴。

我以为多情并不是一个坏词，假如不是故作。你可以光明正大地对自己的作品无情，亦可堂而皇之地对自己的作品多情。我琢磨，关键在于它使我发现写小说成为我的职业后，我还能够对我造就的人物有那么一种不辨黑白的纠缠不清的依恋。或许这可以使我能够慢一些变成写作的机器，尽管职业小说家很容易使人联想到机器什么的。

我又想，无休止的盲目多情也挺叫人厌烦，使你成为只能站在那么一层台阶上的另一种机器——没了距离就不可能有分寸。而小说的艺术原本是有分寸的艺术，这种分寸感特别应该体现在长篇小说创作里。长篇的疆场之广阔每每使人容易忘记分寸，使人更多地着意于语言的表达功能，却忽略了语言的掩饰功能。马原说他喜欢海明威把长篇小说写得充满了短篇感，这恰恰与我的看法不谋而合。"人生并不是一部长篇，而是一连串的短篇"，我想起有位美国作家这样说过。虽然这位美国人是短篇小说作家，他却从另一面道出了某些长篇小说家的通病。陀思妥耶夫斯基很絮叨，但他的文字并不厌烦你的眼睛，他絮叨到你灵魂的深处让你身不由己随着他走。而通常你在读另一些杂芜荒乱貌似海阔天空的文字时，不是总有被语言所虐待的心情么？那心情真仿佛一个人对你讲了一句不恭敬的话，却用一万句忏悔来修正他的过错表示他的歉意那般令你不能容忍。没有规矩不成方圆，小说也自有小说的规矩吧。世上也许没有不该被小说家知道的事，世上却有不被小说本身费神涉足的关节。你想包罗万象，结果你常常弄巧成拙。

我的思路忽然跑到斯堪的纳维亚半岛去了。两年前的夏天在奥斯陆，我和茹志鹃女士结识了奥斯陆大学中文系的何莫邪教授。我记得那天已近中午，何教授执意开车接我们到他家去吃中饭。我要说何莫邪是位非常热情的先生，他是丹麦人，个子不高，穿着布鞋，说一口流利的汉语，并且很坦率。我记得他一路上告诉我们他总是在下午去超级市场买意大利饼，下午的饼虽不如早晨新鲜可价钱便宜得多，他一次就买十几个回家贮进冷柜慢慢吃。他还说他会自己造啤酒，他自造的啤酒要比店里买的差不多便宜十倍。他又说当然，外人喝他造的啤酒总是一喝就醉。在他家里我们果然看见了一只用来造啤酒的小钢罐，类似我们的液化气罐。然后他就引我们走进他的地下书房。

这里所说的地下不是通常我们概念中的"非法"，何莫邪的书房设在他家房子的最底层，好像地下室。但略微低于地面的窗子很大，采光很好。因此书房很明亮。何先生首先请我们欣赏他收藏的许多中国历代春宫图。他称它们为"非常美丽的东西"。我想我没有必要在何先生的春宫图前勃然变脸，在路上他对我们说的意大利饼和自制啤酒使我觉得他待人颇有率真之处。那么，此刻他不过是在向两位东方人展示他对东方文化某一小类的收藏——就算是糟粕吧。我打开一本砖头厚的八开大小的画册，惊奇画匠描绘这种图像还用了工笔重彩。画中人物的服饰和衣纹的繁细、流畅使人觉得可能出自明代。我想这些图画对于研究中国文化的学者自然有它独到的价值。一帧明代的春宫图可能使学者们从中研究出当时的经济发达程度以及由此而生的民俗、民性、民情；由男女关系那主动与被动的瞬间还可再深究当时妇女的真实地位与心态；而画家则可由此估出明代画匠对人体比例及透视关系的了解和掌握程度，甚至还能通过彩绘所用的颜料写出一篇中国绘画颜料发展、变异过程的论文。这些我毫不怀疑。我和何先生的分歧在于：他认为这些春宫图与真正绘画大师的美术作品没什么两样，而我的观点则相反。这些图像无论色彩怎样地绚丽妩媚，男女的衣纹如何地飘逸精致，它最终的目的是为了刺激人的感官。仅此一点就决定了它与那些真正艺术品的根本区别。为什么你面对《裸体的马哈》没有猥亵感呢？为什么苏联芭蕾舞团的《创世纪》差不多赤裸裸地在舞台上表现了亚当的觉醒过程和他与夏娃的欢乐过程你不觉得低俗呢？而何先生为了证实他的道理还告诉我他非常乐意把那些图挂在餐室。这使我很不高兴，简直疑心何先生的收藏和研究是带了对中国文化的玩味（玩弄?）态度，以至于使他显得对我们都缺乏尊重了，尽管他是那么热情。

也许这是我的误解，因为多心和疑心并不是一种好习惯。我竭力阻挠着我的多心和疑心，而态度无论如何是显出了激烈。我问他：既然您那么乐意，为什么我在您的餐室里并没看见这种图呢？何先生无言以对，也就是说他有点尴尬。我相信他那番观点也许不是本意——但愿。可他为什么要那样对我们讲？可不可以猜测这里有分寸的失当：他太珍爱他的这些收藏了，一时忘记让它们安稳地待在它们应该在的位置上？

我觉得何先生的书房有些冷，事实上也的确很冷，加之我们饿着肚子。因为还没有午饭的迹象，我们只好再聊别的。他发现我不再看他的春宫图也并不生气，又兴高采烈地对我讲起墙壁上一幅李叔同的字，由李叔同很自然地就转到了丰子恺先生，何莫邪也藏有丰子恺先生的一些漫画原作。我得说这是我感兴趣的话题，因为我非常喜爱丰子恺先生的画和文章，甚至更偏爱他的文字。世上有漫画可没有漫字和漫文，但丰子恺先生的画和文章之间有种很深的气质上的联系，我想这二者是互补互衬的，那是一种"豪华落尽见真淳"的气派，一种将繁复化为单纯的细腻深沉的风致，一种学问家至美的朴素。我和何莫邪教授在对丰子恺先生的看法上十分地一致，为此分手时他还送我一本丰先生的《缘缘堂集外佚文》。

午饭总是要吃的，何先生的夫人为我们烧了特别鲜美的卑尔根鱼汤，以后我再也没吃过那种美味的汤。只是汤不多，面包也仅每人小小的一个，使我们觉得肚子仍有缺欠。我必须说午餐结束时我根本没有吃饱。然而餐桌已空，我总不能赖着不走。我想也许应该把我的没有吃饱归结为早饭吃得太早。

有闲的时候我就拿起《缘缘堂集外佚文》来读，其中有篇叫做《家》的文章谈及作者在外做客的种种心情，以此对比身在家中的种种自如与自然。比如遇到热情过火的主人：吃饭时夺你饭碗强行

铁 凝 散 文

添加饭菜，告辞时藏你行囊令你无法动身，等等，丰子恺先生把这统称为"优待的虐待"。

我在何莫邪教授家做客之后恰巧读到了这篇《优待的虐待》，绝非有意将何先生对我们的一片热诚说成"优待的虐待"，况且午饭时我倒盼望他能夺我的汤盘为我再加些鱼汤呢。何莫邪教授没有虐待我们，否则便不会送这本写有"优待的虐待"的书给我了。

写到这里我的思路又开了岔儿，想起一位也是丹麦人的漫画家皮特斯脱鲁普。他的那些连环漫画能够不用一个字就叫你领略故事和人物的每一层思维每一道曲折以及人物关系每一瞬间的微妙变异。比如他的《认识世界》：一位妈妈用童车推着刚会走路的儿子去商店，她把童车停在商店门口嘱咐儿子坐在车里等她，然后她进了商店，儿子随即便爬下童车。他在许多大人的腿和皮包之间穿行；他与一只牧羊犬可怕的大脑袋相遇；他下了便道；他越过奔跑的轿车、卡车横穿马路；他钻进标有"！"牌子的水泥管道；他从破管道里爬出来又回到那商店的门口；当他撅着屁股刚爬进童车坐定，他的妈妈恰好买完东西从店里出来。妈妈推着儿子回家，一脸因儿子听话又老实而生的满足，儿子却已神不守舍，满脑瓜对他经历的新奇世界的惊奇，那是一份无法与人交流的感觉，在他那不足两岁的脑袋里。从前的儿子不复存在了。认识世界就是这样开始的，一个刹那，一场足以使成人昏死过去的小经历。这本是复杂到单纯极点的哲理，皮特斯脱鲁普却没有强迫观众接受他的深奥。你接受了那是你的自愿，这位丹麦漫画家懂得什么是优待的虐待。

有时候我觉得作家与读者的关系有点像主人与客人的关系，假如作家是主人，一个诚挚的主人总是希望通过自己的努力使客人满意的，有时这种努力还能影响客人与主人共同创造出一种理想的氛

优待的虐待及其他

围，使客人不至于尴尬不至于打算尽快逃脱，在这里起重要作用的恐怕是分寸的把握。一位好的主人当他摒弃奉承和迎合客人的意念时还能造就他的客人，如同好的作家有力量去造就他的读者。然而我有时却读到一些令我生出被绑架被虐待之感的文字和篇章。我相信这种"绑架"和"虐待"绝非主人的本意，恰是主人想竭力优待客人而生的后果。这样我们即可得出主人对客人没有恶意的结论。

什么是优待的虐待？把明晰的东西又费很大劲弄得含混诡谲是不是？

什么是优待的虐待？将不属于小说的东西拼命塞进小说是不是？

小说不是玄学，事实上小说赖以活跃的思想圈是非常狭隘的。小说对读者的进攻能力不在于诸种深奥思想的排列组合，而在于小说家由生命的气息中创造出的思想的表情以及这表情的力度表情的丰富性。我以为这是一件无法性急的事情。好比斯坦尼斯拉夫斯基说那些性急的演员只注意怎样发展他们的"舞台肌肉"，而不注重去营养自己的心灵。我相信假如各式各样的小说技巧（或曰功夫）相似于演员的舞台肌肉，那么这种舞台肌肉绝对有发展和强化的必要。但我以为营养灵魂比营养舞台肌肉更为要紧，或者说二者同样地要紧。

你无法从思想里获得那思想的表情，于是你的神情再优越也只是茫然的优越。面向或者背对复杂纷乱的时代小说家们该做些什么呢？地球上一些著名科学家已设想在世界的明天建设一批跨越国际和洲际的宏伟工程，比如铺设连接中国和中欧的高速公路，开辟第二条巴拿马运河将太平洋和大西洋更紧地连接在一起，将西亚和非洲的沙漠改造成绿洲，开凿克诺地下隧道把亚洲大陆同地球另一端美洲大陆连接起来，建立大规模太阳能收集站以拯救日益到来的新能源危机，等等，这种种的设想无不充满着狂放的进攻意味——对世界对大自然的进攻。

前面我提到小说的进攻能力或者说小说的进攻性，我觉得小说家必得有本领描绘思想的表情而不是思想本身，小说才有向读者进攻的实力和可能。小说可以如苏加诺对革命的形容那样，是"一个国家宣泄感情的痉挛"，小说家更应该耐心而不是浮躁地、真切而不是花哨地关注人类的生存、情感、心灵，读者才愿意接受你的进攻。你生活在当代，而你应该有将过去与未来连接起来的心胸。

我想我很愿意研究一下小说的进攻性，也许这是出于职业作家的功利思考，特别是在我尚无别的职业的情况下。不过我相信大部分职业的和非职业的小说家都希望自己的文字能渗进读者的心而不仅仅热闹他们的眼。这里有一个前提，我们万不可因性急、因目前读者对小说的不买账就拿自己的文字去虐待读者，特别是以优待的方式。

要避免上述现象还有一点或许同样地要紧：小说家首先不要虐待自己的小说，特别是以优待的方式。

1988

散文河里没规矩

　　我认识一条散漫多弯的河——拒马河。这河从源头开始，便盘旋于太行之中，它绕过山的阻拦，谢绝石的挽留，只是欢唱着向前。在浩瀚的鹅卵石滩、肥嫩的草地，它是一股股细流，只当白沙和黄土作岸时，河水才被收敛起来，变成齐腰深的艳蓝。

　　那年我在一个有白沙作岸的小村生活、写作，村里老人给我讲了那个"河里没规矩"的故事。先前，每当夏日中午，村里的姑娘、媳妇便结伴到河中洗澡。她们边下河，边把身上的衣服一件件脱净、高高抛向身后的河岸。待到她们钻入齐腰深的河水时，自己就成了一个赤条条的自己。而这时，就在离她们不远处，一群赤条条的男人也在享受着这水。这两群赤条条的女人和男人彼此总要招来些笑骂的，但那只是笑着的骂而已，一切都因了这个自古流传下来的"河里没规矩"的规矩。然而，是女人你就不必担心，说个"没规矩"你就会招来什么"不测"；是男人你也别以为，凭个"没规矩"你就能有什么"便宜"可占。在河里，男女间那个自己为自己定下的距离就是规矩，这规矩便成了那群"没规矩"的人们从精神到物质的享受依据。这个真实的故事实在就是发生在那些半原始状态的山民中的一种现代文明，山民的半原始状态和这个现代文明一直延续到距今二十年前。可惜待到二十年后的今天，当我问及那些哼着《潇洒走一回》、衣着打扮已明显朝着都市迈进的当地姑娘时，竟无一人知道这个离她们并不遥远的文明故事。你给她们讲，她们会把脸一扭，好像你的故事反倒是伤了她们的风化。这不能不说是发生在她们身上的悲剧。

我说的散文河，当然不是拒马河，却又觉得散文其实就是一条河。那么在这条散文河里，到底又有多少规矩？假如我是一个地道的散文家，这本是不在题下的一件事，可惜我并不是一个地道的散文家，所以便将计就计地把散文想成了一条河。在我想象的这条河里，自然也就没了规矩。在这条河里游着的男女，你和衣而卧或许并无人说你文明；你赤裸着而立，顶多也只会招来几声笑骂，你还会把笑骂愉快地奉还给对方。反之，散文既是一条没规矩的河，河里自然也就有了那个自觉的规矩。伸腿下河的必得是散文吧？你实在不应该把一大堆不好归类的文字都扔进散文这条河里。那些裸着自己下河的女人连脱衣服都脱得有章有法，她们是边入水边脱衣，继而是把衣服抛向岸边。于是她们不显山不显水地下了河，没有半点露"怯"之处。

章法之于文学，如果可作形式感解释，那么形式感就标榜着一篇散文独具的韵致和异常的气质。当然，问题还要牵扯到产生形式感的题材，于是我就想，散文这条河里的没规矩，或许应该指散文那形式感的自我标榜。

形式感不应只是描写技巧和作家对于零零星星韵味的寻找。形式感是就一件作品的整体而言。有位名叫奥尔班的奥地利画家说：形式感是你在作品中寻找的那种"联合体"。我常注意大散文家们对"联合体"的重视。朱自清和丘吉尔都深深懂得这个"联合体"的重要，于是他们在散文这条没规矩的河里找到了各自的规矩。

1993

我们需要什么样的长篇小说

我在一些场合表达过如下感想：当我写作短篇小说时，我想到的最多的两个字是景象；当我写作中篇小说时，我想到的最多的两个字是故事；当我写作长篇小说时，我想到的最多的两个字是命运。这并不是说，除长篇小说外，其他文学式样无须涉及"命运"二字。相反，祖宗留给我们的那些永恒的诗句和短篇小说无不充溢着悲喜交加的命运感。比如"感时花溅泪，恨别鸟惊心""黑云压城城欲摧，甲光向日金鳞开"这样的句子；比如蒲松龄的《婴宁》这样的名篇。但我仍然固执地认为，长篇小说的疆场更适合作家展开对人类命脉的把握和摸索，对个体生命的走向、对大时代发展的揣测和领悟，在一个匆忙的、媒体爆炸的时代，读者之所以还要寻找长篇小说来读，他们想要获取的是能够存活在字里行间的人类信息。长篇相对于中、短篇，还有着充分的叙述自由，这自由包括了字数的自由和语言形式变异的自由。于是问题就来了：有一天一位作家对我说，他刚刚写完一部十五万字的长篇小说，交给出版社后，社方告诉他，假若你能再加写三万字，把现有的十五万字变成十八万字，书印出来书脊厚些才好看。作家于是又加写了三万字。我想这情景一方面的确显示了长篇小说的某些方便之处——字数的伸缩性远远优于其他体裁；但另一方面这情景也让人担忧：我们加写的这三万字当真配得上我们操作的长篇小说这种形式么？

读《卡拉马佐夫兄弟》，读《赫索格》，读《玩笑》，读《复活》，读《莱尼和他们》……我看到的不仅仅是生命的悲欢、事件的累积、年代的无限延长、人物与人物纠缠不清的恩怨、奇诡的习俗风情、恣肆汪洋的语言，我感到，人世间那些优秀的长篇小说无不浸透着来自作家心底的抚摸和敲打人类灵魂的力量；无不传达出他们独有的、令读者陌生而又惊异的，甚至连我们的时代也无力窥透的高密度生命信息；无不闪烁着神奇想象力的光芒。这样的信息这样的力量这样的想象非如此的字数便无法包容，于是长篇小说才有了它存在的价值。命运的可以把握和不可捉摸；生命走向的可知与未知；生命意义的最终判断；人和世界的关系的多方位质询……这一切无不在向长篇小说的写作者提出挑战。长篇小说可以是一百个人的生存历史，可以是一个人生命的流水，但长篇小说不是"我要写够多少字"。长篇小说不是语言的无意义集合，不是众多人物的上台与下台，不是矛盾冲突，不是悬念或悬案。我以为，长篇小说最重要的品质，当是作家通过对他拥有的所有故事的熟透了的掂量，爆发出的直逼人的那种思想的力量。长篇小说的写作也有点像一种文学意义上的考古，我们应该如十九世纪初德国著名的考古奇人谢里曼那样，当所有的人都认为荷马史诗《伊利亚特》中的希腊不过是诗中的神话时，他却坚信他能找到荷马笔下的英雄人物创建业绩的那些远古的地方。他手捧《伊利亚特》，不畏艰难险阻和考古界的一片嘲讽声，用半生精力终于挖掘出荷马笔下那著名的古城特洛伊。每一部好长篇都是一次寻找特洛伊的历程，每一次的付出都要经过长时间的心灵和意志的储备。作家在这样的研究充满命运感的人间万象的同时，他自己的命运也被这样的写作深深纠缠。因此我一直觉得长篇小说的写作是诱人的，但并不好玩。当下我们的有些长篇小说仅仅完成了字数的集合、人物关系的来龙去脉或者某一种流行概念的解说，那种直逼人心的思想的力量却找不见。长篇写作的前景不容盲目乐观。

2002

华盛顿的"文学疗法"

　　在这样一个美丽的同时又险恶多端的城市，一个平静的然而犯罪率极高的城市，这样的一个政治都市华盛顿，关注总统和白宫的人数也许远远超过议论文学和作家的人数。作家和文学在这里被挤压到一个狭小的不起眼的角落，有时候你觉得生活在这里的诗人、作家不过是在那儿自得其乐——当然，写作的本质也自有它自得其乐的一面，乐在作家与他们创造的故事之间罢了。但是，当我到达华盛顿之后，很快就有人告诉我，华盛顿地区活跃着一个作家工作团，这个工作团的工作就是用文学给人治病。它的活动居然还得到NEA（美国国家基金会的简称）的重视，NEA为工作团提供经费。

　　身为作家，我从来不认为文学有医治人类病痛的伟大功能，也不了解华盛顿的作家工作团用什么方式去给什么样的人治什么样的病。可我知道我将在NEA和该委员会的文学部主任麦克·谢有一次会谈，我很感兴趣于这次会谈。

　　NEA所在地是一座古老的哥特式建筑。一百年前它是华盛顿的老邮局。大门前盛开着郁金香，还有一尊本杰明·富兰克林铜像。这个戴着假发套的智慧的瘦老头，他微微地抬起右手，手掌向前伸开，不知是抵御着什么，还是解释着什么。虽然他被放在这里原来同NEA无关，但NEA似乎是靠了富兰克林的"抵御"和"解释"才得以生存，这使得NEA反倒有几分苟且偷生的味道。

　　麦克下楼来迎接我。这是一位银发红脸的中年先生，爱尔兰后裔。像大多数爱尔兰人一样，麦克也爽直并且性急。刚走进办公室，他就迫不及待地向我讲起他们目前的困境。他告诉我，NEA的经费通常由联邦政府提供，去年 NEA 文学部得到的经费是四百五十万美元。他们用这笔钱奖励文学艺术界的天才，赞助艺术演出团体和作家工作团。但是好景很可能不长，现在共和党的有些议员为了迎合右翼纳税人的情绪，否定艺术的公共价值以便为自己拉更多选票，便不断给联邦政府施加压力，一开会就提出削减甚至取消赞助文学艺术的钱。

我还是将话题引向作家工作团。麦克说，作家工作团是一九九四年在他和几个青年作家的联合倡议下成立的，它的成立是受到二十世纪六十年代肯尼迪总统倡议的青年和平工作团的启发。当年的青年和平工作团就是以帮助穷人改变处境为目的，而今天的作家工作团，是吸收那些有奉献精神、热心公益事业且关注下层民众的青年作家，定期为医院里、收容所里以及流落街头的心灵受到伤害的人们做治疗。确切地说，他们启发和鼓励自己的患者投入到文学创作中去，用写作手段来宣泄内心，表达自己，减轻灵魂的压力。看来他们的工作既有文学属性，又有心理医生的特征，或者比心理医生的工作更具可操作性。工作团作家们的报酬很低，每年一万美元左右，一个公司职员收入的三分之一吧。NEA 还是设法给这些作家志愿者以更多的回报，如给予他们医疗保险和进大学深造的优惠条件。说到这里，麦克又开始指责政府对他们的忽略，他说，即使是这样有意义的事，一些政客也不愿他们存在，官方常称：既然作家们都是志愿者，那就让他们完全志愿下去吧！麦克却坚持认为，一个社会其实是靠了少数作家支撑着人性的高贵和文化良知的，"你以为怎样？"他问我。

我不能说人性的高贵和文化良知仅靠作家来支撑，但作家存在于社会的意义，的确与捍卫人性的高贵和文化良知紧密相关，无论是通过自己的写作，还是通过鼓励别人写作。

当天下午，我去访问华盛顿作家工作团。这是一个由十二名青年作家组成的团体，十二名作家又随时化整为零分成小组。我见到了工作团成员吉妮和依曼妮，她们两人一组，过一会儿我将跟随她们去一座教堂的地下室，给一些无家可归的女人上课。吉妮是个瘦高的少女，出版过两本小说集，她的长过腰际的满头金发使她看上去像条美人鱼；依曼妮是个黑人女孩，诗人，正在研究老子，她快乐的脸上有两个酒窝，酒窝使她的脸更显快乐。我向吉妮和依曼妮提出了我的一些问题，比如她们教授的对象大都有些什么样的经历，比如她们用什么样的教学法来教这些人写作，比如她们每星期给学生上几次课。吉妮说参加她们写作课的女人，有受丈夫虐待离家出走的，有被家庭遗弃的，也有自幼心灵受过创伤的，还有一些精神不太正常的。依曼妮接着说，对于这些"患者"她们没有固定的教学法，她们的方法是灵活多样的，她们的目的不是让这些女人变成作家，而是用文学影响并改变这些女人的思维和心境，让她们用新的眼光肯定自己、看待生活。这种治疗活动(授课)大约每周两次，每次一小时。

我和吉妮、依曼妮去教堂。路过一个咖啡店时，她俩请客，每人买了一大杯咖啡。吉妮向我解释说，那个教堂的地下室是没有水的。我们端着热腾腾、香喷喷的咖啡在大街上走——在美国，你经常能够看到端着咖啡在街上急匆匆走路的人，咖啡被盛在带有盖子的纸杯里，那给人提神的气味仍然钻出杯口的缝隙在空气中飘溢。大街上这样的形象通常不是无事闲逛，相反总给我一种诸事在身的感觉。吉妮和依曼妮端着咖啡走得很快，步伐欢愉而又昂扬。在五月的夕阳之下，这美好的景象使我难忘。

我们在一座黑沉沉的天主教堂跟前停住，从旁门进去，穿过一个嘈杂的大厅，那儿聚集着一批流浪女人，她们正排队领取教堂提供的免费晚餐。然后我们走进一间大约十五平方米左右的地下室。地下室四壁雪白，屋角有一书架，沿墙一圈沙发，沙发正中一张矮方桌。我发现地毯和沙发都不太干净。这儿聚集着吉妮和依曼妮的七八个学生，她们正安静而恭敬地等待着老师到来。她们当中除一个年轻的白人外，其余都是黑人中年妇女，有一两位显然精神不太正常。吉妮和依曼妮简短地和学生打过招呼，然后像变魔术一样从手提袋里掏出一堆吃的，是犹太人的一种名叫"贝狗"的食品和起司以及炸薯条，"贝狗"类似中国的发面火烧。吉妮跪在地毯上把"贝狗"切开，抹好起司一份一份递到那些女人的手中。她不是施舍，她看她们的眼神有一种平等的爱意。她邀请我也吃一点儿。我喜欢"贝狗"，但此时我并不想吃。吉妮说你最好还是吃一点儿，咱们大家在一起吃点儿东西彼此情绪就放松了，气氛也会很快地融洽。至此我才明白原来讲课已经开始，先吃点东西便是这种写作课的第一个程序。这个程序的确使师生之间很快随便起来。

接着是在老师指示下学生每人一段的自述，内容包括姓名，从哪里来，你最喜欢的人和事……这显然是一项锻炼表达能力和信心的练习。尽管已经吃完"贝狗"情绪理应放松，但她们说话时还是有些紧张，我猜大约是因为有外国人在场。但她们的表达非常认真，她们几乎都说上帝是她们最喜欢的人。只有一个人说她喜欢吉妮和依曼妮，是她俩使她们这些苦恼的人看到了希望，要是有一天她的作品能在《纽约人》发表，她不知要怎样感谢她俩。作为旁听者，我也被邀请作自我介绍。我说我来自中国，我有着与你们不同

222

的语言和肤色。但有一点我们是共同的，那就是我们都是人。实际上每个人都是独特的，每个人都有表达自己的权利，而我喜欢的人就是你们大家。在场的人为我的话而鼓掌，离我最近的那个最年长的女人拥抱我，她们感谢我的发言把这些凌乱的心做了连接，她们愿上帝保佑我。

气氛明显地活跃起来，下面是由依曼妮为大家朗诵事先准备好的几段诗句。她朗诵之后大家还要一同朗诵，这也是授课内容之一，让每个人都沐浴诗的意境：

多么美丽啊，太阳在那儿照耀；
多么美丽啊，我看到了我们人民的心灵……

这些女人眯起眼睛无比虔诚地朗诵着："多么美丽啊，太阳在那儿照耀；多么美丽啊，我看到了我们人民的心灵……"那美丽的太阳或许真有一瞬间在她们心头照耀？

写作练习当然是写作课的重要内容。这时吉妮拿出了一沓图片，她对学生们说，今天我们的写作练习是每人从这些图片中任选一张，假想你与图片上人物、动物或景物的关系，你还可以假想图片上的人物的命运，一座老房子，像你去过的什么地方吗？……然后大家以下列方式表达：诗歌、小说、一封信、日记或者假装你要给某家杂志投稿——写篇散文，关键是你必须发挥你的想象力。现在我给你们二十分钟时间，写出文章提纲并且当众朗读。

最先举手报告提纲已写完的是那位显然精神不太正常的女人。她选择了一张猫的画片，她把自己假想成图片上的猫，她用第一人称来表达这猫的一些想法，她还给猫起了个名字叫做司莫基。她说

华盛顿的"文学疗法"

司莫基来自非洲，亲切而又超然，白天它只是旁观生活，在每天的夜里两点，它去玩电子游戏。它蹦来蹦去自己游戏自己，它想人有人格我也有猫格啊，谁也不知道我的猫格是什么，因为当人们入睡之后我才开始寻求我自己……这个女人，当她表述她编造的这个故事时，她一脸的天真和迷醉。有时候你的确觉得，只有在少数精神病患者的脸上，你才能找见与人类相隔已久的决然的纯净。她的故事也许幼稚，但她的激情却非常真挚，谁又能说那只名叫司莫基的猫身上没有这女人迷惘的过去呢？

又有一些人陆续地朗读了自己的提纲，那个拥抱我的老女人挑选的是帧女人肖像。她坚持说图片上的肖像是个女画家，一生备受苦难终于大器晚成的女画家，因为她的脸上有悲也有喜，使人想到我们也许确实要经历苦难才会产生美妙的艺术。这老女人说她要学习这女画家，她今年快六十岁了，没准儿她也会大器晚成，她有的是苦难，而今她不再害怕它们，因为世界是博大的，比她的苦难大得多……在场的人又开始为这个老女人鼓掌。

写作课结束了，吉妮要大家下次上课把写好的作品带来，她和依曼妮会给这些作品打分，如果文章确有光彩，还会有在作家工作团的文学杂志上发表的可能。我想这种杂志大约类似中国的内部刊物吧。

学生们先于我们离开了地下室，分手时她们一一过来拥抱我，说着吉祥的祝福的话。我也拥抱了她们，想着吉妮跪在地毯上给她们分切"贝狗"的情景，我的拥抱变得自然和亲切。

我和吉妮、依曼妮互相望着，我们似乎都明白在这间地下室里，可能永远也不会有人脱颖而出成为作家，但文学的确在改善着她们的心灵，哪怕只是瞬间的、短暂的。

1995 年春，在美国与小学生合影

曾经有过就应该说值得。

工作团年轻的作家在这样的教学过程中，也接触、了解和理解了形形色色的普通人，这对于日后他们自己的写作，对于磨砺他们敏感、宽广、富于同情的内心，又何尝不是一种货真价实的体验呢？

还记得吉妮也对我说起联邦政府经常检查他们的项目，检查他们授课的表格。吉妮说，一个人通过文学丰富了灵魂，心变得广大起来，心的广大是表格无法显现的。"那些政客，"吉妮也喜欢说"政客"，"他们怎么会有时间和耐心倾听一个普通灵魂的变迁呢！"

我没有再和吉妮、依曼妮多谈，因为她们当晚还要赶去一所医院上课，听说那儿的学生也多是女人，精神有毛病的女人。为什么她们的治疗对象差不多都是女人呢？这使我想到华盛顿患病的男人一定不少于女人，但女人似乎尤其喜欢选择，或者说更加适应用文学的方式表现自己、解脱自己。是女人赋予了文学更多的坦诚、轻信、神经质的纯净和有时候比现实更美的憧憬——这是一个话题，但这个话题显然并不属于这篇文字。

1995

以蓄满泪水的双眼为耳

喜爱一个作家的作品，是不能不读他的自传的。每当我读过那些大家的自传后，就如同跟随着他们的人生重新跋涉了一遍，接着很可能再去重读他们的小说或诗。于是一种崭新的享受开始了，在这崭新阅读的途中，总会有新的美景突现，遥远而又亲近，陌生而又熟稔——是因为你了解并理解着他们作品之外的奇异人生所致吧。读许金龙先生最新译作《大江健三郎讲述作家自我》，即是这样的心情。

这是一部以对话形式展开的作家自传，大江健三郎面对采访者，坦然尽述 50 年作家生涯。他的讲述缜密而细腻，深邃而质朴。你甚至能够听得见他平缓却并不滞重的语调，这使我不断想起和大江健三郎先生两次印象深刻的见面。

第一次是在 2000 年初秋，中国社会科学院外文所为应邀来访的大江先生举办作品研讨会，我和数位作家同行被邀请参会。那时我刚从俄罗斯旅行回来，旅途中阅读的唯一一本小说即是大江先生的《燃烧的绿树》。还记得那天研讨会的气氛庄重、朴素、热烈。大江先生身着典雅、内敛的黑色正装，安静地坐在那里，倾听中国同行对他作品的评价，神情专注而谦逊，还有些许拘谨。当时，正是这些许的拘谨打动了我，我仿佛从中看到了一位真正的文学大师不事表演的心灵本色。给我印象深刻的还有，大江先生婉拒研讨会设午宴，他建议与会者以盒饭为午餐，说这样既简朴又节约时间。于是我们每人都拿到了一个盒饭。写作几十年，我也算参加过一些研讨会，似乎极少经历过盒饭午餐。

第二次和大江先生见面是 2006 年 10 月，我应邀同中国社科院代表团一道，赴东京参加日中文化交流协会成立 50 周年纪念活动。在东京会馆的纪念酒会结束后，大江先生特别邀请代表团一行有半小时恳谈。那天的大江先生仍然是典雅的黑色正装，他比六年前更多了些温和，而且健谈。我们围坐在酒店一隅的一张长方桌边，细心的大江先生还专为大家叫了茶和点心。那天的恳谈，大江先生说起了少年时受母亲的影响阅读鲁迅的小说，说起对鲁迅先生的敬仰。"孔乙己""咸亨酒店"这些名字从小他便熟知。当说到有一次母亲很自豪地告诉他，你父亲会写三种"茴香豆"的"茴"字时，大江先生笑起来。那一瞬间他的笑既开心又天真。他还讲起对钱锺书先生的尊敬，对莫言作品的尤其喜爱。然后大江先生把目光转向我说，"我们的两次见面，你给我的印象是年轻，勇敢。中国的女作家是不是都很勇敢呢——敢于向年长者发问。"和大江先生的年龄相比，我是年轻的。说到勇敢，我想起在六年前的那次研讨会上，会前我和一位文坛前辈的悄声对话一定让大江先生感到有趣，我惊异于他敏锐的观察力。但让我更加感动的，是大江先生对当代中国作家的美好情感和热切期望。我曾不止一次听说，大江先生会在合适的时候亲自率日本的优秀青年作家访问中国，他期待日本的青年作家和中国的青年作家在中国或日本一道旅行，能有更多时间更深入地在旅行中交流文学，畅谈人生。这样的话题使大江先生很兴奋，当谈及这些时，他一扫我在六年前见到的拘谨，他的神情呈现出年轻人的清新和热烈，原本半个小时的恳谈延长至一个小时。就在这时，我仿佛看到了眼前有一棵"燃烧的绿树"。后来，当我阅读大江先生这部自传时，那种既沉静又燃烧的感觉始终伴随着我。

这是一场阅读的盛宴。魅力来自给人的心灵以垂直打击的思想的力量，来自作家对语言和想象力不败的激情与敏感，来自作家既谦逊又自信的对文学永不满足的追问，来自作家精神深处极度绝望中的壮丽希望。生于日本四国森林的大江健三郎，通过他的文学生涯和他的鲜明人生，以穿越时空的刚健而又轻灵的笔触，以彻底的自由检讨的姿态，以对日本、对亚洲、对世界、对人类永不疲倦的严厉的审视与希冀，把他人生中明亮的忧伤、苍凉的善意、克制的温暖和文学中积极的美德呈现给读者。我从中望见了语言的森林，精神的森林，人生的森林。这森林静谧幽深，辽远阔大，丰沛、隐秘的地下水浸润其间，使森林朝气不衰；使绿树能够燃烧，而火焰却让绿树枝叶繁盛。

这是一位深度介入社会现实，奋不顾身地以生命致力于呼唤世界和平的作家，一位在小说艺术上对自己极为苛刻的、在技艺上决不退让的作家，一位用小说的方式，却把诗的沉静的又是荆棘般的锐利植入读者心中的作家。小说何以成为小说？想象力何以诞生，又究竟源自哪里？"神话素"如何在心里养育？要付出多少努力才能追逐到语言的圣性、魅惑，语言的神秘之光？何为大江小说中重要资产的构造？以及作家本人被村子和东京撕裂的人生悲欢的新奇，他的以全部作品和整个人生做赌注，追究战后五十年以来日本的虚与实的不退让之意志……给我印象深刻的还有大江先生在自述中对那些影响了他文学和人生的哲人、学者、作家的由衷敬意。他不仅坦言"作家的实际生活从古典文学里得到了鼓励和救济"，更是谦虚地把自己的长篇小说写作称为训练长篇小说的写作。当我读到大江先生四十多年来，每天夜里都要为残疾儿子光裹好毛毯才入睡时，不禁生出和采访者同样的感慨：大江先生的小说是不可思议的，大江先生的人生同样不可思议。大江先生实在是拥有特殊意志的人，而赋予这特殊意志之力量的人，正是他的残疾长子——光。在日本交响乐团纪念莫扎特诞生 250 周年的《安魂曲》演奏会上，大江先生应邀赠诗一首：

> 我无法从头再活一遍，
> 可是我们却能够从头再活一遍。

也许这就是一个作家独有的对"活"和"生"的"奢侈"见解吧，这是文学和儿子光给予大江先生的悲怆而又强韧的奢侈。这时我还听见了大江先生在他的小说中，借对一位即将分娩的女性的敬慕表达出的对人类未来的新期待："我以蓄满泪水的双眼为耳，倾听那里正无言讲述着的内容，倾听着用既非英语亦非日语，大概是为'新地球'而准备的那种宇宙语言朗诵的叶芝的那些诗行……我感觉你将产下比最新之人更新的人，比任何人都更新的人。"在此，我不能不把这些句子看作是对未来无限明丽而又昂扬的祝福，是文学新景象和伦理想象力的新憧憬。

此刻我也正以蓄满泪水的双眼为耳，倾听大江先生的自述。当我在大江先生的书中看见森林和绿树之后，更知晓了倾听的要紧。仅有"看见"是不够的，你必须有能力倾听才有可能抵达一座森林隐秘的深部。

大江先生在自述中言及少年时，在父亲去世的那一天，他被赋予一种特别的身份：那时村里正流行踩高跷，他被优先请去踩高跷。那是一副非常高的高跷，踩在上面能看到家里二楼的窗子。人在高跷上那突然变形的行走，突然视野的开阔，村子里的景观突然的变样，使敏感的少年大江突然获得了一种奇异的高度。此时我仿佛看见少年的大江有些别扭地踩在高跷上，孤独，倔强，紧张，勇敢。他起步并受惠于森林，而最终，他站在了森林之上。

那其实是一个难以企及的高度。大江先生以他创造的文学的和精神的高度，以他无可比拟的厚度和重量荣耀了日本现代文学，使之呈现出崭新的面貌。同时他的形象已经超越了他的民族，成为整个人类文化财富的一部分。而时光的流逝，将使大江健三郎文学的内在价值和他对社会发言的历史意义得到愈加丰满的凸显。

2008.1.28

2008 年 5 月，在北京接待土耳其作家、诺贝
尔文学奖获得者帕慕克

阅读的重量

　　一般来说，阅读是和文字相关联的。虽然，人们有时也会把欣赏一幅好画说成"读画"。用在这里的"读"，强调的是欣赏的深度了，就此也微妙地点出了看画与读画间的差异。但是，在网络时代，在网页挤占书页，读"屏"多于读书、纸和笔逊位于光和电、机器的规则代替着汉字的规范、数字的操作颠覆了铅字的权威、"输入"代替着书写的潮流中，在"拇指文化"无限深入人群的今天，在消费的欲望热烈拥抱大众的背景下，"读"和"看"的界限似乎日渐模糊起来。入"网"者众，正如那位美国著名诗人的著名短诗："生活——网。"技术的战车把新媒介——数码技术送进人间，使昔日"纸面"凝聚的诸多艺术的神性不断被"界面"的感觉颠覆和碾轧。看图被称为"读图"，而这里的"读"已不再意味着欣赏的深度。眼睛在网上快速、便捷地"暴走"替代着以往细嚼慢咽似的传统阅读，这应该说是阅读的革命之一种。

　　不过我今天要谈的阅读，仅限定在纸面书籍的阅读。因为，虽然网络阅读的分量在今日人们的生活中已不可小视，私下里却总觉得"符码"代替了"物质"的阅读损失的是时间的纵深和历史的厚重。人在获得大面积爆炸性信息的同时，也会有某种难言的失重感。在我纯属个人的体验中，阅读其实是一种有重量的精神运动。不同的年代，阅读在人的生活中也表现出不同的重量。

一、70 年代阅读带给我的重量级冲动

21 世纪初年，有媒体问了我一个问题：让我举出青少年时期对自己影响最深的两本书，只举两本，一本中国的，一本外国的。这提问有点苛刻，尤其对于写作的人。这是一个谁都怕说自己不深刻的时代，如果我讲实话，很可能不够深刻；如果我讲假话，列举两本深奥的书，可那些深奥的书在当时并没有影响我——或者说没有机会影响我。最后我还是决定说实话。我出生在一个知识分子家庭，上世纪 70 年代初是我的少年时代，正值中国的"文化大革命"，那是一个限制阅读的文化贫瘠的时代。我自幼喜欢写日记，在那个年代也还坚持写，只是那时的日记都是"忏悔体"了。我每天都在日记里检讨自己所犯的错误，期盼自己能够成为一个"纯粹的人"。实在没有错误，甚至会编造一点写下来。就是在这样的日子里，我偷偷读到一本书，是法国作家罗曼·罗兰的《约翰·克利斯朵夫》。记得扉页的题记上是这样两句话："真正的光明决不是永没有黑暗的时间，只是永不被黑暗所淹没罢了；真正的英雄决不是永没有卑下的情操，只是永不被卑下的情操所屈服罢了。"这两句话使我受到深深的感动，一时间我觉得这么伟大的作家都说连英雄也可以有卑下的情操，更何况我这样一个普通人呢。更重要的是还有后面一句："永不被卑下的情操所屈服罢了。"这两句话震撼了我，让我很想肯定自己，让我生出一种从不自知的既鬼祟又昂扬的豪情，一种冲动，想要去为这个世界做点什么。所以我说，《约翰·克利斯朵夫》在文学史上或许不是一流的经典，但在那个特殊年代，它对我的精神产生了重要影响，我初次领略到阅

读的重量，这重量击碎了我精神上的某个死结，同时给了我身心的沉稳和力气。另一本中国的书，我选了《聊斋志异》。在那个沉默、呆板和压抑的时代读《聊斋》，觉得书中的那些狐狸，她们那么活泼、聪慧、率真，勇敢而又娇憨，那么反常规，作者蒲松龄有那么神异、飞扬的想象力，为我当时有限的灰色生活开启了一个秘密的有趣味的空间。

我的一位亲人，在同样的时代背景下，在从城市到乡村接受再教育的岁月里，劳动之余，倚靠着田野上的草垛通读了马克思的《资本论》和《列宁全集》，那些大书陪伴他度过了沉闷的青春期。问他当时为什么读它们，他只说是因为喜欢。

今天想来，类似上述的阅读实在是一种无功利心的自发性之举，因其自发性，所以也没有预设的阅读期待，那不期而至的阅读收获便格外宝贵和难忘。难忘的还有一种沉入心底的重量，这重量打击你，既甜蜜又酣畅。

二、群体性的阅读兴奋在80年代

上世纪70年代末到80年代末，随着改革和开放，中国大陆曾经呈现过一种集体性的阅读大潮。文学一马当先，率先为压抑太久的国人搭建了一条宣泄情感、寄托热望的通道。

曾经出现过千百万人奔走相告，争读一篇小说的时光。也曾经有人在图书馆把喜爱的又十分抢手的一部几万字的小说手抄下来，为的是可以反复阅读。让人想起"文化大革命"中在民间流传的那些手抄本小说：《第二次握手》《一双绣花鞋》，甚至还有大仲马的《基度山恩仇记》……那时你走在街上，看到排队的人最多的地方一定是新华书店。用如饥似渴来形容当时中国人对阅读的热望实在是不过分的。这是一种集体狂欢式的阅读运动，山河依旧，百废待兴，精神世界愈加活泼，阅读的领域也快速扩大。除了文学，人们还迫切需要用各种新知识充实自己，武装自己，获得机会，改变命运。正所谓开卷有益。中国自古便有崇尚读书的传统，"头悬梁，锥刺股"的典故在 80 年代亦有重演。我认识的一位记者当年是煤矿工人，他就是在挖煤的间隙，在阴潮、黑暗的坑道里，借着安全帽上的矿灯，苦读了上百本中外名著。也还有不计其数的大学生，因为珍惜来之不易的学习环境，夜夜超负荷阅读，造成终生眼疾。

我不曾对那时的新华书店做过销售调查，但我相信那时积压在货架上卖不动的书一定和今天不成比例。我常常怀念 80 年代，并非因为那特殊的历史背景给了中国作家一种空前的却并不牢靠的特殊地位，我怀念的是整个社会对待阅读的那份诚恳和郑重，以及带有几分纯真的激情。有学者曾经这样说：一个民族对文学的亲近程度，决定着这个民族整体素质的高低。这里我想说，一个民族对阅读的亲近程度，决定着这个民族整体素质的高低。

群体兴奋的 80 年代阅读，在中国人的生活中占有相当的比重，它不再是 70 年代被限制的阅读贫困，却更多自觉进攻的色彩，它所饱含的重量也和 70 年代不同，它显得有设计，也有预期。它光明正大，来势猛烈，因此这重量甚至是有声音的，它铿铿作响，使中国 80 年代的文化品质有了某种异乎寻常的嘹亮音色。

三、阅读的无用之用

如前所说，阅读是有重量的，这重量让我们对阅读的重要毫不怀疑。阅读对人的功用也是显而易见的，所谓"读书破万卷，下笔如有神"，只道出了读书对写作者的要紧。但当我们凝神于阅读那"重"的一面时，其实也不该忽略阅读的"轻"。这里我想起季羡林先生的一段话。前不久一位领导人看望季老，问起他正在研究什么，他说研究东方文学。这位领导人问：您这样大年纪，研究东方文学有什么用呢？季老回答说，世上有很多的学问，不一定是立刻有用的。但是对有些人来说，知道也很重要。有些学问是你应该知道的。我以为季羡林先生的话其实是很深奥的，由此想到阅读重量里那"轻"的成分。

新世纪的今天，我们的阅读和 70 年代、80 年代相比，已经有了诸多变化。市场销售最好的书往往更靠近生活的实用：农业科技、家庭医学、足球、赛车、房地产、保健、养生、美容、时装、烹饪、武术、花卉、商战、证券、股票……书海已经茫茫。这样的阅读看上去已不再承载精神的重负，但却更加直奔主题，要的是立竿见影。这与我所说的"轻"仿佛还有差别。

我所说的"轻"包含了阅读那"无用"的一面，也许是真正意义上的阅读心境的解放。萨达姆在他最后的时刻，在他那个两平方米的小牢房里，他的枕边放的是陀思妥耶夫斯基的《罪与罚》。我想一个人在那样的时刻，当他想到自己灵魂的时候，恐怕不会放一个钱包在枕边，对着一个钱包来解决灵魂的问题。虽然阅读《罪与罚》也无助于对他生命的挽救。也还听说过这样的事：西班牙总

阅读的重量

统前不久发布了一道命令，政府免费赠送西班牙公民每人一本《堂吉诃德》。秘鲁有一个小城市，那里的警察性情特别暴烈，市民很有意见。市长没有给那些警察任何处罚，他用了一个软弱而无用的办法：给他们放了三天假，同时赠给每人三部文学作品，希望他们在假期里读完。警察们读了这些书以后，性情竟有了改变，对市民的粗暴态度亦有所缓解。我并不知道他们读的是什么作品，也许在不经意的阅读中他们想到了他人的存在，还看到了生活的美好、温暖以及自身的价值……这便是阅读的无用之用吧，它内在的文化含量并没有因表面的"无用"而打折扣。这里的"无用"本身便是作用了。

我不想用上述小事夸大文学的力量，而且阅读文学作品似乎又是所有阅读品种里最无用的一种，尤其在今天。国内仅长篇小说就达到年产一千余部。在今天，重要的已不是无书可读，而是选择什么样的书来读。正像有人说的：选书好比选朋友。但我始终相信，若说这样的阅读是一种文化现象，这种文化现象最大的效益就是对人心的滋养。如果经济是酒，那文化也许是茶，或者是水。文化给人的力量正像"无用"的阅读给人的力量那样，它不是打击型的嵌入，更多的是缓慢、绵密、恒久的渗透，而酒是让人亢奋的。一位文化老人曾经谈到茶的好处，说是古往今来，只听说过酗酒闹事，还没听说过饮茶杀人。因此他说茶能促进社会和谐。

阅读的重量有时在于它的"重"，有时却在于它的"轻"。这"轻"不是轻浮，这轻的滋味如同徐志摩诗中的几句："悄悄的我走了，正如我悄悄的来。我挥一挥衣袖，不带走一片云彩……"然而一切都有痕迹，我们沉重的肉身会因某些时刻"无用"的阅读而获得心灵的轻盈和洁净。这样的阅读不是生存甚至生计的必需，但它何尝不是一种更高的境界呢？这种自然存在的阅读状态，可能比故意的强迫阅读或者故意的淡漠阅读都更能体现人生的精神价值吧。

作为一个写作的人，似乎也就在阅读所呈现的不同重量里找到了自己相对永恒的信心。——当然，这已经是另外的一个话题。

2007

爱与意志

因为知道秋天要来西班牙，所以格外注意有关西班牙的消息。最近我读到一篇关于西班牙人喜欢写小字的文章。文章说，很多西班牙人都喜欢把字写得很小，并不是为了节约纸张，而是觉得写小字给人一种很认真的感觉。写文章的人还说，包括在信封上写地址，西班牙人都会写在一个很小的角上，让人仔细寻找。这叫我想起今天在座的塔西雅娜·费萨克（Taciana Fisac）女士，她的中文名字叫费丽，她也是我的中篇小说《没有纽扣的红衬衫》的西班牙文译者。上世纪八十年代，我们因为我的这部小说而认识。那时费丽女士在北京大学读书，为了我这个小说的翻译，她不仅给我写信，还专程到当时我生活的城市与我见面讨论细节。后来《没有纽扣的红衬衫》单行本在马德里教育出版社出版，而我与费丽一直没再见面。老实说，今天我已经不记得费丽来信的字是否写得特别小，我记住的是她的温和、沉静和对文学的虔敬之心。

虽然我没有在费丽那里找到写小字就意味着认真的凭据，却还是下意识地用西班牙人的见解（假如这真是西班牙人的见解）比照了一下我的写字习惯，结果我发现，我的字写得可不算小。那么，这是不是表明我是个不认真的人呢？我当然不愿承认。在中国，也有从字体看性格的一些说法，比如字大而有棱角可能是个性强硬；字体龙飞凤舞可能是为人马虎；而写字过小就很可能是心胸狭窄、处事小气——这与西班牙人的见解正好相反。按照中国习惯，我的字体倒并不说明我做事不认真。但有了这样的证明，我仍然尝试着把字尽量写小一点，我发现这的确需要一笔一画地用心，速度也就慢了下来。那阵子我用写小字来做读书笔记，看上去字们果然秀气了许多。但不出几天，笔记本上的那些字又大如当初了。忽然想起中国有一种名叫微雕的艺术，艺人能在一颗米粒上雕刻出一首中国唐代诗歌，欣赏者则需用高倍放大镜才能辨认。我暂且不对这种艺术发表评论，只是对自己的恢复"大字"习惯有种解放了的快感。

我承认自己写不好小字，我曾在一部长篇小说里写一个男人用极小的字和极大的激情给情人写信，不是为了表示此人认真或者暗示此人小气，只是写他为了邮寄情书时不至于显得信封太厚——那是没有电脑的时代。所以他要用他的小黑字填满信纸的每一寸空白，他要把一张张白纸写黑。举出这个例子时我意识到，无论西班牙的"小字认真"之说，还是中国的"小字心胸狭窄"之说，都只能算是两种不同文化的积淀所生成的对人的性情的大概其之划分，而文学所要抵抗的，恰恰应该是这种对人的性情成批分类的"大概其"。

我喜爱的一位中国作家在访问过西班牙后曾经写道："比起日本的文化暧昧，西班牙的色彩浓烈而鲜明，它的脉络刀砍般清楚。它好像欧洲之家的坏孩子，不修边幅，粗拉随便。它的每一项风俗都呈着异色的面相，每一个故事都纠缠着世界史的纲目。它是东方与西方的真正边界，它有让人感动的野性的大自然，那么多峥嵘的危山险壑都拥挤在一个半岛。美感逼人的男子和女人在那儿忙碌着……"他还写到了胸腔共鸣的西班牙语，那朗朗上口的恼人魅力。我这里还可以举出堂吉诃德和卡尔曼。"疯癫"的堂吉诃德和自由至上的、手打清脆的能引起动乱的檀木响板的卡尔曼，他们也会是拘束起自己，写一手小字的人吗——可也真说不定。而我，正因为看到了这篇西班牙人喜欢写小字的文章，也从另一个角度发现，我们对自己以外的另一种文化的丰富、深厚和微妙，永远所知甚少，表述起来更显得词不达意。前不久我在北京的国家大剧院欣赏歌剧《卡门》，扮演卡尔曼的著名演员来自美国。她的音质和演唱充满魅力，但她的表演过于突出情色和肉欲。在我看来，这其实同卡尔曼干脆而决绝地追求生命自由的形象是有出入的，有悖于她那狂放的不认输的美。当然，我这论断也只是一个中国读者的感受。

说到狂放的不认输的美，我还想提到堂吉诃德的另外两位老乡——毕加索和达利。达利和毕加索齐名，他们都是单枪匹马闯荡国际艺坛，最终成为二十世纪欧洲主要绘画流派的巨头。和毕加索有所不同的是，达利那些狂傲不羁、带有噱头意味的言论留给世人的印象，和他那些华美壮丽、闪烁着飞腾般热情的怪诞杰作留给世人的印象同样强烈。达利说："毕加索是西班牙人，我也是；毕加索是天才，我也是；毕加索举世闻名，我也是。"达利说："当爱因斯坦去世之后，活在世上唯一的天才就是达利。"达利在阐明自己的绘画思想时宣称："在绘画天地中，我全部的野心，在于以最明确坚定的疯狂态度，把那些具体而非理性的幻象加以形体化。"达利最具达利式的一句话是："我和疯子最大的不同就是我没有疯。"

达利没有疯，他那来自地中海的西班牙式的热情和精力过剩的种种作为，令很多人觉得不可思议。当他很早成名之后，除了绘画，他写小说、写散文、设计珠宝，给名导演希区柯克的电影做美术设计，为钢琴家鲁宾斯坦的住宅做室内装潢，为纽约第五大道的百货商店设计橱窗，定期给家乡热爱绘画的孩子们做指导，不断在全球办个人画展，不放过任何当众演讲的机会……有一次为了给自己的画展造势也为了强烈吸引观众，他在开幕式上把自己装进一只箱子然后让箱子悬至空中，他在观众的惊呼当中从箱子爬出，像是神话宝盒里飞出的一个宝贝，又像是天才真的从天而降。他也因此被同时代的许多艺术家斥为俗不可耐的小丑。但在达利看来，世界上没有任何一位天才能够不经宣传而直上云霄。宣传这种东西就像语言一样古老。古希腊的诡辩家，早就能纯熟地运用宣传的伎俩，经常利用人情绪性的激动来达到目的。达利的炫耀的正面效果毕竟大于负面效果。他成功地扩展了他在各方面的影响力，这景况的负面效果是，盲目热情和对他的指责，都阻挡了人们对他的艺术价值的更深层次的理解与认识，人们没有沉着的耐心去估量达利艺术的优异与珍贵。天才意识和达利同样强烈的普希金，也曾有著名的抒发骄傲的诗句：

> 我为自己建造了一座非人工的纪念碑，
>
> 在人们去往它的路上，
>
> 青草不再生长……

　　普希金的骄傲葆有一种优雅的含蓄，达利的骄傲则呈现一种彻底的霸道。

　　达利在油画《记忆的延续》（1931年）中对那块著名的"软态表"或说"软体表"的创造，据他说是受了餐桌上一块奶酪的启发。但我想这启发的背景必然源于达利所处的时代。在往昔，信念是强烈的不含糊的，人类的最后命运已被描绘出来；但今日，命运是不确定的，世界的谜样特点比往昔任何时候都要突出。软态表更

爱与意志

能暗示时间那既不能消失又无法把握的残忍。它有些滑稽，却不是玩笑。它可能是一种带有悲悯色彩的对达利时代的怀疑和质问。

达利让人惊异，即使没有受过训练的眼睛，也会被他在画面上创造的景象——那巨大的、非理性的，却比现实更加逼真的梦的魅力所震撼。1926年，二十二岁的达利初次来到巴黎，当他登门拜见心仪已久的已出大名的毕加索时，兴奋地对毕加索说："我在造访卢浮宫之前，先来拜访您。"而毕加索也毫不客气地回答说："你做得对。"然后达利请毕加索看自己带来的作品，毕加索默不作声。毕加索请达利看自己的作品，达利也默不作声。离开毕加索之后，年轻的达利对朋友说，当提到"天才"一词的时候，他想到的是毕加索。但也就是在这次见面后，一直受着毕加索立体主义影响的达利，断然决定离开立体主义。讲到这里，我想到了我演讲的题目：爱与意志。

对于多数作家来说，写作是出于对文学的爱，因为没有人强迫你写作，就像没有人强迫毕加索和达利画画。成功的艺术家成功的路径千差万别，但有两点是他们必备的，那就是爱与意志。美国哲学家罗洛·梅在他的《爱与意志》一书中说："爱与意志之所以能相提并论，是因为二者是人的存在感中最重要的两个方面，二者都是面临选择的行为。没有爱的意志只是一种操纵；缺乏意志的爱，必然只是一种无谓的伤感。"在经济全球化的今天，如果作家对文学的爱不曾减色，那么意志却可能随时面临着机遇和挑战。

经济的全球化和信息技术的发达，使人们虽然身处地球的不同角落，但是通过卫星电视我们能够同步收看到全球的新闻与节目，通过因特网我们可以了解全球的最新信息与资讯，通过 E-mail、QQ、MSN，我们可以与世界各地的亲友即时联络。一方面，地球正变得越来越像一个村子，经济上早已是你中有我，我中有你；另一方面，在这个村子里，操持着各种语言，秉承着各种文化的人们，是否开始经历自己的语言和文化被"他者"吞噬的惶惑？

在我看来，也许这惶惑大可不必。因为东西方文学艺术之间的借鉴、交流、融合与共生其实从来就没有停止过。我是中国新时期成长起来的作家，也是当今仍在坚持写作的作家群体中的一分子。这里所说的新时期特指从1978年中国改革开放到今天的这三十多年间。我亲历了新时期文学那段轰轰烈烈潮流更迭的日子。改革开放之初，中国作家面对各种文艺思潮的涌入，似久旱逢甘霖般的狂热，现代西方的各种文学理论、思潮流派和创作手法，在中国都得到了不同程度的展示和演练，仅仅几十年，中国的文学理论界就匆匆走过了西方文学理论界一个世纪的历程。这是历史给我们的机遇。当代中国文学在此影响下，吸收了西方文学思潮和文学流派的精华，也涌现出了许多好的作家与作品。有见地的中国作家通过这样的学习借鉴，更加自觉地回到自己，并创造性地拓展了自身的独异面目。文学和写作使我知道，不论东方与东方之间还是东方与西方之间，不论我们的文化传统有多少不同，我们的外表有多大差异，我们仍然有可能互相理解，并互相欣赏彼此间文化的差异。就像我对西班牙人喜欢写小字的留意；就像许多中国人在今天仍然对堂吉诃德记忆犹新，为他那为幻想中的理想而战的疯狂与执着，悲凉与欢悦；就像毕加索的立体主义虽然深远地影响了西方现代艺术，但他却坦言非洲黑人雕刻和中国木版年画对他的强烈影响。

同时我还想说，文化毕竟不同于经济，尊重文化的差异性和独立性，尤其是经济全球化背景下的我们必需的文化情怀。尊重差异、包容多样，一个民族的文化才能永远葆有它的活力。而一个写作者，更应该对自己的视野保持足够的警觉。我感到，外来的影响就像是空气，它不断刺激着我的思维，它可以激活一些我沉睡的生活库存，却永远不可能变成我的生活，更不能代替我的写作资源。我曾经看过西班牙电影《戈雅》，影片主人公，十八世纪西班牙大画家戈雅的面孔是从一头被剖开的公牛那血淋淋的内脏里幻化出来。了解戈雅的不凡一生以及他对于整个西班牙的意义的观众会对此拍案叫绝，但我相信，假如中国拍一部中国大画家齐白石的电影，多半不会让齐白石的脸从公牛内脏中凸现。这是文化的差异，这样的差异值得捍卫。文学和艺术尽可以表现生活中的各种表演，但是作家应该避免表演生活。达利为什么会断然离开他的老乡毕加索？即使他们享有同一种文化背景。那是达利的爱与意志使然。他全盘模仿了毕加索，便是另一种意义上的表演生活。一种取巧而马虎的"大概其"，一种删除了达利个人面目的噩梦。老乡之间尚且如此惧怕相似，更何况不同民族之间呢。

我们处在一个缺乏细节的时代，文学尤其需要作家在这个时刻积攒起爱与意志，以抵抗心灵和肉体的"大概其"。对文学而言，世界上的每一个人都是独特的。我们应该有勇气和耐心去打量人心的细部，去发现生命那响亮的光芒，去表达对人类永远的眷顾与体贴，去挖掘对世界更深沉的理解，去张扬我们精神疆域中那不认输的美。

很多年前，一位年老的女作家给我讲起过她的初恋。那是中国的抗日战争年代，她是八路军中一名十四岁的战士。她暗恋着一个大她几岁的士兵，当时他们的部队驻扎在一个村子里。一天那士兵被派去前线，她和战友们去送。她知道他很可能一去不回，却没有

铁凝散文

能力也没有勇气说出她心中汹涌的爱和巨大的悲伤——她毕竟不是梅里美笔下的卡尔曼。她和卡尔曼完全不同，她对异性的暗恋是一种隐忍的激情。她甚至从没有单独和那士兵在一起。她就那么走在人群后边，沿着村口一户农民家的院墙一直到村外。那是中国北方农村常见的一种"干打垒"土墙，她一路走着，一边下意识地用大拇指在土墙上深深划着，一直划到土墙尽头，一直到那士兵消失在原野上。后来士兵牺牲了，这女孩子每天都到村口去看土墙上被她的指甲划出的那道深痕，土墙上那条长长的划痕便是她的初恋。半个多世纪过去了，年过八十岁的女作家告诉我说，即使在今天，每当想起初恋，她的大拇指仍然会升腾起一种灼热。我记住了那灼热的大拇指，那是独属于这个女作家的简朴而诚实的爱。而这样一种隐忍的纯情，我相信不同民族的听众都能够理解，因为这是人类的心灵能够共同感受到的东西。

当我在书桌前坐下拿起笔，有时会莫名其妙地想起这位作家的初恋故事。进而相信，如果作家的语言和感情是不诚实的，如果作者是在做作，如果他是在写他并不真正关心或相信的东西，那么也没有人会关心他的作品。不论那读者是你的老乡，或者是生活在异邦。而当这种不愉快的景况出现时，我们决不能推卸责任般地去怪罪"这都是全球化惹的祸"。如果全球化的确正在挑战我们的神经，写作者要警惕的是爱与意志的黯淡和妥协。在这时，"西方至上"或狭隘的民族主义对文学的发育和进步都没有益处。在全球化的喧嚣中，我们应该有勇气重振爱与意志，写下有体温的字，如同那位女作家讲述过的灼热的拇指，那儿有生命的质感，有作家活生生的个人面目。

最后再提一句达利。虽然我并不欣赏他的那些噱头和他那工于心计的自我扩张，但我仍然尊重他作为艺术家的鲜明、果决的爱与意志。他多次说过他和疯子最大的不同就是他没有疯。其实，也许真正的艺术家多少都有点发疯的特质，也许艺术的确能够使人发疯，那么，也正是古往今来被我们共享的文学和艺术抑制了人类的疯狂。

2010. 11

（此文为作者在首届中国—西班牙文学论坛上的演讲）

山中少年今何在

——关于贫富和欲望

　　不久前我看了北京人艺的一出话剧，名叫《窝头会馆》，编剧是中国非常优秀的作家刘恒。有人问起作者这出戏的主题，这让刘恒感到发窘，于是他说主题就是一个字：钱。如果"钱"显得直白，换个含蓄一点的说法是：困境。

　　正是"困境"这个词打动了我，让我想到第二届东亚文学论坛的主题之一：贫富和欲望。这几乎是一个当今人类社会无法回避的大问题，因为有人类就有贫富和欲望，有欲望就有困境。而人作为生物界的高级动物，所面临的困境更为复杂。"外在的困境是资源短缺，内在的困境是欲望不灭。"这也是刘恒的话。

　　面对一个大的命题，我常常感到自己叙述起来的力不从心。那么，不如就让我从小处开始，从我的一个短篇小说讲起。

　　二十世纪八十年代初期，我写过一个名叫《意外》的短篇小说，这是迄今为止我最短的小说，一千个字，汉字排版一页半纸。有时候我也会像刘恒那样被朋友问道：你这个小说是写什么的？为了简便，我常用一句话表述，我说这大概是一个关于困境和美的故事。小说大意是这样的：二十年多前中国北方深山里的小村子台儿沟，很少有人家挂照片，因为很少有人出去照相。镇上没有照相馆，去趟县城，跋山涉水来回五百里。谁家要是挂张照片，顿时满屋生辉，半个村子也会跟着热闹几天。小说主人公山杏的哥哥来信向家里要张"全家福"照片，信中特别提到，最想念妹妹山杏。他在南方一个小岛上当兵已经两年，走的时候山杏才八岁。接到哥哥的信，山杏就催爹妈去县城照相，从春天催到秋天。后来，摘完了核桃、柿子，山杏一家终于决定远征县城去照相。那天晚上山杏一夜没睡好，看妈在灶前弯着腰烙饼，爹替她添柴烧火。他们用半夜的时间准备路上的干粮，如同过年一样。天不亮，他们就换上过年才穿的新罩衣，挎起沉甸甸的干粮篮子出了村。他们搭了五十里汽车，走了二百里山路，喝凉水、住小店，吃了多半篮子干饼，第三天才来到县城。他们找到了照相馆，照相师傅将他们领进摄影间。当满屋灯光哗的一下亮了起来，当高楼大厦、鲜花喷泉之类的他们从未见过的华丽布景把这一家三口人包围时，他们甚至来不及惊叹，照相已经开始。在照相师傅的指挥下，他们努力把自己坐端正，同时大睁着眼睛向前方看去。随着灯光哗地灭掉，这隆重的事件，几乎一瞬间就结束了。半个月后，山杏爹从村委会拿回一个照相馆寄来的信封。山杏抢着撕开封口，里面果然有张照片。但这张照片上没有大睁着眼睛的山杏一家，照片上只有一个人，一个正冲他们全家微笑的好看的卷发姑娘。第二天，山杏家的墙上挂出了这张照片，照片上的姑娘冲所有来参观的人微笑着。有人问起这是谁，爹妈吞吞吐吐不说话，山杏说，那是她未来的新嫂子。

二十多年前我是一家文学杂志的小说编辑，有时候我会在小说《意外》那样的深山农村短暂地生活，或者说"采访"。在一个名叫瓦片的村子里，我在"山杏"的家里住过。那一带太行山风景峻美，交通不便。村子很穷，土地很少，河滩里到处是石头。因为不能耕种小麦，白面就特别珍贵，家里有人生重病时，男主人才会说一句：煮碗挂面吃吧。我却被当成贵客款待。山杏的母亲为我煮挂面，煎过年才舍得吃的封存在小瓦罐里的腊肉。当我临走把饭费留

铁凝散文

下来时，他们全家吃惊地涨红了脸，好像这是对他们的侮辱。在这个家庭，我见到了被常年的灶烟熏黑的土墙上挂着唯一一张城市年轻女性的照片，就是我写进小说里的那一张。有位德国作家说过，变美是痛苦所能达到的最高境界。那么山杏一家对这陌生照片的态度，就是把困境变成了美吧？还有善良。

二十年之后，小村庄瓦片已是河北省一个著名旅游风景区的一部分了，因为铁路和高速公路铺了过来，一列由北京发车的火车经过瓦片通向了更深的深山。火车和汽车终于让更多的外来人发现原来这里有珍禽异兽出没的原始森林，有气势磅礴的百里大峡谷，有清澈明丽的拒马河，从前那些无用的石头们在今天也变成了可以欣赏的风景，而风景就是财富的资源。我曾经为了自己一部电影的拍摄再次来到这山里，电影里需要深山农户的院落，我毫不犹豫地向导演推荐了山杏的家。我看见从前的瓦片村民大多开起家庭旅馆，山杏们有的考入度假村做了服务员、导游，有的则成为家庭旅馆的女店主。她们不再会为拍一张照片跑几百里地，旅游景点到处都有照相的生意。她们的眼光从容自信，她们的衣裳干净时尚，她们懂得了价值，也知道谈论信息。当我向她们打听一个更远的名叫"小道"的村子时，山杏们优越地说："哼，小道呀，知道。他们富不了，他们没信息！"瓦片和周边的村子都富了，在这些富裕起来的村庄里，也就渐渐出现了相互比赛着快速发财的景象，毕竟钱要来得快，日子才有意思。就有了坑骗游客的事情，就有了出售伪劣商品的事情，就有了各种为钱而起的"嚼清"。

那一次导演对我的推荐很满意，山杏家几乎原封不动地成了电影里女主角的家。制片主任问我场地租金怎么算，我想起从前山杏一家的纯朴，有把握地说，你就随便给吧，他们不会计较。但事情并不似我的预料,当我回到我的城市后,曾很多次在家中接待瓦片的房东——山杏的爹。因为有了汽车、火车、电话,因为有了信息,遥远的山杏爹总是能够快速把我找到并申诉摄制组付他报酬的不合理。比方他说摄制组用墨汁把他的新房的白屋顶刷成了黑色;大灯把院里一棵石榴树烤成了半死;为了剧情需要他们还往河里摔过他的羊,摔了一次又一次,五只羊被摔得十天站不起来……这都是钱啊,可他们都没给钱。我一次次放下手中的写作帮助愤怒的山杏爹向摄制组要钱,心中却时有恼火:要是没有火车呢?一切不是单纯得多吗?交通、通信和旅游业给瓦片带来了财富,同时也成为一种运载欲望的挑衅的力量。现代化的强大辐射面对封闭的山谷,是有着产生这种力量的资格的,虽然它的挑衅意味是间接的,不像它所携带的物质那么确凿和体面。并且我始终认为,它带给我们的积极的惊异永远大于其后产生的消极效果。

那么,现代化和市场经济在进化着乡村物质文明的同时,也扮演了催生欲望的角色。商业文明的到来和它"温柔的挑衅"使未经污染的深山农人的品质变得可疑;没有它们的入侵,贫苦的山杏们的思维逻辑将永远是宽厚待人。可我想说,这种看似文明的抵抗其实是含有不道德因素的,有一种与己无关的居高临下的悲悯。贫穷和闭塞的生活里可能诞生纯净的善意,可是贫穷和闭塞并不是文明的代名词。谁有权力不让山杏们利用大山的风景富裕起来呢?谁有权力不许一个乡村老汉跳上火车去找人"投诉"亏待了他的摄制组呢?其实当我在这儿比喻火车是催生欲望的角色时,蒸汽机火车已经从中国全面退役成为我们时代的一个背影;内燃机车、电气机车也不再新鲜。几年前上海就已经出现标志着国际领先技术的磁悬浮列车。在这个人类集体钟情于速度的时代,那个仿佛不久前还被我们当成工业文明象征的蒸汽机车，转瞬之间就突然成了古董。蒸汽，这种既柔软又强大的物质，这个引发了第一次工业革命、启动了近现代文明之旅的动力也就渐渐从领先的位置上消失了。当它的实用功能衰弱之后，它那暖意盎然的怀旧的审美特质才凸显出来。问题是，当今世界，早已先期享受了工业革命那实用功能所带来的诸多物质进步的人们，谁又有权力为了个人今天的审美愉悦，去对那些大山里的山民们说，我们可以富，但你们却不行呢？

我在这时想起一个深山里的少年。上世纪九十年代，一个初秋的下午，我在一个名叫小道（向山杏们打听过的小道）的村子里，顺着雨后泥泞的小道走进一户人家，看见在堆着破铁桶和山药干的窗台上靠着一块手绢大的石板，石板上歪歪扭扭地写着三行字：

太阳升起来了，

太阳落下去了，

我什么时候才能变好呢？

问过院子的女主人，她告诉我这是她九岁的儿子写的。我又问孩子是否在家，女主人说他割山韭菜去了。那天我很想看见这个九岁的深山少年，因为他那三行字迹歪扭的诗打动了我——我认为那是诗。那诗里有一个少年的困境，愿望，他的情怀和尊严，有太阳的起落和他的向好之心。那天我没有等到他回家，但我一直记着石板上那三句诗。今天那个少年早已长大，或许还在小道种地，或许已经读书、进城。假如在新世纪的今天，我把他的诗改动一个字，变成"太阳升起来了，太阳落下去了，我什么时候才能变富呢"，我还会认为这是诗吗？

与其承认这还是诗，不如承认这是合理的欲望。如同十六世纪葡萄牙诗人在欢迎他们的商船从海上归来时那直白的诗句："利润鼓舞着我们扬帆远航……"

"利润"这字眼嵌入在诗行中看上去的确令人尴尬，但文学的责任不在于简单奚落"变富"的欲望，因为变富并不意味着一定变坏，而"变好"并不意味着一定和贫穷紧紧相连。文学在其中留神的应该是"困境"。贫穷让人陷入困境，而财富可能让人解脱某些困境，但也有可能让人陷入更大的困境。最近我在一篇讨论当代中国乡村的价值变化的文章中读到，消费经济时代的突然降临让许多没有足够心理准备和文化准备的村民，无暇也无力去做其他可供想象的人生筹划。多挣钱以确立存在地位的欲望压倒了这些，他们被迫卷入人与人之间一场财富竞赛的长征：争盖高楼，喜事大办，丧事喜办，以丧失尊严来换取以为的"面子"。中国中央电视台曾经报道过南方一些农村，有人在办丧事时请戏班子跳脱衣舞，因为花得起钱而在邻里间"挣足了面子"。这让人瞠目，让人想到说的虽是村民但又何止村民？我的一位北京亲戚，当年住在四合院一间三平方米的小屋里，如今他在为自己选购汽车时，打开一款已属高档车的车门，竟皱着眉头不满地连声说，"后排座间太小，空间太小！"所有这些，更让人思考一个国家在富强的崛起时，文明在何处以何种面目支撑。文明是对人之所以为人的制度性守护，是对人性尊严所必需的自由平等的捍卫。这也正是其价值魅力所在。

生活在前进，高科技日新月异。人类的物质文明在过去两百多年里发生的变化远远超过了之前的五千年。但我们也应该看到，相对于人类有文明史的五千年，两百多年的时间还是太短了些。更何况，若从非洲南方古猿走出森林开始，人类生理和心理的进化至少已经历了五百万年。有人类学家称，几乎所有人都对蛇有与生俱来的恐惧，源于人类祖先早年在丛林中生活，无数代人与蛇共处，很多人失去生命，因此已把这种警觉融入人类的基因代代遗传。当两百多年的进步使人类仿佛已经成为这个星球唯一主宰的时候，我们是否真正知道欲望将把自己带往何方？我们是否真正明白自己造成的这所有变化的结果和含义？人类恐怕还要有更漫长的时间去领悟，以让灵魂跟上变化的脚步。今天，我们对世界的理解不断加深，我们的生活水准不断提高，我们的物质要求也一再地扩大，虽然我愿意赞美高科技带给人类所有的进步和财富，但我还是要说，以财富和物质积累为核心诉求的变革，不能仅仅成为一种去伦理、去道德、去乌托邦的世俗性技术改革。巨大的物质力量最终并不是我们生存的全部依据，它从来都该是更大精神力量的预示和陪衬。这两种力量会长久地纠缠在一起，互相依存难解难分。它们彼此对立又相互渗透，构成了我们内在的思想紧张。而文学要探究的领域，也应该包括这种紧张。

为什么我常会心疼和怀念瓦片村的山杏和她的一家？为什么处在信息时代的我们，还是那么爱看电影里慢跑的火车上发生的那些缠绵或者惊险？我不认为这仅仅是怀旧，我想说，当我们渴望精神发展的速度和心灵成长的速度能够跟上科学发明和财富积累的速度，有时候我们必须有放慢脚步回望从前的勇气，有屏住呼吸回望心灵的能力。就这个角度来说，文学最深层的意义和精神可能是保守的——即使以最先锋的形式呈现出来的文学。保守或许对科技创新有害，但在善与恶、怜悯与同情、爱与恨、尊严与幸福……这些概念中，并不存在进步与保守的问题。因为永恒的道德真理不会衰老，而保卫和守望人类精神的高贵，保卫和守望我们共同生存的这个星球的清洁与和平理应是文学的本意。在人类的欲望不断被爆炸的信息挑起、人类的神经频频被信息蹂躏的物欲时代的喧嚣中，文学理应发出它可能显得别扭的、困难而保守的声音，或许它的"不合时宜"将是真正意义上的先锋！也因此，文学将总是与人类的困境同行。也因此，文学才有可能彰显出独属于自己的价值魅力。

> 太阳升起来了，
> 太阳落下去了，
> 我什么时候才能变好呢？

　　我还是记起了深山少年写在石板上这简单的句子，因为这里有诚实的内心困境，有稚嫩的尊严，更有对"我"的考问和期待。"我"是充满欲望和希望的少年，少年是人类世界的未来。
　　人什么时候、怎样才能变得更好呢?！

2010. 6. 19
（此文为 2010 年 12 月作者在第二届东亚文学论坛上的主题演讲）

　　2010 年 12 月 2 日，东京，应日本作家大江健三郎夫妇邀请，在大江先生家中做客。大江请铁凝看他的长篇小说手稿

胡同在左，棉花地在右

　　这次中法文学论坛的主题是"今天的文学土地"。在谈文学土地之前，我想先提及属于法兰西这块土地的我所尊敬的一位长者：让·皮埃尔先生，他的中文名字叫杨鹤鸣。杨鹤鸣先生是法兰西学院院士，法国国家图书馆前馆长，曾任 2004 年中法文化年组委会法方主席，年青时代在中国做过外交官。

　　五年前的这个季节，我和我的几位文学同行来到法国，在巴黎参加第一次中法文学论坛，那次论坛的成功举办，有中法两国文化、外交界朋友的热情组织和参与，其中杨鹤鸣先生的真诚支持至关重要。当时他已在病中，不仅从始至终参加了论坛，还在论坛结束后陪中国作家参观法兰西学院。他亲自担任讲解，一步步走完所有楼梯，最后引我们来到文学密室。他请我坐在那张著名的大椅子上，拿起一张淡黄色小纸，笑着问："你准备投谁的票？"回到北京后，我给杨鹤鸣先生寄去新年贺卡，表达我的感谢和祝福。很快就接到他的回信。他在信中写道："亲爱的朋友，我在普罗旺斯度完圣诞节假期回到巴黎后，收到您的贺卡，写着长长的祝福，带给我莫大的快乐。也请接受我在虎年给您的祝福。我非常高兴能与您见面，十分欣赏您在论坛上的发言。我不会忘记桥的故事，也不会忘记您对巴尔蒂斯和库尔贝所做的比较。据我所知，法方所有参加者都非常满意这次活动。我希望我们可以在 2010 年相聚在中国，或许在北京，或许在世博会期间的上海。您知道我是多么热爱您生活的国度。亲爱的铁凝，请您相信我诚挚的友谊。"让人没有想到的是，不久便听到了杨鹤鸣先生病逝的消息。

今天我愿意借此庄重的机会，表达一个中国作家对杨鹤鸣先生的敬意和怀念。有这样的前辈为中法文学交流做出不平凡的贡献，我们当特别珍惜。此时此刻，在这所历史悠久的人文协会，我好像又听见杨鹤鸣先生在文学密室里的发问："你准备投谁的票？"我想说，虽然我没有资格投院士的票，但环顾这各种诱惑和各种热闹日益膨胀的世界，我还是有权利投寂寞的文学一票吧。

现在回到主题："今天的文学土地"。这是一个宽广无边的大题，具体到我个人，也许可以从两个方面介入：一是我的文学土地，二是文学的土地。

中国有句老话叫做一方水土养一方人。我相信这也包含了一个作家的生长土壤。我出生在北京，在北京的胡同，胡同里的四合院，四合院里的外婆家，度过我的少年时代。那是上世纪六十年代后期，中国的"文化大革命"正在高潮，因为父母的知识分子身份，他们被集合到外省作长期的劳动改造，我作为寄居者被外婆收留。出身有问题的外婆也正受着革命的威胁，革命使封闭的四合院敞开大门，不再是一家独住。革别人的命的人家搬进来占据北房（四合院北房为正房），外婆家挤至南屋，一些漂亮的家具堆在院子里等待上缴。下雨了，它们被雨布遮住，我钻进去，蹲在一张巨大的紫檀木桌子底下，抚摸细润的白铜抽屉把手，和镶嵌在桌子腿上的美丽云母，不明白为什么一定要把它们送给别人。隔壁院子里传来一位老者的惨叫，是红卫兵在打他，他的历史不清白，或者还是个资本家。我把头埋在膝盖上明白了一点：外婆和隔壁惨叫的老者同属不受这个时代欢迎的人，而我是个不受外婆欢迎的人，尽管在那些岁月，我总是想努力做一个模范小女孩。不久，外婆家的两只猫闯了大祸，他们都是男猫，花的叫梨花，黑的叫小熊。它们性格不合，平日总是打架、争吵。但是一天晚上，两人（猫）竟然齐心协力从外面抬进来一只刚炖熟的老母鸡。它们把鸡放在外婆脚下，仿佛打算邀功请赏。外婆的脸吓得很白，她可能已经预感到不祥。果然。它们的行为是偷窃，鸡是同院北房主人的。第二天丢了鸡的邻人抓住梨花绑在枣树上，用捅炉子的铁捅条将它打死；机灵一点的小熊则伺机逃跑从此不再回家。当梨花在枣树上被打得哭嚎不止时，外婆在床上用被子蒙住头，并要求我也学她。我不喜欢我的外婆，她在白天表现着革命，在夜里却常常独自偷吃点心，间或也对着镜子搽一点法国香粉，再用日本眉笔描几下眉毛，又快速擦掉。我躺在她对面的小床上觑着眼睛看她吃喝、化妆，并非没有生出过向革命群众揭发她的念头，但那天蒙着被子的她却让我生出一点同情。许多天之后的一个晚上，我去胡同口倒垃圾，回到院子里不想立刻进屋，我站在外婆家的青石台阶上仰望北房的灰瓦屋顶，突然看见一个熟悉的黑影正卧在屋檐之上看我，是小熊。它想家了，却不敢回来，甚至不敢发出叫声。我们互相看了一会儿，小熊箭头一般蹿上屋脊，消失了。

胡同之于我，虽然常常是忧伤多于欢乐，但一个暂时未被社会注意的孩子，总能找到玩伴，有时我们观察出入胡同的男人女人。我见过住在东城的外婆的妹妹——我的姨婆，鬼鬼祟祟地潜入外婆家，向外婆哭诉亲生女儿对她的侮辱。姨婆是个资本家太太，女儿为了表示和她划清界限，竟将厨房里半锅热油泼在她身上。姨婆撩起衣服让外婆看她的胸，我看见一边的乳房已是焦煳状。外婆也哭，却不忘打手势叫姨婆小声。革命使亲戚间极少走动，特别是姨婆这种身份。如果同院邻居听见两个老太太对革命表示恐惧，后果

胡同在左，棉花地在右

不堪设想。也因此，外婆一家人总是小声说话，并不断配以手势，看上去常常像是在说哑语。这更让人压抑，我常寻机会溜出家门。

我喜欢看胡同西头一个名叫小六的美女，她经常靠在半掩的黑漆街门上编织毛线，听任胡同里的男人故意在她院子门前来来回回地走。虽然依中国的传统道德眼光，女人靠门而立是不正派的，但是我崇拜她因美而生出的高傲。

我喜欢听胡同东头一个口吃的老头跳出门来央求吵了他睡觉的孩子，别在他窗户下面滚铁环，跳房子。他是一位蹬三轮车的老工人，他伸出一只手，揸开五指，对孩子们说："我求求你们了，让我眯，眯，眯那么五分钟！"以后，每当胡同的孩子在老头窗下捣乱，老头气得冲出门时，不等老头说话，孩子们会一起伸出手揸开五指，齐声大喊："让我眯，眯，眯那么五分钟！"固然这是缺乏礼貌的顽皮，却带给沉郁的胡同一点明亮的生气。

我喜欢追随一些大女孩，当其中一位在外婆后院那间须经过狭长通道才能到达的隐蔽厕所里，扭捏而自豪地向我和我的玩伴展示她的初潮时，我们惊羡得目瞪口呆。

我还在胡同里见识了黄金。同院西屋那位工程师太太，丈夫突然在一天夜里被抓走，从此两年无消息。工程师太太疯了，证明她疯的事实便是，本来胆小沉默的她，狂躁地强迫全院人参观她藏匿的金子。她从窗台一个破纸盒里拿出一个毛巾小包当众打开，里边有七八块麻将牌大小的金块。她又从门旁一只坏掉的蜂窝煤炉子里掏出一个毛巾小包，里边也是一堆金块。她又举起一支扔在白菜堆上的鸡毛掸子，自上而下一捋，几十只金戒指滚了出来，在院子的青砖地上蹦跳。原来最危险的地方最安全，工程师太太把黄金藏在——应该说摆在了院子里最明显的地方。而我的少年仿佛在满院

258

子金戒指的蹦跳中宣告结束。

高中毕业后，上世纪七十年代中期，我作为知识青年去往地处河北省的平原乡村，做了四年农民。我所在的村子是产棉区，距北京两百多公里。对中国而言，北京的胡同和这片棉花地的距离并不遥远。种棉花是辛苦的，从四月初一直到十一月末，棉花地总也离不开农人的伺候。虽然毛泽东主席说过"革命不是请客吃饭"，但农民也有自己的硬道理，革命的目的之一，难道不是为了让人民请得起客也吃得饱饭吗？土地必须生长庄稼，棉花地必须盛开棉花。这样事情就变得单纯，乡村的政治氛围比起城市，也不那么紧张了。那些乡村的女孩子，和广阔的平原大地一同接纳了我们。她们诚朴，直白，热心，勤勉，她们对城市里来的这些学生没有歧视心。她们的怜悯和扶助给了我欢乐并使我心安。

入冬时节我们在旷野的寒风里摘棉花，干硬如铁丝的棉花枝划着双手，用鲜血淋漓来形容我们的手是不过分的。但那是一个欢乐的时刻，我们每人围一个大白布兜，装满棉花的布兜涨满在胸前，人人都像挺着一个大肚子。有结了婚的媳妇便指着彼此的"大肚子"开起玩笑。谁都明白那玩笑的含意，十七八岁的我们也挺着"大肚子"傻笑。

当我被乡村女友素英邀请去她家吃饺子时，当她癫痫病发作牙咬舌头抽搐不已时，身为无神论者的我，在素英母亲的号召下，相信素英身上有鬼。我们不去请村里医生，只忙着打开门窗，烧一沓纸钱，在半空中挥舞胳膊请鬼出去。奇怪的是"鬼"真出去了，因为素英醒了过来。

夏夜里我也和素英去离村几华里的棉花地守护棉花，浇地。比之狭窄的北京胡同，黑锅一样的大平原黑夜从没有让我感到恐惧，是因为有素英为伴，她口袋里还装着一把出门前炒好的黄豆——我们两人奢侈的夜宵。我们躺在棉花地的窝棚里吃黄豆，看星星，我在乡村才认识了三星，勺星，北斗星。几年之后，我也才知道了冀中平原棉花地里更深的历史，棉花地的窝棚里更古老的习俗。我的一个八路军姑姑，在战争最残酷的 1942 年由于叛徒告密，被日本人杀害在棉花地里。

战争之前，深秋摘棉花时节，也是深夜的棉花地窝棚里的热闹时刻。为防棉花被盗，棉花地需要整夜看守。这时男人们争抢着去棉花地搭窝棚，因为成群结伙的外来女人，正在等待。等待黑夜将她们的面容模糊，她们更容易在棉花地里游走，并坦然钻进男人的窝棚。她们从事着以身体换棉花的营生，这种交易被称作钻窝棚。村人都知道秋季里的钻窝棚，却心平气静。那仿佛是一种心照不宣，女人隐忍，男人稍显羞愧，之后，棉花摘完，窝棚拆掉，日子照旧。平原的黑夜因为这样的交易而亢奋，卖各种小吃的也聚拢过来，小商贩挑着担子在棉花地里深一脚浅一脚地游走，颇有点棉花地夜总会的意思。

这生长棉花的土地，有多少我还不知道的故事。

不久前我从北京金融街走过，站在一座数十层高的银行大厦门前，忽然发现这个位置正是我少年时常来的一间药房。少年的我常常从南向北，横穿过长安街，登上那药房高高的台阶，去给一岁的表妹购买通大便的甘油栓。如今这一大片胡同都已消失，包括外婆的院子。可我还是在银行的地面之下看见了那间四十多年前的药房，在水泥森林中，看见胡同美女靠在黑漆街门上织毛线，听见蹬三轮车的老头揸开五指的央求声："让我眯，眯，眯那么五分钟!"他只是一个想睡觉的老人，胡同里的孩子，也包括我，就是不能答应他的请求。

　　胡同在左，棉花地在右，假如每一个作家都有属于自己的文学土地，这两块看似不搭界的土地，从前是我的文学的出发点，未来仍然是我的文学的深厚地基。没有胡同，我不可能写出长篇小说《玫瑰门》。而棉花地诱惑我写了长篇小说《笨花》。我以为，写作者必须拥有一块属于自己的文学土地，这土地不在多而在养护、经营和开掘，这土地还应拒绝那些促果实速成的化肥膨大剂。今天的金融街并没有埋葬我的文学胡同，因为不论新故事老故事，总有水泥森林之下的老地基做底。在我的文学老地基上，有我的语言之花的根系，有我心中的民族道德谱系，有我对本真的中国民间日常生活的深度惦念。

　　从地理位置看北京，北京是被河北省包围。浪漫一点形容，作为政治文化中心的首都北京，也可以说是被棉花地包围。对文学而言，这没有什么不好，至少提醒人们，即使越来越国际化的超大城市，仍然需要与人类肌肤相亲的棉花，我们每个人的衣服的某个角落，也还标有 100% Cotton，或者 30% Cotton。这里有直指人心的温暖，好比在黑锅一样的夜空下，棉花地里，我的乡村女友放进我手心里一把炒黄豆。

　　近些年常听文学同行们感叹，今日文学已被挤至社会边缘，文学的疆域好像也在不断萎缩。但我觉得，文学本无国界，只要全世界的作家都有自己的一块文学土地，连接起来将无边无际，丰富无比。又想起最近中国一个商业广告词：比高山宽阔的是大海，比大海宽阔的是男人的情怀。这里我想改写一下：比大海宽阔的是人心，比人心更宽阔的是文学的土地。

　　因为文学的存在是为着人心的宽厚和广博，宽阔的文学土地会让我们体味有限的生命那双倍的延长和不断丰满，让我们在不同语言的美妙转换，在差异性对话和时空的神奇拓展中，享受不同文化背景下文学共同的魅力。

2014. 9. 28

（此文为 2014 年 10 月 17 日作者在第三次中法文学论坛上的主题演讲）

2004 年 3 月，参加巴黎国际书展

灵魂在场

——答《大浴女》英文版译者张洪凌

张洪凌： 此次采访主要用于《大浴女》的前言部分，主要介绍一下中国大的历史文化背景，特别是这三十年。

铁凝： 日文版的《大浴女》在日本反响很好，跟翻译很有关系。同样我的前两本小说集，就不太理想。翻译者很有热情也很认真，但他的专业不是文学，虽然他很喜欢我的小说。翻译《大浴女》的译者叫饭冢容，是翻译世家，汉语和学养都很好，翻译过很多中国当代作家的作品，自己还办了一个杂志叫《现代中国文学》，他翻译的《大浴女》，在日本评论界、读者中反响很好。所以我首先感谢翻译。我对自己的小说是很有自信的，但是翻得不好就没有办法。

去年十二月在日本参加第二届"中日韩三国研究论坛"，应大江健三郎先生和夫人邀请，我去他在东京的家中做客，这是一次让我难忘的会面，我们谈了大约六个小时。他读过日文版《大浴女》，还和我的翻译者见过面。大江先生和我谈了这个小说的很多细节，说很受感动，感动在哪里——我知道他读得非常细，他和他的夫人对这个小说的理解让我觉得很意外，当然，前边我讲过，小说翻译得很传神。

我给你们找了三个比较短的日本书评，《读卖新闻》、《经济周刊》的，日本评论家从不同的视角看这部小说，通过这本书他看到了"文革"的人性，还有这三十年一批中国年轻人的心灵历程。

中国国内的评论有正面的负面的，负面的主要是指责小说对性的描写，还有一种评论就是认为书卖得太好了，只有浅薄的才会卖得好，一个深厚的文学作品肯定卖得不好。但也有学者认为这实际上是一本很严肃的书，是一个不好读进去的书，里面的含意是很深的，不是一个玩笑。

最近我有一个朋友，他是北大德语系的主任，给德国作家马丁·瓦尔泽翻译过一段《大浴女》，就是"山上的小屋"那段，尹小跳的父母在农场休息日等着排队去那个小屋做爱。马丁·瓦尔泽看过之后，以他的德式幽默评价："第一面见到铁凝，觉得她是一个大自然事件，读了小说后我要说她是一个艺术事件。"我的朋友（北大德语系的主任）对这个小说作了九千多字的评论，他说铁凝写"文化大革命"，是一个所有的作家都没有的角度，她不是宏大叙事那种一般性控诉，五六十年代的人写"文革"实际上是一个新的开端，他们的父辈在那场革命中受到不公平待遇，他们的孩子成了"政治留守孩"，父母不在身边，自己管理自己，孩子之间的纯真友谊……他们也没有想当然地痛恨那场革命，在最残酷的革命中找到了你打不倒、不可扼杀的那种自然的、日常生活的魅力和乐趣。

所以这也是打动大家包括大江健三郎的一部分原因。大江先生告诉我，他买了二十多本日文版的《大浴女》，见到他觉得有前途的年轻作家就送给他们，让他们去学习。他说跟这批像你这样中国作家比，日本的女作家写女性一般单个的比较多，你在《大浴女》里写了一组群像，而且那样地生动。他说让他感动的是，在那种最贫困的、最压抑的时代里，没有美食、时装，但是她们那种压抑不住的、在夹缝里生长出的那种顽强光彩最能打动读者。他说他看到一个真实的中国人，在更深的伤痛中还焕发出光彩。我认为无论是东方的还是西方的读者对这些女孩子的光彩、悲伤——还有主人公的情怀（虽然不是宗教的，但是有宗教的情怀在其中）都有能够相通的感受。好的文学各有不同，但必有共性，好的文学一定能够表现人类的心灵共同感受到的那部分东西。

我自己对文学还有绘画所受的影响最初来自于我父亲，他有很多藏书，比如俄国的托尔斯泰、陀思妥耶夫斯基、契诃夫的小说，法国的小说《卡门》《红与黑》……虽然那时候不理解小说的历史背景，但是小说中的爱情还是很吸引我。还有巴尔扎克一大批小说，雨果的《巴黎圣母院》《悲惨世界》——还有大仲马、小仲马的通俗小说。《福尔摩斯探案》也很有意思。还有狄更斯的小说，在我的境遇不好的时候我读《大卫·科波菲尔》。

张洪凌：读了《大浴女》我觉得您不是作为一个作家冷眼旁观世界，而是作为生活的一员在写。

铁凝：一个作家过早成名，得到前辈的肯定，会容易对自己过于满足，写作成为一种惯性。在这个前提下，你还有没有能力打倒自己？我怕自己变成一个写作的机器，所在这方面一直都有警惕。写作应该是灵魂在场的，我也告诫自己不要硬写，就是我写不出来我不写，也是对文学的一种尊重。

张洪凌：您有什么办法让自己对生活保持最直接的接触？许多专业作家去体验生活，有时也不会写出好东西来。

铁凝：每个作家的情况不一样，我觉得应该把"体验"去掉，因为"体验"本身就有做作、演戏的成分，应该是去生活。一个作家尽可以去表现生活中的表演，但一个作家不能表演生活，这是一个非常重要的分界线。这和写到一定程度去查阅资料和人交谈了解情况不一样，都不能代替生活。怎么叫去生活呢？一定要说体验的话，你体验的不是生活。只有你去生活，在这当中你体验的是人生，领悟的是生命本身。

我在十五六岁最初文学起步的时候相对单纯、没有功利心，没有人强迫我，是我的一种选择，是我发自灵魂的爱，有一种写的欲望。爱上文学，对文学的理解，是跟关注人性人本身有非常强烈的关系。我那时候去农村回来后写的作文《会飞的镰刀》，是我实际意义上的第一篇小说。就写城市女中学生和乡村小孩子的一些友情、温情，这些在当时都是不符合那个时代的文学要求的。

这和我的家庭有关系，得到了家庭的鼓励。我父亲是个爱生活的人，他有好多画册，我在七八岁的时候就看这些画册，那些画册我当时看不懂，但觉得很美，像俄罗斯、法国画家的画册，还有听一些老唱片，这些东西有意无意对我是一种熏陶和渗透。我父亲发现我喜欢阅读，偷着看大人的书，并没有阻拦我，说：你有什么爱好，只要我们条件允许，都会满足你。在我上中学时，学校旁边有个印刷厂的大仓库，都是抄家抄来的准备打成纸浆造纸的书，好多都是世界名著。班上一些男生专门跳进仓库偷书出来，带到教室里送给我们女生偷偷看。我就在这些废纸堆里、在一个这样的夹缝中大量地阅读。还有就是在北京外婆家，更小的时候，"文革"刚开始，外婆家的书拿去卖，我会推着车在废品站待一天看那些即将被卖掉的书。革命正在激烈，而我津津有味阅读的正是革命的对象——那些美的东西。那就是我的幸福时光。

当时好多外国文学译本的翻译家像汝龙、傅雷都是顶级的、文学造诣很深的大家。

张洪凌：您二十几岁就成为专业作家，但是在小说里面有好多不同职业、不同层次的人物，您通常是怎么了解他们的生活、进入他们的内心世界的？

铁凝：我十七岁到二十一岁是在农村，我选择去农村，在当时是很狂妄的想法，也是很冒险的，那个时代户籍对于中国人是一个大问题。八十年代日本的学者翻译我的《哦，香雪》，他来中国采访我，问到一个问题：你在中篇小说中表现的一个冲突，就是农村人到城里人身份的转变，这在中国是非常困难的事。我在农村四年，乡村是我从学校进入社会的第一个落脚点，对我来说至关重要。当时去农村有一个私心，就是想当作家。当时我的文学启蒙老师就对我说过，你要当作家就要有生活。我问："生活在哪里？"他说"在农村"，于是我就去了农村。我母亲不同意我去，当时有很多残害知青的事件，她觉得女孩子身边没有亲人很危险，而且问我：如果当不成作家如何？我却没有那样的世故。不给自己留退路。我父亲开始也犹豫，但他有一个观点就是觉得中国百分之八十的人口在农村，一个中国作家必须了解中国的乡村，否则就不可能真正了解这个国家。他最后表示同意我去。

为了文学我有勇气做了这样的选择，今天的作家体验生活，你去一个地方，去几天就回来了。它终究不是一个和你的生命有关联的选择。我最初对文学的出发点相对比较纯粹，我个人的这个"鬼祟"理想恰好符合了当时城市知识青年上山下乡的潮流。但那是为了"无产阶级专政下的继续革命"，我的理想并没有那样远大。

张洪凌：小说中的城市是保定吗？

铁凝：是虚构出来的城市，但和保定这座古城有关联。保定在近代史上发生很多历史事件，有很厚的文化底蕴。我去的那个农村离保定一百二十华里，在那里种棉花、小麦四年，后来回到保定文联做小说编辑。那时候并不是专业作家。

张洪凌：关于自传体……

铁凝：我一向认为读者应该相信作品本身，而不是作家再对作品的解释。我记得法国作家福楼拜的小说《包法利夫人》出版后，曾经有人就问他，"包法利是谁"，原型在哪呢？他说"我就是包法利"。他说出了许多作家的心里话，虚构小说就有虚构小说的特征，虚构就意味着再创造，跟一般的拼凑不一样，生活中会有一些原型，但是文学人物不可能是一个现成的人物，任何一个文学形象都是经过作家的再创造，可能融合了很多他感受最深的，他觉得最值得最便于人物塑造的多种形象融汇在一起的形象，长篇小说人物形象必须放在作家的心里培育。要培育，不仅仅是存放。存放是一个静止的，培育就像母亲怀孕，孕育才是生命成长、成熟的过程。写作应该是一个作家的灵魂在场，总有一些你对生命、人性、真善美，你对自我完善的一些情怀，你对世界的理解，你会赋予你的人物，会由你的人物转述出来，或者你退居一个客观，或者有时你冲到前面去了，甚至你挑选某个人物表述你的人生理想或者是文学理想。这个人也许是通过一个男人，但作者可能是女性。托尔斯泰是男性，很可能《安娜·卡列尼娜》《复活》里面他对一些女性文学形象的描写里放进了他的一些情怀。

我的另外一部长篇小说《玫瑰门》，是写一个北京胡同里的女人从十八岁到八十岁，她简单地说可以说是一朵恶之花，这部书的重点背景就是"文革"，我写的是中国的这场革命怎么体现在一个胡同里、一个本来是革命对象的手无寸铁的女市民，她却要和整个社会去碰撞，她要活，还要活出精彩来。她是恶的，她身上有很多恶，但她有超常的生命力，她怎么在四合院里和她的亲人、邻居计谋，也有幽默，也有很惨烈的东西。写完这个小说是 1988 年夏，第二年春天开完讨论会不久，中国文坛有一段时间就停止了对文学的讨论。但这个小说一直再版，是"常销"小说，在我心里分量非常重的，也是我的第一部长篇小说，是我少年观察人生的一部分积累。《玫瑰门》里的老女人有我外婆的身影，但很多评论家读完以后，他们感叹说在某种意义上"我们都是司猗纹"，也有人说我为中国当代文学画廊里增添了一个耀眼的新人形象。我也很看重这个人物。这是一个很特别的视角，它不是正面去写这场革命的，红卫兵打人了、剃头等等大悲伤，它选择一个胡同里的市民女人形象，怪异的扭曲的人性。

张洪凌：作家的责任感。所以您当时也没想到启蒙，或是要拯救国家。

铁凝：可能跟我对文学的理解有关。我从来不认为文学能拯救人类，或者我不认为文学可以指点江山，或者我更不认为文学可以颠覆政权，文学没有这种功能，就是没那么紧张。但我同时又觉得文学始终具备其他领域的功能所不能替代的价值魅力，它还是关乎人的灵魂，因为我们以前也很少说灵魂，灵魂在哪儿呢？但我觉得它至少关乎一个人的生命质量，一个人内心的很多渴求，包括一个人对世界对生命的困惑，对未来的不可把握，也包括对这个世界是怎么回事儿，你从哪里来到哪里去的追问。文学也承载着一个民族的精神厚度和重量。这些足可以成就文学的魅力。只要有人类，有文字存在，有爱情，有死亡，有战争，那文学也不会消亡。就这个意义而言，我并不认为文学在宏大叙事或细小叙事上谁高或谁低。我不太轻易被某种主义所左右，或把自己快速地加入到某个团伙——文学流派。你是哪派的？他是先锋主义，他是……怎么就你还没被归类啊？河北的诗人、诗评家陈超，很多年前在一篇写我的文章里说，我被中国的文学界认为是无法归类的人。如果文学和创造联系着，那么就不必急于把自己归入哪一个流派。有人还跟我说，中国出了这么多派，好像你哪儿也不是，就一直自己这样独立的，很难把你归类。你是游离在派系集体之外的一个。我认为这是一个褒义的评价。我觉得挺好的。用"大概其"来把一个作家粗糙归类我不认为特别科学。我觉得就创造性而言，也不需要很多作家凑在一起才能取暖，不需要非要组成一个团伙才能发出一个声音。一个作家的独特就在于他必须要有本领描绘别人尚未表达的东西。读者之所以愿意看你的作品，或者你要奉献给读者哪怕是一点儿跟别人不一样的地方，那你还是应该保持你的独特性，我以为这非常不容易。

我在八十年代写过的一个短篇小说《哦，香雪》，《哦，香雪》当时获奖后又拍了电影，在柏林国际电影节也获了一个大奖——第四十一届柏林国际电影节儿童片(青春片最高奖——"国际儿童和青年电影中心奖")，它和一部希腊电影并列得奖。它是先在国际上获奖，然后拿回到国内。我的另一部电影《没有纽扣的红衬衫》获得的是当年中国电影所有的奖——"金鸡奖""百花奖""政府奖"。《哦，香雪》写的是中国北方深山里的几个女孩子和一列火车的故事，所以我第一次访问美国，跟随作家代表团在纽约的美国笔会会所，跟读者有一个见面。那时候我是代表团里面最年轻的人，二十几岁，而且是第一次出国。我面对的都是美国的读者或美国的作家、批评家。有一个美国的听众，他看了我的简介，请我讲一讲《哦，香雪》，我拒绝了。但是这个美国人很执着，他一定要你讲。

我还是不讲。为什么不讲啊？我说第一，我的小说不能当故事讲，没有戏剧性；第二，我不相信一个生活在纽约的美国青年能够听得懂我的这个故事。这是中国北方偏远的深山里，几个从来没有出过山的女孩子和火车的故事。我不相信他们（能懂）。后来我身边有一个美国翻译，他说，我也想请你讲，因为我读过你这个小说的英文版，我一定能给你翻译得特别精彩。我于是就用最短的话讲了小说：小说描写了生活在中国北方的深山里的几个女孩子。一条铁路修过来了，铺到深山里面了，她们村口还设了一个小车站。这样，从来不停的一列火车突然在她们这儿停了，每晚在她们的小站停一分钟。小说写的就是这些女孩子每天晚上怎样像等待情人一样地等待着这列在她们村口只停一分钟的火车。我说完以后，在场的人就鼓掌，我觉得很意外啊。我觉得美国人很有意思。我其实有点敷衍，心里感觉美国人听不懂。座谈会结束以后，听众都过来了，包括跟我提问的那个年轻人，他说："请你相信我，我听懂了你这个故事，让我很感动。"一个叫《毛笔》的杂志主编，他挺严肃地跟我说："铁凝，我听懂了这个小说。你这个小说你知道为什么打动了我们吗？因为你表现了人类的心灵能够共同感受到的东西。"这句话给我的印象非常深刻。我常想，如果一个作家在写作的时候，你写的是既没有打动你自己，也是你内心深处并不关心的事物和人，那么你不要指望读者会去受它的感动。这是我写作三十多年来一直坚持的一种对文学的态度。你写的事情你自己都没关心，你自己并不爱它、并不关心的事物和人，你自己对它都没有感情。那你不要指望读者会关心你笔下所发生的故事的。所以如果不想写或写不出来的时候，我绝对不会写。作家和读者是什么关系？我觉得是这样一种关系，就是在你写作的时候，不要想读者。我是给一个美国人写还是给一个法国人写，或者给一个日本人写，或者给中国人写？我没有这种概念。当一个作家写作的时候，应该忘掉所有文学之外的东西。这样才能专心地写好你要写的故事，你要表达的感情，你要创造的人。如果你每下笔就想，我这句话要这样说美国人就喜欢了，我那句话要是那样说，日本读者可能会接受……我觉得那样太三心二意。太三心二意心就浮躁了，一个作家就写不好你笔下的东西了。在写作的时候，一个作家应该忘掉其他，包括忘掉读者。但是呢，这是不是就意味着一个作家眼里没有读者呢？又不是的。它是辩证的。作家不是读者创造的，但没有读者，作者也就没有存在的意义。但是你写的时候还是要忘掉这些，写作需要精神集中。

张洪凌：突然想到了"猫照镜"那段，里面也有这种理念。那就是说，这当然是一种很理想的状态。像现在拍那个电影《雪花秘扇》，我当时一看就觉得它像是为西方读者编的。我去查是根据什么小说改编的，后来发现作者是只有八分之一中国血统的美国人。确实是为西方读者写的，他那个书的中国元素很明显。他的书比较畅销是因为他是比较通俗的那类作家。凡是在美国写的一些中国小说，我感觉中国元素都特别明显。在中国的话，可能是在自己的国家写作，写的时候就没有那么强烈，是比较自然的一种流露。但是下面这个问题，就是我在翻译的时候，我比较强调东西方文化共通的一面。我这个合作者对中国没有太多的了解。

铁凝：对，你跟我说过他也没来过中国。

张洪凌：他们就总说这个这么中国，那个那么中国。他总说读者会不会觉得这个（兔子头）很奇怪，所以这就是我为什么问这个问题。

铁凝：那个"兔子头"的问题。

张洪凌：还有一些类似的问题，他们对这个东西的看法不一样。

铁凝：就是感受的强烈程度。

张洪凌：我们觉得这是美食。

铁凝：他们觉得很残忍。实际上，如果是东西方文化在方方面面都有差异的话，那么在饮食文化上也有相当的差异。比如说，据我所知，现在我们说西方还包括美国，其实美国不是西方。西方人包括美国人，就是抽象的西方吧。我们就这么笼统地说。据我了解，西方人一般情况下是不吃动物内脏，不吃动物的脚。五脏、头、爪，那在中国都是美食。汉语里的修辞学很发达，凤爪啊。一个不存在的东西还很浪漫。那西方人看一个人吃鸡爪是不是也会觉得很残忍？还是只吃头残忍？还是爪、脚也不行呢？

张洪凌：他们感觉就是很恶心。这跟我们的看法完全相反。

铁凝：那个头是给人一种砍了一个人头的感觉的残忍，还是恶心呢？我现在很想知道。西方人吃到一个酱兔子头是觉得残忍还是恶心呢？

张洪凌：那得看是什么人。对我的孩子来说是残忍，对于大人可能因人而异，有人可能会觉得很难吃。

铁凝：觉得不能接受，因为从来没吃过。

张洪凌：其实法国人吃的奇怪的东西也不少，美国人相对确实吃这些奇怪的东西比较少。

铁凝：但是你比如法国的蜗牛。我们有一次在法国吃蜗牛。我个人很喜欢，我对饮食很包容，每个民族的好东西我都爱吃。但是我们有一个同去的女作家，她一看到蜗牛就马上要晕倒一样，就是绝对不能看也不能吃。我就把她那份儿都吃了。可我们这位中国女作家并没有反过来就强调就说法国这个吃蜗牛是不美的。中国的这种文化在这方面我觉得有很大的包容性。具体到"酱兔头",在这儿有两层意义。实际上,酱兔子头在今天的中国的确是没有了,但不是因为残忍,而是时代变了,那个太便宜了,那个兔子头上也没肉。现在的中国人吃肉吃得很多了,就不会觉得那个有多么大的吸引力。但是中国的饮食文化里,比如有一道名菜,叫扒猪脸,猪的脸还有呢;还有烤乳猪——一头整个的小猪上来了;烤全羊——一头羊什么都带着呢。美国人吃兔子肉吗?

张洪凌:有。

铁凝:也是有的。他们是不是把兔子头都埋葬了?

张洪凌:我朋友的爸爸在大萧条的时候过来中国,那时候什么都吃。

铁凝:我在这儿写这个"酱兔子头",我有我童年的回忆。因为我们小时候,我们那一代——五十年代末,五十年代后期出生的孩子一直到六七十年代,那些中国孩子也还是处在中国的食物少而贫乏的时代。比如说,我们对糖的感觉、对甜味儿的感觉非常敏感。一个"酱兔子头"才三分钱人民币。三分钱人民币就能买一个酱兔子头,在那个时候是便宜得不得了的。三分钱是买一根冰棍儿,还不是牛奶的冰棍儿,是红小豆的。三分钱一个冰棍儿和三分钱一个兔子头,我觉得后者的吸引力远远大于冰棍。一个贫困的——物质啊,食物,肉类,肉、鱼、蛋副食都很贫乏的中国,那个时期的人们的嗅觉、味觉超常灵敏。啃那么半天,那有什么可啃的啊?但是对我们来说,那就是美食,而且是特别便宜能得到的美食。即使是便宜的美食也不是每天都有的。即使是一颗兔子头。它是跟那个时代的气氛、情感有关联的。你要说兔子头，所有的中国人都知道。我记得有一个中央电视台的导演，也是我们同时代的人，比我大两岁。他说到他的小孩儿，现在你给那个孩子买什么东西，现在的孩子都很冷漠。就是现在的中国的孩子得到的太多了，你给他什么什么礼物，高兴十分钟，第十一分钟他就根本就不（理睬）。他说六十年代初，他小时候吃一根冰棍儿，他把冰吃完了以后还剩一根棍儿，他还要咬碎这根棍儿，从上到下他要咬扁了它，把那个木头里面的水和糖分吸出来。那就是那个时代的，五十年代我们这批人，尹小跳，对糖、对食物的高度敏感。是那个时代造就了这些孩子。一方面人的正常渴望被压抑住了，另外一方面反而被激发出来。因为没有时装，就发疯一样从家里的老画报上找。那时候我们家有大人订的《苏联妇女》画报，画报上有菜谱和时装。有些点心我学着做过，什么烤小雪球啊……实际上，这些年轻人，那些女孩子对时装、对美食的追求，在现在的读者来看，比如说让大江先生他们看，他就觉得不仅仅是对食物和穿着的追求，实际上洋溢着人性的追求美、追求自由的激情。美的一种不可被阻挡的，即使是一个封闭的社会也是压抑不住的，包括恋爱。就是该爱的时候少男少女他还有爱，这是不会被压抑住的。你想想在那个时代，更要付出比经济发达、食品富足的社会超出多少倍的努力和热烈。至于那种锲而不舍的，甚至可以说是壮烈——不惜牺牲很多东西。他们的创造性也被激发出来了。我父亲那时候烤面包就是这样。我们小时候都吃过面包，我父亲给我们创造了一点儿小热闹。那时候家里也没有烤箱，自己做了个烤箱，让铁匠铺砸了一个小箱子，里面还糊上泥巴，就像新疆烤馕的炉子，烤出来也不是面包。后来他就找到了一种东西，就是啤酒花，酒花发酵，那才是烤面包的东西。

酒花是一种在树上结的植物，当然现在发酵面包都是鲜酵母。可那个时候，我们这些中国孩子看外国元首访问中国的电影上，在人民大会堂的宴会上，能看到美食。那个美食，就给我印象非常深刻。然后我记得我爸带我们去看电影。那时候中国人只能看那些电影，老是哪个总统访问中国，然后就开始欢迎宴会，欢迎宴会上有那种小面包，就是那种羊角面包啊。那时候中国城市面包品种很少，面包似乎也是有阶级属性的，面包和资产阶级生活方式有关……所以那个时候，我的家庭有点儿另类。它给我们创造的是一种完全跟社会脱节的，完全跟社会是反面的那种，让你偷偷地觉得这个好，偷偷地在享受，偷偷地成长了。就是没有泯灭审美的一个根基，就是从这儿开始什么是美——我觉得什么是美，那个面包美，那个窝头不美。那个时候窝头就是代表革命，沙发就是反革命。绝大多数中国人家里没有沙发。你有沙发你就是资产阶级。如果你有一个板凳——硬的，那最好了。软的就是贪图享受。《大浴女》里面为什么不厌其烦地说了一些物质，在西方人看来可能就觉得奇怪。沙发有什么可写的？还有那个羽绒的鹅毛的枕头。那她（主人公尹小跳的母亲）能在农场里面，那么穷困的地方，她渴望睡在她的松软的鹅绒的枕头上，她就觉得这个不过分，但是那个社会认为那是过分的。所以小说开始对物质的叙述都不是无端的琐碎，不是的。只有从那个时代，中国那个岁月过来的人才知道那个社会给人压抑成什么样子。不许你有，你不许坐软的椅子，你不许睡软的枕头，最好你是睡一块砖，这样革命。

张洪凌：西方读者在读的时候会说为什么我们把这个"兔子头"单独提出来呢？刚刚铁老师说的这个"酱兔头"，这个我能理解，毕竟这个经历是相似的。但是西方读者他没有这种背景的，他一读到这个地方呢，他在感情上就不能够回应。

铁凝：就是说他不能感应。

张洪凌：那么他中间就会排斥。这样就会在他们感情很顺畅的时候，把他们拉出来。我们的翻译主要是尽量地减少这种时刻，就是尽量让读者一直跟着走，被作者带进这个小说中，不会被拉出来。

铁凝：那么我也想提问。我就想问当你们翻译到这段的时候是如何处理的呢？

张洪凌：我们都是非常忠实的。

铁凝：就是还是写了这个"酱兔头"。我觉得你们说得非常有道理，但是这个你们会用注释的办法吗？比如说，"酱兔头"下面来个小注，注这个是表达的是一个什么。需要这个吗？这是你们的自由。

张洪凌：不能太多，太多的话也是干扰。

铁凝：也分散注意力。

张洪凌：有时候也会用。比如说，翻译到"梁思成"。他们不知道梁思成是谁，就加了一个破折号，破折号后面就开始说他是中国历史上著名的建筑家。有时候会加这么一点。因为我们翻译后面对的是一般的读者，不是面对研究中国文学的人，所以注释也是越少越好。那个 Jason 他呢（译者之一），是说要把这段去掉，可是我还是觉得应该保留。因为我觉得他既然要读一个中国小说，就要应该期待着有一些跟他们不一样的，比较特别的。可能有些读者还会喜欢，我是这么想的。最后很多东西还是要通过他们。但最后如果说出版社要删掉，我们还是会征求您的意见。

铁凝：我们这样沟通起来是很顺畅的，也很愉快。你们能够理解我的想法，就是我为什么要写这些，我为什么要加进这个。这个细节和整个人物的命运和人物的心情是有关联的。这个"酱兔头"在最初出现，就是他们两个人打耳光之后一块吃这个，享受这个美食之后，唐菲在最后死的时候，她最想的还是这个东西。所以它不是一过性地随手拿来的，而是作者经过构思的，它前后是有关联的，所以我希望这样的地方还是要保留。但这不用我说，你们也会这样做的。当然如果是需要，是可以商量的。说到这儿，我提前回答一个问题，你列举的那两句话，我觉得完全可以去掉。不是"猫照镜"那个，巴尔蒂斯的那段我希望保留。有两句话，"不是所有的母亲都能够闪耀母性的光辉……"那两句话是我现在也觉得多余。因为那一大段叙事，读者已然明白这个母亲是做得不够的，就不要再加注解。我在上回的邮件里也讲了，这个可以去掉。这样就更紧凑，也无损于原著。但是有些地方，我也是想：我们的读者到底是谁？这时我不希望太低估西方的读者，或美国的读者，或英语世界的读者。或者有出版商会说，因为你是一个作家，你理解得多。如果你是一个普通读者，你理解不了。但我想也未必。当然一个职业读者，他会看的层面更多一点儿，他会欣赏到这一部作品的妙处可能更丰富一些。但是也不意味着同样一本书，一般的读者(非职业读者：比如说，一个工人一个大学生)就不喜欢它。《大浴女》就经过了这样的考验，第一版就印了二十万册，所以后来就遭遇了很多盗版，盗版以后中间又出了一些问题：那个出版社因事停产了。由于出版社停产，所有的书都不能印了。而《大浴女》在市场上有很大的需求，但是它不能印，于是又出现了更多的盗版。为了防止这种盗版，我又把它转到江苏文艺出版社了。江苏文艺出版社又印了很多，现在各种版本又收入不同的文库里面，又在印。这说明什么呢？更多的读者是非职业读者，可能就是一个驾驶员。所以你不要把自己和读者对立起来。作家如果能把一部长篇小说写得又好看又耐看，那也未尝不是一个好事啊。文学还是以人、以你的语言、以你的情感、以你笔下人物的命运来引领着读者愿意和他一起去走这一段路，去看他的生活。

张洪凌：教育。

铁凝：不是教育。我不奢望小说能教育人。我希望至少能感动人。

张洪凌：我觉得翻译有时候是教育。

铁凝：谈到翻译，作者和翻译者包括和出版商之间永远会有矛盾的。我的很多同行里也出现了很多这种问题。有时候争吵起来，有时候不愉快。翻译是一门艺术，好的翻译会让原著熠熠生辉。但作为作者，我也同意这样一句话，就是面对原著时，翻译不能喧宾夺主。

张洪凌：其实我们基本上是没有删东西的。我估计到下一步，就是涉及出版商，到时候我们再商量。关于这个巴尔蒂斯这段，那个代理商，他们就是有个观点也是有道理的。他们就是觉得这里是作者在说，是小跳那么一个年龄的女孩，以她的背景，她不可能说出太有见解的话。

铁凝：太能说出来了。能说出来。她这时候已经多大年龄了？她也快四十岁了。

张洪凌：但是她的职业并不是艺术。

铁凝：我觉得出版商可以更宽广、更真实地了解一下中国这一代的出版人。可以这样说，三十多年来，中国引进来一流的外国小说翻译成中文的速度非常快，包括获诺奖的一些书，在西方引起影响的，排行榜的一些，通俗的或严肃的文学作品，进入中国是非常快的。中国读者现在能够很快地看到这些文学作品。就艺术视野和涉猎而言，尹小跳和她的一大批中国文学出版人，并不落后于一些外国同行。尹小跳的家庭背景也使她比同龄人更多一些熏陶。中国向世界打开之后，中国人用二十年的时间，特别是中国作家，用十几年的时间，几乎是把所有西方的各种文艺流派都接触到了，都演练一遍，这是不夸张的。在艺术界也是如此。像我父亲那一代人，他后来"文革"以后频繁出国。他到了北欧，看了北欧丹麦的几个大画家。像我父亲那么大岁数，那都是他在学艺术时都没听说过的人，年轻时他接受的艺术教育只有俄罗斯现实主义绘画。他一看他们的绘画，原来北欧的写实主义绘画一点也不比俄罗斯、苏联的差。但三十多年前中国人不知道。就是这些好的艺术，都源源不断地快速到达了中国。所以可能我们的出版商对中国知道的肯定比你少多了。日本的评论家呢，他们在《大浴女》的书评中写到，读这本书才让中国以外的读者，让日本的读者看到了一个很生动的，这几十年的中国的年轻人，中国知识分子的情感和心理状态，他们的喜怒哀乐，他们是怎样生活的。出版商可能特别指出是一般的普通的读者，对中国确实是不知道。更多的读者确实是对中国不了解，或者他会受到了一些媒体的对中国的另一面的宣传。那个时候的一些西方的学者，一些汉学家，在改革开放之初，是把中国的文学作品当社会学的一些教材。那是教育的。

张洪凌：当时是有教育的意思。

铁凝：对。但是我觉得文学不仅仅是教育。

张洪凌：大部分的想法我完全理解，但是不可避免的中国文学在西方会被作为社会学教材。我知道作家都希望自己的作品被当作文学和艺术来欣赏。但是特别在西方，他们对中国知道这么少。他们很大程度是想从书中了解中国，了解中国到底发生了什么事，了解中国文化。不可避免的这个书就会充当教育的角色。不知道您是怎么看这个问题的？就是说，西方的读者至少在刚拿起这本书的时候会想到，这是中国的书，我看一看，了解一下关于中国的事情。

铁凝：每一个作家和作品的情况是不一样的，恐怕还要具体地说。我刚才是说了这种状况的前一部分，特别是在八十年代初，整个世界对中国很好奇。封闭了这么多年的一个大国，现在突然打开了，一个解冻的景象，所以引起了众多的关注，也包括着中国的文学。但是我相信很多西方的学者和汉学家，他们会选择很敏感的，比如说在国内，受到一些指责甚至是一些批评的作品。由于他们觉得中国的文学里可能更多的是社会学的参考，我认为有一些这样的西方学者会尽快地把这些东西拿出去翻译。但是往往翻译了以后，他们又很失望，因为他们又说这里面只有政治没有文学。我觉得在一段时间里是形成这个局面，而那时候中国是不是有真正的文学呢？我觉得有。只不过有一批作家没有被这些研究者、学者注意到，也许因为在他们的眼里是先入为主的一些东西。这样实际就一直有一个错位。中国现在其实有一批作家很优秀的，写作不为功利，坚守着精神的高度，安静，沉静，耐心地和文学在一起。西方的读者多数也不懂中文，所以全靠了译者。这里面翻译者引导着和一些言说着对中国当代文学的解释，担当了一个非常重要的角色。《大浴女》里面有没有政治？当然肯定有政治——"文革"，但它首先是文学的。因为它是从人出发的，而不是从政治出发的。好的小说不把文学和政治割裂开来。好的小说，它的政治一定是渗透在你所创造的人和故事的整个情景当中，而不是贴在他们的皮肤上的。不是把政治贴在故事的表面和贴在人物皮肤上的，或为了政治的需要去组合几个人来演讲你的政治。我认为这样的小说不是好小说。应该说这些年有改变，一些翻译家和汉学家对中国文学的态度是有改变的。他们也在关注一些很优秀的作家，但可能会同时在翻译上会遇到各式各样的问题。也许同样免不了的是，西方的一般读者还是想知道中国发生什么事了。拿一本书，如果没什么事情，他就不满意，或者是没有耐心再往下看关乎灵魂、关乎另一个国度人的情感状态和生活的情景。他们的爱、他们的悲伤用得着那么关心吗？仿佛不必那么太关心。所以我想这也不是一天两天的事情，不可能立刻得到改变。但是我相信有你们这样的译者，治学严谨，怀着对文学本身的敬意和对文本的客观，还有自己的身心有这么多的投入，现在还是有这样一批翻译家，汉学家。整个地球现在都挺浮躁。大家都是快快快，什么都是快的，恐怕慢一步。我们现在不会慢了，我们快的目的是什么呢？我们要赶去这儿赶去那儿，所有的事情都是快，那快的目的又是什么？我们很快了，但是我们已经把快的目的给忘了。

张洪凌："快"本身就成了目的了。

铁凝：所以很多人不深思目的是什么。这本身也是值得作家关注的事情。在中国，在快速的城市化进程中，还面临许多问题。比如有这么多没有户籍的、被城市拒之门外的打工的人，他们没有得到公平的待遇，是不公平的。他们住在这个城市里，付出了很多，这个城市要是没有他们就瘫痪了。他们得到与一个市民相等权利的时候还是那么少。他们也不能买房子，没这个权利。他们还会遇到孩子上学、看病、户口的问题。这个户籍，现在在中国开放了很多

铁凝散文

了。在我小的时候，为什么选择是很困难的呢？人生就是选择，人生就是在不停地选择。你是做一个城市的人，还是甘愿到农村去。或者你是一个农民，几乎很难选择当一个城市人。中国的三十年改革开放以后，人口松动了，所以人才可以自由流动。中国这么一个拥有十三亿人口的大国，人人都有一口饭吃。如果你努力是会有改变自己命运的机会和可能性的。而在四十年前的中国，人人都固定在一个地方。你这个院子里面来一个客人，所有人都会知道。这种事情可是不得了了。被邀请和想被邀请是不可能的。应该说，这个时代这个社会还是有一个巨大的进步。中国这条大船的负担非常重，中国的事情也很复杂，可是总体上它还是磕磕绊绊地往前走，没有退回去。退回去，我想是多数中国人不喜欢的事情。

张洪凌：退回去是没有可能的。

铁凝：我是反对者。说有一天会退回去，那我是坚决反对者。比如说，现在是有些问题，就是现在人均 GDP 好像是四千美元，我们说三千美元就是转折，社会就会出很多问题。那现在中国是处于一个非常大的转折，这个转折其实是给了文学一个非常好的机会。像德国作家马丁·瓦尔泽，他到中国来有一个感想，他说他挺羡慕中国作家的。为什么？他说中国这样众多的人口，这样大的一个大国，每天都在有各种各样的变化，每天都在发生这么多的事情。他说一个写作的人处在这种状态当中是个好事。德国作家缺乏这样的条件，太安静，只好写点儿邻居或者个人的内心。当然写邻居也可以写出巨作来，但就是人和社会有这么多的矛盾纠缠，中国人在这个当中，人们都不是在原来的位置上了。穷人变成富人了，忽然那人就变暴发户了，忽然又有个人就破产了，不可知的因素有很多。还有特别是我刚才提到的那些打工的人，打工的人的第二代，乡村怎么办？老年人在农村也不怎么种地了。如果像我这个年龄的农民来城里了，他还是怀念他乡村的土地，因为他有那种感情，但是他的孩子一点儿都不喜欢了。可是他的孩子有一个巨大的问题，身份确认问题。身份的焦虑。他既不是农村人，因为他就生在城市了，他的父母在这儿打工。他没见过农村，他也对土地没感情，可是他又常常觉得他不是城市人，因为他没有获得这个城市赋予他的一个市民的权益。这是中国面临的一个很大的问题。实际上，现在有很多作家也在介入这个问题，当然更多的可能是一些纪实文学，虚构的文学我觉得还是需要沉淀。我个人感觉，作家确实应该关注。我觉得我是一个现实主义者，我跟现实的关系还是很密切的。但是文学还有它的特别之处。前几天获诺奖的作家略萨到中国来了。他说了一句话，他说一个作家应该知道大街上发生的事。这话说得很好，因为他自己是新闻记者出身。他强调的是一个作家对现实介入的深度和密度，这个是非常重要的。文学是想象的产物，想象力是非常重要的。但我觉得任何神奇的想象力也不可能离开你所处的现实，就是你的梦幻也是你白天的所见，或者是你潜意识里面的。即使是你做梦，也不会是凭空发生的。你梦见了一个鬼，那个鬼可能是你见过的某种面具，那也是现实当中被另外的一个人所创造出来的鬼面具，或者现在那些惊悚电影之类的。但是文学仍然不能等同于粗糙的社会情报、社会资料。现在一方面作家有很多的方便；另外一方面，作家又有巨大的困难。为什么呢？信息太多。所以我在一个演讲里面，说社会的进步未必带来文学的进步。生活富裕了未必文学就富裕了、富有了。文学没准儿是个贫困时代。资讯太发达了，你在网上一点什么都能找到。但那些东西是文学吗？你要筛选，你要辨别，现在等于是你被信息所欺负、所操纵，而且还是在无意识当中。所以一个作家非常艰难的抗拒就是，特别是有了电脑以后，你对语言的不仔细，你不珍惜这个语言，你会觉得很轻易，而且你电脑里面出来的文章那么整齐，没有手的犹豫的痕迹和涂改。所以我现在在电脑里写出来的小说，我一遍之后一定要打出来，我要在这上面享受手写的修改。

张洪凌：写的时候还是用电脑？

铁凝：长篇小说我还是用电脑，因为修改很方便。散文和短篇小说也是用电脑，手写累，但是我会用手改。我不在电脑上改，因为我不放心。我给你们看我最近改的一个短篇小说。不用手改我不放心。一个短篇我也必须要改六遍以上，要不然我就不能放心。我在电脑上改总觉得它在欺骗我。因为一个字一个词很容易打，因为没选到另外的一个，就是它吧，就这个好，这个不错……但是很可能是坏的。这就是我修改的，这刚是第一遍，我还要再把它打出来再改。

张洪凌：这个看得清吗？

铁凝：对，非得把它改乱了我才放心。我就觉得这是一个幸福。我就拿一个这个东西，离开电脑。我觉得从身体健康上可能也有点儿好处。因为长时间盯着电脑，眼睛特别地不舒服，很累。

张洪凌：现在这个巴尔蒂斯。其实像第七个问题，基本上在别的地方已经谈到了。

铁凝：其实巴尔蒂斯最打动我的也是因为，他画面上的女孩子很单纯的身体上的那种对人生的未知的一种警觉和困惑，还有一点儿欲望。好像很老实，貌似画得很老实，但是他笔下的那些女孩子，我觉得都是有一种强烈的压抑的反抗心理。

张洪凌：我也看到那些画，他笔下的那些女孩子实际上不是那么的单纯的。不是我们传统上讲的那种浪漫的、单纯的。

铁凝：对。她是一个模范小女孩儿，同时她又可能是个坏孩子。但是是不被理解的，女孩子心里的那种复杂和单纯的那种对抗、那种交融，它是两种完全对立形态的一种高度的统一，是很复杂的。而我为什么对这个非常感兴趣呢？恰恰是因为，在我的少女时代、青春期时代，被人指责的最严重的一句话就是说"你这个人太复杂了。"一说这个人很复杂，就是个坏词。因为你必须要表忠，革命得是把心挖出来给人看。那时候是不允许有你个人的角落的。

张洪凌：还有点儿不同就是从审美的角度来说，中国我们讲要是女孩子太复杂的话就会觉得很可怕。还有一个词，就是"开放"。在八十年代，我觉得好像这个词要是哪一个人说出来"这个女孩子很开放"是非常贬义的一个词。

铁凝：对，那就是包括她的品德也有问题了。

张洪凌：还有就是说，这个女性，男女关系有问题。所以当时我们大家都非常怕这个词。现在就是第八个问题需要细谈一下。第六第七我们差不多说完了。第八个，我觉得这段话挺关键的。我个人理解，巴尔蒂斯是理解这本书的一个很关键的部分。

铁凝：刚才因为说到西方读者的理解力，其实我刚才已经解释过，表达了我的观点。我不太赞同笼统地说西方读者可能不理解你这个小说。这个读者在哪儿呢？当然，我理解出版商的经验，的确有一个客观前提是，中国人全面认识、了解西方，主动译介西方文化已有一百多年历史，而西方（尤其普通西方人）开始对中国有比较多的认识、了解可能才有几十年时间——中国经济崛起的几十年。普通读者不可能都有深刻理解中国文化的心理准备。因为如此，才更需要文学的沟通，文学也可以说就是为了沟通人类心灵而存在的。

说你以前写的小说那么明丽，那么纯洁，到了《玫瑰门》你怎么那么复杂，你怎么把人生血淋淋的一面撕开给人看，把女人丑陋的一面撕开给女人和男人一起看，这些是小说。人在青春期的时候，刚从小女孩长到成人，写出一点单纯的东西不奇怪，问题就是，你不能总是傻笑，再一个也不能装天真，一个作家一生追求的，我现在远远没有追求到。你能否穿越了很多苦难，穿越了地狱，穿越了大不愉快，你的灵魂还能上升，而不是沉沦。所以有一个作家说得特别好，他说我有时是对生活不恭敬，那是因为我希望生活更神圣。他写作不是一个恭恭敬敬的态度，那是因为就像人说，一个人最可怕的是他对生活没有希望也没有失望。如果你不断地失望，那是因为你还有希望，如果连失望都没有，那就证明你也没希望。什么都没有了，你爱怎么样怎么样，生活与我无关，世界与我无关。所以我想，尹小跳她也是混合了传统的、外来的，包括这一代人接受的，开放的和骨子里的血液里带来的东方传承，她还是要圆满的，她也是要通过自我的修炼，自我的反省，因为中国文化里也有修炼和反省，这个很重要的一层，然后她要达到一种境界。为什么中国的古典诗词、古代散文讲意境？她也要达到人生一种高的意境，这也是中国文化所独有的。在这个年轻人身上，这是从血液里带来的一种基因，不用别人来教给她，即使是"文化大革命"也没有毁坏掉。因为一代代的中国人在这个土地上。在

灵魂在场

"文化大革命"中，所有的人都没有了尊严，别人让你吃屎你也得吃。我让你给我跪下你也得服从。但最终一个民族文化的积淀和生命力没有被摧毁。一有风吹草动就又起来了。所以我认为有良知的一批年轻人中，他们基因里还有这些，同时这代中国年轻人又是开放的，好比鲁迅先生的"拿来主义"，西方有好东西就可以拿来。比如关于哭，关于悲伤，西方人的克制很明显，中国人就不是这样。中国乡村里一个家庭死去亲人是要大哭的。再往下发展可能会演变成要做给别人看，我就不为我自己，让别人以为我是这样的。农村经常有雇人去哭，若没有哭声，第一这个人没有得到应有的尊重，第二这个人生前和大家的关系不太好，死了都没人去哭。这也可以说是中国的"哭文化"。但在西方的文化里，要克制，你这个悲伤是有期限的，不能咧着嘴哭，一般更不会当众号啕。

张洪凌：西方的气氛往往会冲淡悲伤的情绪。

铁凝：对。所以这种差异都是有的，我们空泛地说并没有意义，从概念说到概念。我是说，好的文化，中国文化也有糟粕，西方文化里也有优秀的，我觉得凡是好的都可以拿来，都可以在潜移默化中影响年轻人。比如说悲伤，欢乐的那种态度，面对死亡的态度都是差异的，这种差异本身并没有高低、优劣之分。有些东西只是习惯不同，倒不是这个是优，那个是劣。我觉得尹小跳这一代年轻人，就是在这样一种环境下。她有没有宗教的意识啊，宗教的情怀啊，实际上，她进入冥想，有个分界线，一下停止了，那件事是她脑子里物质的一条线，一下过去了，进入了冥想。也就是顿悟，佛教里讲的顿悟，这是内心的。但是在基督教里，我听说一定要达到一个状态，叫做圣灵充满，只有达到那个精神状态之后，你才有受洗的资格。我想佛教的顿悟、觉悟，还有佛教禅宗里的"棒喝"，我不跟你讲这些东西，就是棒打，或大声"喝"，让你突然醒悟。所以我认为佛教和中国文化的关联渗透的程度是很美妙的，不能简单地讲中国没有宗教，中国人没宗教情怀。一个人可以不信某一种宗教，但是不代表他没有信仰。一个普通的中国人在道德选择的紧要关头，或者评判他人时，都会用"天地良心"来作证，我体会这"天"就是上天、上苍，或者更朴素的"老天爷"，这本身就蕴含着宗教之意。就这个小说里的主人公，我觉得她内心有信仰，她作为一个人，她觉得怎样的人才算完满的，为了完成她追求的这个，她要做出一些救赎。但是她并没有预设去跟着一个主义，跟着基督或者哪个宗教走。她的内心的指引是来自多方面的，这种浸润，这种糅杂。其实，在相当的一部分中国人当中，很多人不自知，他自发地在做，但他不能自觉地把它说出来，因为说话的人是有话语权的，更多的人是不能剖析自己。

张洪凌：很多时候他们是找不到语言去表达，去感受。

铁凝：我想大概有这个问题。有一个名字的问题，大浴女，这个我已经到处回答过了，因为总是被人问。我的文学对美的想象有一部分来自于绘画，对绘画的感受你是说不出来的，凡是说出来的都是不准确的。中国一位有名的老诗人，一次人家问他为什么不写爱情诗呢，他说，爱情，是不可以写出来的，写出来的都不是爱情。他对诗，对爱情的要求是很高的，他觉得那是不可言说的，说出来的都是不准确的。所以这样的诗人我也很敬佩。写《大浴女》的时候还没想好名字，后来我翻塞尚的画册，看到《大浴女》的组画，大浴女之一，之二，等等，还有大浴男，还有男性的裸体，这些裸体非常打动我。我小的时候接触绘画比较早，画家笔下那些美的人体给我深刻印象。中国的文化，人体裸露是一种羞耻感。我觉得安格尔的《泉》，还有苏联格拉西诺夫的《农庄浴室》里边那些很健壮的农妇洗澡，我感受的是人体自由、蓬勃的生命力。塞尚的大浴女，他画的人体都是跟树和土地纠缠在一起，皮肤是褐色的，有些浴女就长在树上。当时给我一个震撼：这些裸体是那样的蓬勃和淳朴，接近于泥土，巨大的生命力，旺盛的，坦然的，不扭捏的。有一些名画里的女性裸体会给人过于甜腻的感觉，修饰感太强，反而有一种挑逗在里面。但是塞尚的大浴女系列，完全是坦荡的，有力量的，把自己袒露在自然里，和土地、树干融合在一起，是一次在自然之下的涤荡，是一种承接，一种担当。这是我作为观众的理解，这理解也和我的小说的气质相吻合。我要说的大浴女是复数的，也可以说成大浴女们。实际上是一种精神的涤荡，一种和生命、和世界的坦然面对。虽然《大浴女》里有一些性的描写，但不是为了挑逗。当时引起了一些风波，有很多负面的评论。指责像铁凝这样的作家，为什么要迎合出版商，去弄些东西，你看这个名字。西方人觉得裸体是很美的，身体是不丑的。只有丑的心灵没有丑的身体。我认为每个女人都是美的，没有丑的女人，只有丑的心。但中国人就觉得欣赏人体艺术总是有点不自然。所以中国三十年改革也伴随着一些风雨，一路改革走过来也不是风平浪静的。现在经济高速发展，但不能以牺牲文化做代价。上世纪八十年代中期，有人说我的小说有精神污染。我说我是最反对精神污染的，我呼唤的是精神的高贵和健康。包括《没有纽扣的红衬衫》，有文章说你的小说煽动学生造反，你是反对老师什么的。维纳斯不是裸体吗，中国在改革开放之后也出现了维纳斯的雕塑啊。清除精神污染时有一个小城市，有人就给雕塑维纳斯穿上衣服了，要遮挡一下。所以"大浴女"这个名字，我没什么别的想法，倒是有些评论者有一些想法，他们会把这个想得很复杂。当时就有很多的文章，不喜欢这个小说，主要就是针对其中性的描写。我个人认为性本身是很干净的，性在《大浴女》中不是佐料，即使当时的环境是那样的，我相信我自己还是有定力的，我相信更多的读者会理解这个小说的干净之处，虽然里面有性的描写。但是我是坦荡的，我为什么要写性，是因为这是绕不过去的，我的人物，她的情感发展到那，一定会触及，它关系着人性的丰富和深度，我就没必要躲避。

张洪凌：方兢和尹小跳之间的性是非写不可的，但陈在和尹小跳之间的性为什么非写不可？

铁凝：这两个人经过了这么多年之后，最初类似兄妹感情，后来是陈在暗恋着尹小跳，但尹小跳忙着自己的恋爱，是很忽略这个的。陈的爱人也不是他的真爱，是人到中年以后……我为什么要写他们啊，是因为他们是真正的相知，他们从相遇到身心融合，灵魂和肉体的超常的契合的那种美，是尹小跳从来没有享受过的，这个值得书写。写这个好像圆满了，但又为后来最终的缺失埋下了伏笔，陈的前妻又回去了，他对亲情的一种挂念，不是爱。但是这种挂念也是人生当中需要的，所以尹小跳就退出了，她感到自己变成了一种实际意义上的抢夺了。写他们一度的理想结合，是为了尹小跳最后的缺失，如果她一切都圆满，她就不需要心灵深处的花园。她和陈在结合已经是花园了，但是人在缺失的时候，能再退一步的时候，自己好像是一个相对残缺的时候，她完成了另一个意义上的圆满，她所爱的人，由于她的抢夺，另外一个女人受到了伤害，和她相比更弱的一个女人，在这种时候，她还能不能走进心灵的花园，能不能有很宽的胸怀，看到世界是美的，我觉得这个很重要，不然就会没有力量。他们短暂地享受了非常美妙的身心交融的情爱，也是人生难得的那样的快乐，肉体的快乐达到极致也是值得尊重的，何况他们是早已契合，并且相知相熟的。从尹小跳十二岁一个不起眼的小屁孩那时候，这个大哥哥就很挂念她，就那样她也不知道，只会向他诉失恋的苦。所以有了这些坎坷，之后他们有了心灵和肉体的非常美的交融，但是她又退出了，然后这种退出对双方尤其是尹小跳是更大的一种打击，也是她惩罚自己的一个手段，自虐感那种，可是如果不退出她又觉得心更不安，会永远不安心。换个角度说，她的这种选择也未必就对，也未必是最好的，但是世界上没有最好的东西，只有更好，所以这儿不能减掉，我觉得非写不可。上海的作家陈村，为《大浴女》专门写了一个评论，其中写到《大浴女》的性，在 2001 年的《中华读书报》上，写得很好。他很挑剔，不怎么写评论。他谈《大浴女》的性是因为，他特别提出中国作家小说里的性，他说他每读中国作家小说写性的时候，就心慌意乱，很紧张，永远有不好的预感，为什么呢？一些人要不就夸张性的扭捏，先认为性不洁净，写的时候心态就是躲闪的或以为龌龊的，或者是在审美层次上不是高的，他觉得铁凝写这个我就揪一把心，她怎么写啊，但是他一看到很感动，说看完之后觉得是干净和明亮的，所以我就觉得至少我有一个知音，书商也没有去号召他，他是一个独立的好作家，我当时觉得很意外。很短的一个文章，也就一千多字。

张洪凌：里面的男性，老一代的，像方兢，唐医生，个性非常鲜明，心理很有深度、有层次，像陈在、麦克、俞大声，给人印象模糊一些，您怎么看这些男性的角色？

铁凝：写一个人太完美了就印象不深了，中间的人和另类的都相对容易写，像唐菲这样的人很容易写。尹小跳内心很复杂，小诡计、出卖啊也有。

张洪凌：尹小跳貌似好人，作者没有带着谴责的态度去写她，所以不很强烈觉得她做了些坏事，没有那么坏，中性的态度。

铁凝：文学作品里面，不是黑就是白是要不得的，人都是复杂的。歌德那句话"有多少颗脑袋就有多少种心思"，文学要秉持这种。就这点出发，我的笔力还有不够的地方。比如陈在，他是个好男人形象，他那么好，就有点模糊了，当然他最后可能有点犹豫，跟尹小跳结婚真的对吗，他跟他的前妻到底是一个什么感情，这个再做深的挖掘，他不是还要给她打电话去吗，让她关窗子？尹小跳很敏感，她觉得自己处在这样的状态，等于夹在两个人中间了，但是他打电话又有什么错误呢，这也是人之常情，所以情感是非常复杂的。像俞大声是个敞开式的结局，读者可以随意地想他，他是不是唐菲的父亲？也许是，也许不是，这留给读者去猜测。陈在的苍白就是他没给读者留下任何想象的空间，俞大声还稍有，像你说的唐医生都是很具体的。唐医生趴在烟囱上，真是我少年时经历的一个大人，怎么突然走了，捉奸，这个人走投无路，这捏造不出来。童年少年一个大的事件永远刻在心里，是我们院子里一个小玩伴的爸爸。这是一个很大的事件，因为它离你那么近，要是一个陌生人也许你不会有这样强烈的记忆。那个童年的记忆一直留在我的脑子里，我也并没想到在很多年以后它会用在我的文学里。唐医生虽然是个医生，而且很自私，生活上寂寞，也缺乏责任感，如果比照书中另外几个人，他可能是一个平庸的人，也不是完全不负责任，但是他最后的死是壮烈的，他也可以不死，他为什么非得死，不是因为他跟一个女护士发生不应该的男女之事，他的死最终是一个绝望，他已经不是人了，非人的这种绝望，他不愿意一个男人不能穿起衣服，一个男人一定要裸体着被所有陌生人追赶，在一个公共场所，医院的院子里，他以死来对抗非人的环境，这是惨无人道的，我觉得这个不亚于把一个犹太人扔进毒气室，就是这样的残忍。"文化大革命"的这种捉奸、致死，这种事情很多。很有名的作家萧乾的夫人，文洁若，也是一个作家，大翻译家，她的回忆录，"文化大革命"中她的母亲只是因为是旧社会县长的夫人，红卫兵就把这个老太太拿出来斗，斗完后把一具死尸放到她母亲的面前，让她母亲把死尸抱起来，抱着死尸跳舞，这都不是虚构，这就是事实。就这样一个小人物（唐医生），以死来谴责来对抗，那么多男男女女老老少少连住院的病人都那么兴奋，和医生一块儿追赶一个人，他没有权利把自己的衣服穿上，他没有尊严，所以我觉得他最后从烟囱上跳下来是有尊严的，他跑是没有尊严，他在那儿展示裸体，这种静态的裸体是没有尊严的，所以就这个意义上来讲，他的灵魂比方兢更干净，方兢虽然是个大名人，大导演，受过苦的，但是这一代的受苦人呢，我觉得值得警惕之处，他在受过苦之后他的苦难成了卖点，他索取，他要回报，全社会欠我的太多。

张洪凌：方兢这个形象在别的文学作品中还没有。

铁凝：写受难的人很多，打成右派的，劳改的，反革命抓到监狱里，但是我想挖掘的是有这样的人去卖弄兜售他的苦难，向社会无休止地撒娇，这也是另外一种浅薄和没有尊严，那么中国的一批知识分子里是不是也有这样的？肯定是有的，我认为是让人遗憾的。实际上有更多普通人的苦难和普通人显示出来的尊严还没有被表达，所以作者用唐菲的口说出了这番话，她说她舅舅只是个普通人，她舅舅也不怎么样，经常跟她吵架，而且她难堪的手术是她舅舅给做的，但是她舅舅没有人知道，也不会成为一个名人，死就死了，所以她说真正的苦难可能像爱情一样也是说不出口的，这些苦难是没有被表达的，不是只有话语权的人的苦难才是最高的苦难。这部小说至少我在写的时候我在感受一些东西，不是说我在思想，思想太抽象了，我感受到的就是，我们怎么样看中国这几十年的历史，一场革命之后所有人自己内心的一些不完满和一些对他人的不好、不公平，和应该有羞耻感的甚至对他人的罪，我们都会很轻便地很简单地说，那个时代坏了，没有它就没有我这样，都是这个时代搞的，你看让我这样，时代好了我就是一个好人……我觉得还是应该静下心来，面对心灵的真实和历史的真实。我们什么都去怪一个时代是容易的，简便的，但是作为每个个体的人真的没有一点选择的可能吗？为什么在那个时代里，比如一个教师被逼吃屎有人上去打他，但也有人选择了避开呢？有人没有被强迫去揭发他人，但怕被人说不革命就主动地去揭发，亲人之间也互相揭发呢？

张洪凌：像教师吃屎有没有一个原型，或者是只是听说过？

铁凝：这种事情太多了，把一个人弄到厕所去喝尿，太多了，甚至我听过真实的相反的事情，一个人被折磨得受不了了，老被追问你那件事，你要说出那段历史，你做了什么事情，他又没做过那件事情，这是一个真实的事情，我妈妈给我讲的一个熟人的事情，那个人赶紧吃屎喝尿装疯，然后得以解脱：这个人连屎都吃，疯了，就别问他了。有一个二战的电影给我印象很深刻，主人公是个逃兵不想打仗，就对自己开一枪，是伤员就可以离开战场。这种事情太多了。也有人装疯的，他的神经到了极限，就像《大浴女》中那个女护士，美人鱼，她被逼问得自己编造一个暗号，她编的暗号还很有文学性，"美人鱼的渔网从哪里来"，很像特务暗号。我的父辈，他们那一代知识分子里发生过的事情。有一个教师被揭发出是特务，她说我不是特务，后来终于承认自己是特务，因为你要说你不是特务你受的罪就更多，可你承认是特务也要继续受罪，因为你是特务你就有暗号，你怎么联络，她还得编造暗号，所以这就像无休止的一个噩梦。这不是虚构的，生活比虚构的要复杂得多，是你的想象力所不及的，这场革命有很多是你的想象力所不及的。伤痕文学反思苦难、控诉已经非常多，但我觉得很多更深入的东西还没有开掘，更深入的东西还没有把它细看，像"猫照镜"中表达的一样，镜子里镜子外照一照，谁都不想照出丑，甚至人一照镜子就做一个好的表情，不会做一个坏表情，我想提出的问题，想让读者一起来反省更深的事情。这一代中国人有时候太简便、太轻易忘了一些事情，要么假装没有这件事情，然后推到别人身上去，推给一个时代。你自己怎么担当？作为一个个体的人，你是不是总是说那么多坏人，没办法只好这样。事情不是那么简单，特别是从文学出发，从每个个体出发，不是这么简单，这里面的空间非常大。我愿意为此多做努力。当然一个作家想的时候想得太清楚了也不好，就变成主题先行了，文学还是要有感而发，比如你的少年记忆，一个男人从烟囱上跳下来了，是你认识的一个邻居大人，也没跟你讲过话，从烟囱跳下来，他老在你心里。这不是你编造一个政治，先有这个革命，再伪造几个人在这里干革命，那不是文学的本意，至少我的文学出发点不是这样。你们最初的提问是怎么保持个性，个人的颜色、气息，你的文字是有你的呼吸、你的心跳在里面，文学应该是这样，我想就是心灵的自由是不应该被篡改的，尤其作为一个写作的人，一个作家，心灵的自由也是不可阻挡，不应该被遮蔽的，这个时候总会有让你动心的你放不下的东西。

2015 年 5 月，法国外长洛朗·法比尤斯授予铁凝法国文学艺术骑士勋章

文学还是要跟你的某一部分社会工作分开的。前面你们也问了你后来当作家协会主席了，这么高的位置有没有精神负担？会有压力，但是必须面对。我曾经说过，作协主席是个官，但你要把它当成官来做，那就是麻烦的开始。我更愿意把自己首先界定为一个作家，所以我不喜欢别人叫我铁主席，主席今天有就有，明天没有就没有，是一个非常短暂的过程，写作却是我生命中很重要的一部分，它让我感到充实和快乐。在作家协会主席的位置上，我必须对协会的工作尽职尽责，如果工作和写作发生冲突，我必须选择先放下写作。这本身就对自己是个挑战，压力也会由此产生。我应该学会更科学地利用时间。几年来我没有放弃写作。人的一生很短，如果你一生大部分时间所做的事情是你愿意做的，那已经是幸福了。从这个角度看，我相对比较幸运，选择文学，正是我内心的喜爱，没有人强迫我这样选择。成为作协主席有我的幸运之处，但同时也希望你们看到，我首先是一个作家，一个严肃的、一直在努力尝试超越自己的作家，我大概有三十六年的写作经历，从来没有间断过文学，不管在什么样的条件下我坚持写作，保持写作的状态让我身心安定。这是我最重要的一个身份。你的灵魂安放在哪里，你放在文学里面觉得很充实，很多能够激发想象力的、创造性的东西在其中，通过文学表达出来。这时会有一个自己给自己的压力就是要警惕写作的平庸，期待自己不要退步。

2010. 7. 24

少年恰知书滋味

　　读者面前这套小书，是我作品中同孩子有关的一些篇章，包括短篇小说、中篇小说、长篇小说节选和散文。

　　我一向觉得，为孩子写作或者描写孩子，是庄重且并不容易的事业，因为孩子虽小，写孩子的人却应有一颗足够大的心，那首先便是平等之心吧。每当我在孩子跟前蹲下来，看着他们的眼睛对他们说话或者听他们说话，我常常发现那本不是屈尊俯就，让对方感到安全。相反，我总是想到，面前的孩子，他们何尝不是藏在我们灵魂里的巨人？我的写作最初是从儿童文学开始，多半因为那时我也刚从少年脱胎出来，自发的因素居多。我写过一点关于孩子的故事，但不等于我对他们的世界了然于心。真正成人之后，当我再将笔触试探性地伸向孩子，除了坚信孩子的情感世界埋藏着许多大人以为可以忽略不计的宝藏，还缘于那些影响过我的中外儿童文学大家，他们的著作不仅带给我童年、少年无以替代的快乐，更奠定了我终生相信生活、相信爱的人生根基。尽管我在幼儿园拿起第一本书时，还是个不识字的人。

　　现在回想起来，我在幼儿园时代最愉快的时光就是听故事，其中特别吸引我的，是收音机里的孙敬修老爷爷讲故事。当时家里有一台苏联产的带唱机的电子管收音机，这收音机像许多苏联的产品一样，笨拙，庞大，足足占去一张矮腿饭桌。但也就因为它庞大得好似一间小房子，致使年幼的我以为孙敬修老爷爷每逢讲故事之前，都会把自己变小，然后钻进收音机里去。因此，每当孙敬修爷

　　　　　　　　　　　　　　　　　　铁 凝 散 文

爷开讲时，我必定搬把小椅子把脸凑在收音机前，牢牢盯住发着淡黄色暖光的"收音房子"，这样可以一字不漏地把故事听细，说不定还能看见坐在里边的那位老人——我妄想着。母亲常为此笑我，她不明白听个故事为什么像要把收音机搂进怀里似的。对此我不作解释，我知道大人们听收音机时可以走来走去，手中也能忙些别的。大人轻视的，于孩子或许正在要紧处；大人不耐烦的，说不定恰是孩子百般认真对待的。我那种带有仪式感的听故事情态，一直延续到小学一年级。

我识字了，当我能够磕磕绊绊地把小人书每一页图画下面那简单的汉字读成句子时，心中的快乐无法形容。我忽然发现世界真大，而我也不渺小，因为我会阅读了，我就成了一个主动的人。我可以不再苦等收音机里每天固定的那一点故事时间，我在任何时候打开书，都能够同书中的故事直接交流。阅读让我认识了更多的字，那一颗颗美丽的汉字多么神奇，它们牵着我的眼睛奔跑，如饥似渴的识字又不断带动着我的阅读。《克雷洛夫寓言》《没头脑和不高兴》《宝葫芦的秘密》《小布头奇遇记》《格林童话》，丰子恺的配字漫画，高尔基的《童年》，冰心的《小橘灯》……在父母忙于工作，没有更宽裕的时间关注孩子时，这些好书给我乐趣、宁静，激发我对人和世界的无边想象，让我知道了友谊、忠诚、勇敢这些大词，开启着我心灵的诸多时间。我还迫不及待地把书中读到的词汇拿到生活里去用，有时用得恰当，有时用出笑话。一次上体育课，一个男生不小心把我撞倒，我爬起来煞有介事地对他说："你太鲁莽啦！"那男生却大声反驳我说："我不是流氓！"我向他解释"鲁莽"的意思，他半信半疑地看着我。那时我很得意自己的"多识"，并慷慨答应把写有"鲁莽"一词的小人书借给那男生看。

有人说小人书这种艺术形式至少影响过三代中国人。在我的童年和少年时代，小人书是我最初的文化启蒙和文明启蒙之一。我和我的同龄人，差不多都有过买小人书，在一分钱即可租到一本的书摊上看小人书，同学间互借小人书的经历。我们传看最多的有《敌后武工队》《野火春风斗古城》《平原枪声》《小兵张嘎》《青春之歌》《嘎达梅林》《江姐》《红嫂》《方志敏》《赵一曼》……至于和同学在读完同一本书之后讨论感想，更是我难忘的少年记忆。比如《江姐》，我和班里女生读过之后，被这位经受敌人各种酷刑，包括用尖利的竹签钉进十指，却为了理想至死不屈的女共产党员深深震撼和感动。我们也渴望当革命需要时像她那样无畏献身。我们讨论的是，敌人用刑时最好不要拿竹签钉进我们的指甲——哪怕就砍头吧：砍头不要紧，只要主义真！这是那个时代一个少年对信仰的诚实渴望，也有一个孩子本能的懦弱——害怕被竹签钉手指。

　　后来，二十世纪六十年代中后期，在那场鄙视读书、不要文化的革命中，许多经典名著被销毁、烧掉或运去造纸厂造纸。一些学校也停课了。作为一个暂时无学可上的少年，我曾经多次推着塞满书籍的我妹妹儿时用过的童车，受大人吩咐去废品站卖书。我排在长长的卖书队伍里，一边痛惜着那些将要离我而去的书们，一边一本本囫囵吞枣般地猛翻。虽然我对那些书基本看不懂，却是那样恋恋不舍，好像要用眼睛吃掉它们，让它们永远存进我的肚子。那时我是小学三年级学生。再长大一点我才知道，那都是些文学名著，比如《静静的顿河》《红与黑》《契诃夫剧作选》《高老头》《聊斋志异》《哈姆雷特》等。

　　但我毕竟是幸运的，因为家中总有大人照顾不到的地方还散落着零星旧书，同学和密友之间互换书看的习惯也反而更顽强地延续下来。那几年的阅读给我印象深刻的有孙犁的《村歌》，还有盖达尔的《少年鼓手的命运》，施特里马特厚厚的长篇小说《丁柯》。我被丁柯这位德国乡村少年深深吸引，尽管看不懂书中那异国土改、新旧生活的复杂矛盾和纠结，但这些生活给主人公丁柯带来的巨大影响，丁柯充满期待、善意、迷惑、好奇以及淡淡惆怅的丰富内心，他和父亲、妹妹、朋友、村人的情感起伏，从始至终打动着我。使我第一次知道，一个孩子也能成就一本大书。那里有诚实、细腻的感情，有遥远的，但全人类的孩子都能会心的亲切对话和生活。

我要特别提到盖达尔的作品，当年在我家被大人遗漏的零星书籍中，有一本上海少年儿童出版社出版的《盖达尔选集》，草绿色封面，一尊盖达尔身穿军便服、左手捧着一本书的暗金色全身铜像印在封面上。这位在苏联卫国战争中牺牲的英雄作家脸朝读者微笑着，左脚迈出一小步，仿佛正向我们走来。我从这部选集中读到他的《少年鼓手的命运》《远方》等名篇。盖达尔笔下那些少年的命运强烈地牵动着我的心。我对作家笔下那些苦痛、压抑的背景尚没有更多能力理解，震动我的是身在其中的少年那温柔的向上情怀，那干净的向好心灵，他们有隐秘的无处倾诉的忧愁，因为向上和向好，那忧愁便也成了动人心弦的力量。我读着盖达尔们，感谢他们的书抚慰了那个年代的我，那个有时感到无聊和茫然的我。好书确能擦亮人心，好书确能救人。

很久以后，当我成为一名作家之后，偶然读到鲁迅对盖达尔的评论，在鲁迅生命的最后一年，他为向国人引进盖达尔的作品做了大量努力。鲁迅在评论盖达尔的作品时鲜明提出了写儿童的书要使儿童认识到真实的生存环境，要培养儿童的好奇心，同时让他们自己也要求真。我想，这也就是盖达尔、施特里马特的作品当年那么强烈地打动我的重要缘由。他们诚实、平等，且无保留地相信少年读者们的判断力，他们情真意切地写出了生活的艰难和欢乐，生命的壮丽和坚忍，不回避笔下少年人的生存境况，发现并赞颂孩子们在经历着这一切之后的阳光、勇气、向善和自立的觉醒，他们的书就那么真实那么美。他们也获得了少年读者长久的信任，这信任不仅是相信书中的故事，还有对阅读本身不倦的依恋和爱。

走进孩子的心是不容易的，那里有溢满生机的憧憬，那需要一个成年人始终葆有成长的能力，或许才能如孩子那样，在生活的笑靥或泥泞中看见白云里有奔跑的马群，听见蒲公英在春风里的合唱。我在孩子面前蹲下来，对孩子说话或者听孩子说话，我感到当我试图看懂他们时，孩子也无时不在对我们幽微的内心做着极为细致的观察和判断。那时我常常想说，孩子，请带上你的阅读，也带上我和你一起成长。

2019 年春日

2015 年 12 月，在江西瑞金红军村

2019 年 10 月，率中国文联文艺家代表团访问
毛里求斯

2019 年 7 月，在湖南湘西十八洞村

2013 年 9 月，在第九届全国优秀儿童文学奖颁奖典礼上

时间和我们

　　十年前的这个丰硕的季节，首届东亚三国文学论坛在首尔举行。十年后的今天，第四届韩中日东亚文学论坛再次来到首尔。十年前，参加论坛的三国作家们彼此尚属陌生；十年后的今天，当我们重逢时，我们熟稔的目光和神情都在告诉对方：感谢时间，让我们已经认识了这么久。

　　我在这时想起了中国一句老话：十年树木。这句话出自中国春秋时期著名政治家管仲，意思是一株树苗长成大树需十年时间，更指树木成林的不容易。"树"在这里作动词用，说的是养育和培植。东亚文学论坛走过了十年的时光，在所有参与者的共同努力下，这棵关于文学的论坛小树已成长为健康的大树。如果可以把论坛的每一位作家比作一棵独立的文学之树，正是你们的集结，也使这论坛成为文学之林。而每一次论坛不断有新的作家加入，一株株挺拔、峻朗的新生之树和大家比肩而立，更使这文学之林变得格外富有朝气和活力。

　　在文学之林里，一棵独立的树非要和另一棵独立的树打招呼不可？我们可以静默地伫立着，我们的心事也不尽相同甚至相反。然而总有风舞动树的枝条，树们有时也需要喧闹和走动。论坛为文学之林创造着暂停静默、集结交流的时间，时间培育了三国作家从试探渐渐走向有话要谈。

　　时间可以磨损很多东西，比如爱恨情仇。时间也能够塑造很多东西，比如让美变成痛苦所能够达到的最高境界，让代际间的隔膜和不屑成为相互凝视与和解，乃至相互的鼓舞。

前不久，我的一位朋友对我讲了他经历的一件事：两个月前，他的女儿满十八岁了。十八岁是一个人重要的生命节点，女儿还考上了一所很好的大学。在女儿生日之前，父亲问女儿要什么生日礼物。女儿说，只想要生日那天父亲和她一起去文身店刺青。我的朋友一时没听明白，问女儿说：是要我陪你去？女儿说，是我们两人一起去，你当然也要文身啊。女儿的请求让做父亲的吃惊并且为难，首先他没想到看上去文静的女儿有刺青的愿望，其次他没想到女儿要他也去刺青。他说他要考虑一个晚上。

我的这位朋友在个人事业上可以说是成功的，白手起家做实业，历尽艰辛。他曾向我坦言二十年来几乎没有完整时间照顾过家庭，稍有空余他会坚持运动，他酷爱爬山，却从来不带孩子。他甚至经常忘记女儿的样子。在这个晚上，他开始郑重考虑女儿的请求，他觉得这请求其实是带有挑衅性的试探的，也还有几分刻薄。他五十岁已过，从未想过用文身来获得身体和精神的愉悦，但是女儿那挑衅刺激了他内心深处的内疚感和探索欲，在觉得女儿荒唐的同时，他忽然看见了女儿身上的自己，从前的自己。当他的事业从最艰难起步时，不也充满了探索、叛逆、不服输么。他决定答应女儿。第二天他对女儿讲了自己的决定，这次轮到女儿吃惊了，她没有打算父亲当真会答应她的要求，她提出刺青除了挑衅，还有引起父亲对自己特别注意的心理吧，她要的其实是父亲的"退堂鼓"。她提醒父亲说，那你的员工会怎么看你呢？父亲说，我已经决定的事，不会轻易改变。

于是父女二人开始研究文身的位置和内容。他们先商量了位置，确定在脚踝偏上，按中国人"男左女右"习惯，父亲在左脚外侧脚踝，女儿在右脚外侧脚踝。接着他们说出了各自文身的内容。女儿说，她要文神经传导物质多巴胺的化学式：$C_8H_{11}NO_2$。她就要离开家了，她希望自己有长久的快乐。父亲说，那一年他攀上了珠穆朗玛峰，他准备文北极点、珠峰和南极点的地理坐标。生日那天，父女二人来到女儿预先选好的刺青馆，在文身师的引导下，分别进了文身室开始了他们的刺青。父亲这里，文身师照例先询问客人是否改变了想法，现在改变还来得及。父亲表示他不改主意。隔壁的女儿却给父亲发微信说她稍微改变了一点想法，她不想文多巴胺化学式了，她想文摩尔斯电码。这边的父亲一面请文身师开始工作，一面微信问女儿为什么。女儿说摩尔斯电码更简单，时间不会太长，也不会太疼。这边的父亲问摩尔斯电码的内容，隔壁的女儿说"等待"，并发来图"●—●●●"。父亲并不懂摩尔斯电码，这个表示"等待"的电码图形的确十分简单，看上去类似于标点符号里的删节号。那么，女儿到底是怕疼呢，还是怕刺青时间太长呢，还是在最后的时刻不想让身体留下太明显的印记呢？也许兼而有之。也许女儿走进刺青馆时已经退缩了，是不改主意的父亲叫她没有了退路，最终她选择了简单易行。她为自己的刺青录了视频，立刻得到朋友圈大量点赞，因为她是全班乃至全校第一个走进刺青馆的人，她小腿上的摩尔斯电码让她更加与众不同。可她腿上的"等待"并没有让她等待隔壁的父亲，她的文身25分钟结束，之后她就跑去和朋友们聚会了。父亲这边的文身，用了一个多小时。珠穆朗玛峰，毕竟比摩尔斯的"等待"更复杂。

这女孩子的父亲却没有因女儿把他丢在刺青馆而抱怨，在刺青馆的一个多小时里，他由陌生、不自在到坦然面对文身师，皮肤的灼热和微痛渗透到心里，使他得以在这奢侈的时间之外的时间里冷

　　　　　　　　时间和我们

静、清醒。这时间之外的时间降临在这中年男人惯常的时间轨道之外，可否说是时间的瞬间"出格"？他为此感谢女儿，在智能社会和机器人时代仿佛就要轰轰烈烈来临之时，一个十八岁的孩子仍然渴望感受皮肤上货真价实的痛感，渴望在物质的时间里感受生命的质地，虽然这渴望有些许的虚荣心做伴；他也判断着自己，他觉得自己"还行"。不是因为他的"珠穆朗玛峰"比摩尔斯电码的"等待"图形复杂，痛感就多，是因为他在决定了一件事并能够切实实施的果断和单纯。尽管这等小事和他投身的实业相比，原本不足挂齿，但也需要坚守的毅力，等待的耐力。而一个十八岁的孩子，有时候却可能远比她的长者要复杂多变，犹豫摇摆。这对父女，就日历年龄而言，女儿比父亲能够拥有的时间要富有太多，可她还舍不得"等待"，也尚未深知"慢"的昂贵。女儿的生日是快乐的，在时间的"出格"上她引领了父亲，同时她仍然相信，在她新鲜生命途中的某些节点，父亲仍然有资格引路。

我由这位朋友的讲述，忽然想到新近社交网络上的一批当红虚拟超模偶像。其中一位出道半年，已和众多国际一线大牌化妆品合作，影响力和号召力惊人。她年龄十八，身高一百五十厘米，一头亮丽黑发，页面显示她是住在巴黎的一位时尚女性。但她其实是电脑合成的形象。有意思的是，在虚拟偶像盛行的今天，当被问到这些虚拟人物是否会取代真实的超模，成为新的时代偶像时，那位虚拟超模的合成者却果决答道："才没有什么能够代替真正的手，真正的眼，真正的身体，以及真正的心跳。"我要说，还有成长、痛感、欢乐和美梦。如同今天的读者还需要文学，是需要真实的心跳，需要生机勃发的脸，也需要被岁月雕刻的皱纹，皱纹里漾出的真挚笑意，以及阳光晒在真的皮肤上那真的油渍。而这一切，都还要仰仗时间的养育。

时间，时间被称为物质运动中的一种存在方式，由过去、现在、将来构成的连绵不断的系统，是物质的运动、变化的持续性、顺序性的表现。文学也可以说是一种时间艺术，是一种有能力把历史、现在和未来连接起来的艺术，是创造的艺术，不是捏造的艺术。古往今来那好的文学可能不是历史的骨头，却是历史丰盈的血肉。因为文学，我们才得以窥见我们的先人气血盈盈的生活、劳作、爱和忧伤，思想和思想的表情。我们才有可能在千百年之后依然有能力和他们心意相通。

几年前一位韩国出版商到北京寻找中国的纯文学作家，要在韩国出版他们的著作。当时我问他，在世界性金融危机的背景下，您的出版社出版纯文学著作，一定会有很多困难吧？他告诉我，出版社是遇到很多困难，但是，假如没有文学，人类将更加困难。

一个月前叙利亚著名诗人阿多尼斯应中国作协之邀，参加鲁迅文学院的国际写作计划，我和他见面时就想起了他的一句话："没有诗就没有未来。"

我从《万物简史》中知道，目前以最长寿者按小时计算，人的寿命大约六十五万个小时。如果时光是无法挽留的，那么文学恰是为了创造时光而生。文学创造出的美和壮丽，能够使我们和读者有限的生命更饱满更生动，从而我们的生命得以双倍延长，超越我们的日历年龄。这样的说法让我们对自己从事的职业依然怀有自信和激情，也因此，我们确应怀有属于文学创造的自觉的时间意识。我们所依据的生活材料可能是二手、三手，但我们的创造不能满足于在二手时间里徘徊，当艺术实践开始之时，寻找独属于自己的崭新时间亦即开始，这个时间并非钟表那日复一日的"嘀嗒"声，而是揭示重要时刻，揭示钟表结构上将来未知的那一步跳跃，那时间的瞬间"出格"。

文学应当有资格赢得时间的养育，作家应当有耐心在独属自己的崭新时间里，为读者和未来创造更加宽阔的精神领域。当未来社会的诸多不确定形态让我们困惑时，不同代际的作家也应相信，那同时到来的一定还有蓬勃的更有意义的可能。我还想，假如有一天智能社会和机器人完全取代了文学和我们，取代了"十年树木"的文学之林，文学生态甚至大自然生态完全被智能"合成"，那时的文学也会像1997年，当法国海军停止使用摩尔斯电码时发出那最后一条消息，那最后一条消息是："所有人注意：这是我们在永远沉寂之前最后的一声呐喊！"

值得庆幸的是，东亚三国文学论坛十年，让我们不曾沉寂，让我们仍然能够站在这里言说文学的诸多可能，这是时间珍贵的馈赠，是在场的每一位对时间的联合贡献，也期待这是文学的好消息。

2018.9.28

（此文为作者在第四届韩中日东亚文学论坛上的演讲）